KB265549

붉은 기억

최정원 미스터리 스릴러

붉은

Blood Moon

기억

아프로스
ⓘ미디어

1
기석

"으윽."

기석은 신음하며 고개를 들었다. 순간 주위가 환해졌다. 환한 불빛에 기석은 눈살을 찌푸리며 실눈을 뜨고 주변을 둘러봤다.

눈앞에 백열등이 '끼익' 소리를 내며 왔다 갔다 하고 있었다. 긴 줄에 매달린 백열등은 기석의 눈앞에서 좌우로 움직였다. 강한 빛 때문에 주위를 살필 수 없었다. 그는 머리를 짓누르는 두통을 참아 내며 불빛 건너편에 무엇이 있는지를 알아내려고 노력했다.

[정신을 좀 차렸나?]

‘삑’ 소리와 함께 기계음이 섞인 변조된 목소리가 바로 앞 책상 위 스피커에서 울려 퍼졌다. 기석은 귀를 막으려 손을 위로 올렸다. 손이 꼼짝도 하지 않았다. 그는 자신이 의자에 묶여 있다는 것을 알아차렸다.

“누구냐?”

기석은 자신을 감금한 사람에게 동요되지 않으려 노력하며 침착하게 물었다.

[정신이 들었나? 잘 들어. 여기서 난 신이야. 넌 내게 목숨을 구걸하는 인간이라고. 조금이라도 착각하면 넌, 바로 죽는 거야.]

상대의 강압적인 말투가 마음에 들지 않았다. 기석은 심한 반감을 느끼며 얼굴을 찌푸렸다. 그는 입술을 악문 채 주위를 둘러봤다.

“헉!”

숨을 멈췄다. 바로 머리 위 2m 정도에 커다란 쇳덩어리가 매달려 있었다. 헐렁하게 묶인 쇳덩어리는 스피커의 진동이 있을 때마다 좌우로 조금씩 움직였다. 줄이 끊기는 순간, 기석의 머리는 두 동강이가 된다. 그는 쇳덩어리를 보며 침을 꿀꺽 삼켰다.

[넌 살면서 많은 죄를 지었어. 똑똑한 머리가 이런 일은 생각하지도 못한 것 같네. 하하하. 자, 이제 머리를 굴릴 차례

야. 너는 잘 선택할 거야. 항상 자신의 이익을 위해서 살아왔잖아. 이제까지 살아온 네 모습 그대로 여기서 선택하면 돼. 그러면 넌 살 수 있어.]

변조된 목소리는 마치 코미디언의 장난스러운 말투처럼 매우 유쾌했다. 여자인지 남자인지 제대로 구분할 수 없도록 목소리 톤과 억양을 많이 연습한 티가 났다.

기석이 두려움이 가득한 눈으로 스피커를 쳐다보는 동안 갑자기 눈앞의 백열등이 꺼졌다. 기석은 깜깜한 주위를 두리번거렸다.

왼쪽 벽면에서 '지지직' 소리가 났다. 기석이 고개를 돌려 벽면을 바라봤다. 벽면에는 작은 모니터 세 대가 나란히 있었다. '지지직' 소리를 내던 세 대의 모니터가 잠시 정지된 듯 푸른색을 띠었다. 사방이 조용했다. 기석이 침을 '꿀꺽' 삼키는 소리만 들렸다. 기석의 목젖이 위아래로 움직였다.

세 대의 화면이 동시에 켜졌다. 사람들 모습이 보였다. 목소리는 들리지 않았다.

세 사람이 보였다. 각각의 모니터에는 늙은 남자와 젊은 여자, 교복을 입은 남학생이 의자에 꽁꽁 묶여 있었다. 그들은 모두 눈이 하얀 천으로 가려져 있었다. 기석은 그들 모습을 유심히 쳐다봤다. 낯이 익었다.

"설마?"

이마에서 식은땀이 흘러내렸다.

세 사람 외에 다른 사람이 있었다. 누군가의 손이 보였다. 검은 장갑을 낀 커다랗고 투박하게 생긴 손이었다. 장갑 위로 검은 털이 손목에서 팔뚝까지 이어져 있었다. 검은 장갑을 낀 손이 늙은 남자 얼굴을 만졌다. 손이 스치고 지나갈 때마다 늙은 남자는 공포에 질린 듯 소리를 질렀다. 화면에서 목소리는 들리지 않았다.

가죽 장갑을 낀 손이 늙은 남자의 눈을 가리고 있던 하얀 천을 거칠게 풀었다. 기석 얼굴이 하얗게 변했다.

"대체 내게 원하는 게 뭐야?"

기석은 몸부림을 치며 소리 질렀다. 곧이어 젊은 여자의 눈을 가리고 있던 하얀 천도 밑으로 떨어졌다. 마지막으로 교복을 입은 남학생 얼굴이 보였다.

아내와 아들 얼굴이 화면 가득 보였다. 그들은 공포에 질린 눈으로 위를 쳐다보고 있었다. 검은 손의 남자는 얼굴이 보이지 않았다.

"준영아!"

기석은 의자에 앉아 묶인 팔과 다리를 비틀며 절망과 분노로 얼굴을 일그러뜨렸다. 아버지와 아내, 아들이 모두 그들에게 붙잡혀 있었다.

"내게 원하는 게 뭐야? 뭐냐고? 대답해, 대답하라고!"

기석은 이성을 잃고 고함을 질렀다.

스피커가 조용했다. 몇 분의 시간이 흘렀다.

기석도 몸부림치던 동작을 멈췄다. 정신을 차린 듯 입을 다물었다. 고개를 숙이고 잠시 조용히 생각에 잠겼다.

"내게 원하는 게 뭐야. 그것부터 알려 줘. 나와 가족의 죽음인가? 그것으로 네가 얻는 게 무엇인지 알려 줘!"

기석이 다시 침착하게 말을 이었다. 변조된 목소리가 웃기 시작했다.

[하하하, 하하하, 하하하.]

귀를 막고 싶을 정도로 큰 소리로 웃었다. 지나치게 길게 웃는 소리가 기석을 불안하게 만들었다.

[이봐, 쓰레기. 넌 나와 협상할 수 없어. 넌, 내가 질문하면 그때 대답하는 거야. 네가 길게 잡담을 늘어놓으면 내 마음이 바뀔 수도 있어. 그럼 너만 손해야. 자, 화면을 봐. 누군지 익숙하지? 네 아내와 자식과 아버지야. 네가 세상에서 가장 중요하게 생각하는 사람들이지. 화면을 잘 보라고.]

기석은 낯선 사람이 시키는 대로 화면을 바라봤다.

세 사람 모두 다른 방에 있는 듯했다. 모두 공포에 질린 채 살려 달라고 소리치는 모습이었다. 가슴에 통증이 느껴졌다.

갑자기 모니터에 낯선 남자들 모습이 보였다. 검은색 가면을 쓰고, 검은 가죽 장갑을 낀 상의를 벗은 남자들이 전기톱을 들고 나타났다. 조금 전 화면에 보였던 검은 손의 남자들이었다. 남자들은 전기톱을 아내와 아들과 아버지의 목과 배에 가까이 가져갔다.

기석은 숨을 쉴 수가 없었다. 계속 마음속으로 '침착해.'를 외쳤다.

아내와 아들과 아버지가 절규하는 모습이 보였다. 목소리가 들리지 않은 채 살려 달라고 울부짖는 모습이 더 절망스러웠다. 기석은 열심히 머리를 굴렸다.

기석은 심리학 교수다. 타인을 설득할 수 있는 방법에 대해 수없이 강의했다. 수많은 학생에게 강의하고 TV에도 출연해서 대중들의 마음도 사로잡았다. 하지만 이론과 현실은 차이가 컸다. 기석은 공포로 떨고 있었다.

[자, 이제 협상을 하자고. 네가 손해 볼 건 아무것도 없어. 죽어야 할 너를 대신해 네 가족 중 한 명이 죽는 거야.]

기석은 스피커 속에서 흘러나오는 말을 듣고 침을 꿀꺽 삼켰다.

[넌 한 명을 선택해. 우리가 대신 저들 중 한 명을 죽여 주겠어. 네가 죽든지 아니면 아버지, 아내, 자식 중 한 명이 죽는 거야. 우리가 네가 선택한 희생자를 대신 죽여 주고 시체까지 처리해 줄 거야. 어때? 멋지지?]

기석은 손을 떨며 복잡한 머릿속을 정리했다.

[넌 앉은 자리에서 누가 죽기를 원하는지 한마디만 하면 돼. 그럼 네가 보는 앞에서 한 명을 처참하게 죽여 주지. 한 가지 명심할 게 있어. 넌 절대 눈을 감으면 안 돼! 그럼 너도 죽는 거야. 너는 눈을 똑바로 뜨고 너를 대신해 살해되는 이의 마지막 순간까지를 지켜봐야 해. 조금이라도 고개를 돌리거나 눈을 감으면 안 돼. 그럼 네 목숨도 장담할 수 없어. 그렇게 한 명이 죽은 후 넌 일상으로 돌아갈 수 있어. 마치 아무것도 모르는 사람처럼 행복하게 살면 되는 거야.]

스피커 속 목소리는 기석이 이해하기 어려운 조건을 말하며 즐거운 듯 말을 이었다.

[자, 10분을 줄게. 10분 안에 대답을 안 하면 네 머리 위에 있는 쇳덩어리가 너를 향해 떨어질 거야. 하하하. 어때? 식은 땀이 흐르지?]

기석은 고개를 들어 다시 쇳덩어리를 쳐다봤다. 식은땀이 흘러내렸다.

[대답하기 곤란한가? 그럼 장렬하게 가족을 대신해 죽음을 선택할 건가? 가족을 대신해 죽어도 멋진 일이지. 죽을 준비가 됐어?]

기석은 손가락을 꼼지락거렸다.

[죽을 준비가 됐냐고? 대답해! 대답하라고.]

스피커에서 '삑' 소리와 함께 미친 듯이 고함치는 소리가 들렸다.

"아냐, 아직 준비 안 됐어. 시간이 필요해."

기석은 서둘러 대답했다. 이마에서 땀이 계속 흘러내렸다. 입술도 떨렸다.

[그렇군. 자신이 죽기에는 뭔가 억울한가? 가족보다 자기 삶이 먼저겠지. 너다워. 넌 그렇게 사는 게 네게 어울려.]

목소리는 혼자 독백이라도 하듯 중얼거렸다.

[백열등이 켜지면 네 발밑을 내려다봐. 커다란 시계가 보일 거야. 잘 생각해 봐. 네가 생각하는 동안 나는 차나 한잔 마셔 야겠어.]

백열등이 다시 환하게 켜졌다.

기석은 발아래를 쳐다봤다. 커다랗고 동그란 시계의 초침이 '똑딱' 소리를 내며 열심히 움직이고 있었다. 시계의 동그란 모습과 똑딱거리는 소리가 마치 자신을 비웃는 세상 사람들의 얼굴처럼 느껴졌다.

빠르게 생각을 정리했다. 처가의 도움으로 겨우 외국에서 박사 학위를 받고 국내 대학에서 교수 자리를 얻은 지 얼마 되지 않았다. 불안정했던 삶이 겨우 안정을 찾았다. 자신도 조금은 행복하게 살 권리가 있지 않을까 생각했다.

아버지는 일흔 살이 넘었으니 살 만큼 살았고, 가끔 술을 마시면 집에서 주먹을 휘두르기도 했다. 또한, 자신이 결혼해

프랑스로 유학을 가 있는 동안 바람을 피우다 어머니와 이혼했다. 어머니는 그 후 병으로 죽었다. 아버지 탓이 아니라고 말하기 어려웠다. 자신을 끔찍하게 아낀 아버지이지만 생각해 보니 술주정으로 어머니와 자신의 삶을 고통스럽게 이끈 장본인이기도 했다.

아내는 헌신적으로 가족을 돌봤지만 늘 무언가를 요구하는 눈빛을 보냈다. 또, 아내에게 성적인 매력을 느낄 수 없어 같이 잠자리하는 게 편치 않았다. 아내의 젖소 같은 가슴이 몸에 닿으면 모든 욕망이 사라지곤 했다.

아들은 자신이 생각했던 것보다 똑똑하지도 건강하지도 않았다. 어릴 때부터 지나치게 징징거려 잠을 못 자게 했던 아들이다. 아내의 단점을 모두 갖고 태어난 아들을 보면 가끔 짜증스럽기도 하고 두렵기도 했다. 평생 자기 등에 붙어 생활을 책임져 달라고 할지도 몰랐다. 아들이 나약하고 인내심이 부족한 건 아내의 과잉 보호 때문이기도 했다.

기석은 결론을 내리지 못하고 계속 머리를 굴렸다. 초침이 그의 눈앞에서 빠르게 움직였다.

[자, 1분 남았어. 속으로 셋 다 죽여 주길 바라나? 새로운 인생을 위해 세 명 다 필요 없는 존재인 건가? 너무 욕심을 부리지 말고 한 명만 선택하도록 해. 세 명이 다 죽게 된다면 넌 주위 사람들로부터 의심을 받게 돼. 그럼 네가 숨기고 싶어

하는 과거까지 다 밝혀질 수도 있잖아.]

기석은 스피커 속에서 흘러나오는 목소리가 들리지 않았다. 빠르게 움직이는 초침만 그의 눈에 가득했다.

20초 남았다. 눈을 꼭 감았다. 계속 세 명을 놓고 갈등했다. 대답하지 않으면 10초 후에 머리 위 쇳덩어리가 자신을 향해 떨어지게 된다. 목이 부러진 자기 모습이 눈앞에 선명하게 보였다. 6초 남았다. 입가에 경련이 일어났다. 침이 마르고 목이 아팠다. 초침이 11자에 도착했다.

"아내."

기석이 다급하게 말했다.

[당첨, 좋아. 네가 죄를 지으면 네 주변 사람들이 한 명씩 죽게 되는 거야. 네가 죄를 지을수록 네게 필요 없는 존재들이 하나둘씩 사라지게 되는 거지! 모든 인간이 원하는 삶이지. 자, 그래도 상처는 남아 있는 게 좀 더 인간적이지 않겠어? 하하하.]

스피커의 울림이 멈췄다. '팍' 하고 눈앞의 백열등이 꺼졌다.

'지지직' 소리가 다시 들리더니 두 개의 모니터가 꺼졌다. 아내가 보이는 모니터만 푸른 불빛을 내며 어두운 공간에 환하게 켜져 있었다.

*

"악."

기석은 식은땀을 흘리며 잠에서 깨어났다. 숨을 헉헉거리며 땀을 닦았다. 주위를 둘러보니 모텔 안이었다. 그는 벌떡 일어나 냉장고를 열고 생수병 하나를 골라 벌컥벌컥 물을 들이켰다. 차가운 물이 몸속으로 빠르게 흡수되자 조금씩 진정됐다.

"젠장⋯⋯. 재수 없는 꿈이군."

꿈이 생생했다. 불쾌함이 밀려왔다. 기석은 침대 끝 모서리에 걸터앉아 꿈을 되새겨 봤다.

꿈속에서 나온 모니터 속 장소가 마음에 걸렸다. 계란판 모양의 방음벽으로 둘러싸인 벽, 알루미늄으로 된 접이식 의자, 파란 불빛과 도르래가 선명하게 떠올랐다.

"나쁜 기억을 모두 지웠다고 생각했는데 꿈속에서 다시 그 장소가 보이다니⋯⋯."

기석은 입술을 움찔거리며 중얼거렸다.

"요즘 논문 때문에 스트레스가 심해서 생긴 증상인가? 음, 아내가 그 장소에서 죽임을 당하는 꿈을 꾸니 마음이 편치 않군."

기석은 다시 천장을 쳐다보고 머리를 좌우로 저었다.

"그래, 나쁜 꿈도 아니지. 아내가 죽는다면 좀 더 자유로운 삶을 살 수도 있잖아. 그럼 장인이 저지른 일 뒤치다꺼리 하는 것도 그만둘 수 있고, 비밀 모임에서 만나는 쓰레기 같은 인간들과 어울리는 일도 하지 않아도 될 테니 더는 바랄 게 없게 되는 거지. 하지만 장인은 아내가 죽게 되면 내게는 한 푼도 남겨 주지 않겠지. 그래도 유일한 혈육인 준영이에게 재산을 모두 남겨 줄 테니 걱정할 필요는 없을 테고."

갑자기 웃음이 나왔다.

"준영이는 그래도 착한 아들이니 내가 원하는 대로 움직일 거야. 더 자유롭게 살면 행복하겠지. 지금 사는 건 그냥 사는 거지 행복하지는 않잖아. 아니면 비밀 모임 비자금이나 들고 외국으로 날라 버릴까? 자금 세탁하는 일도 정말 지겹다."

기석은 어느새 아내에 대한 미안함은 잊은 채 자유롭게 사는 자기 모습만을 상상하며 혼자 킥킥거렸다.

"아, 기분이 좀 나아졌네."

꿈에 대한 불쾌함이 사라지자 어제 만난 여자에 대해 궁금증이 밀려왔다.

"어제 그 여자 정말 멋있었는데……."

클럽에서 몇 번 본 여자는 자연스럽게 기석에게 다가와 춤을 췄다. 긴 다리가 매력적인 여자는 기석을 향해 야릇한 미소를 지었다. 기석은 그 미소를 놓치지 않고 여자에게 좀 더 다가가 몸을 흔들었다. 서로 몸이 닿을 듯 말 듯 움직였다. 기석은 오랜만에 강한 욕구를 느끼며 여자에게 빠져들었다. 여자가 머리를 흔들 때마다 묘한 향수 냄새가 났다. 기석은 자극적인 향수 냄새와 여자의 매력에 알 수 없는 욕망에 휩싸였다.

짧은 머리에 란제리 룩을 입은 여자 얼굴이 떠오르자 기석의 몸이 다시 열기에 휩싸였다. 기석은 어제 기억을 더듬으며 손을 바지 속으로 넣었다.

*

클럽에서 기석은 여자에게 나가자는 신호를 보냈다. 여자는 고개를 끄덕였다. 클럽에서 나온 기석은 택시를 잡으려고 길거리로 나가 손을 흔들었다. 여자가 다가와 기석의 팔을 잡아당겼다. 기석은 여자를 따라 주차장으로 향했다. 주차장에서 여자가 고급 외제 차를 몰고 나왔다. 시중에서 보기 드문 비싼 외제 차였다.

"우리 좀 더 친해져 봐요. 같이 술 한 잔 더 어때요?"

허스키한 여자 목소리가 마음에 들었다. 어딘지 모르게 중성적인 느낌이 드는 목소리였다.

기석이 차에 올라탔다. 여자가 야릇하게 웃으며 다가와 기석에게 벨트를 매 줬다. 기석은 욕망으로 가슴이 들썩거렸다. 매끈하게 빠진 여자 다리에 자신도 모르게 눈이 갔다. 요동치는 마음을 억누르며 겨우 숨을 가다듬었다. 서투른 행동이 관계를 망칠 수 있었다.

기석은 화려한 여자를 싫어했다. 머리가 짧고 다리가 긴 여자를 좋아했다. 조금 남성적인 느낌이 드는 몸이 단단한 여자를 좋아했다.

기석의 아내는 달랐다. 긴 웨이브 머리에 몸의 곡선이 매우 여성적인 느낌이 나는 여자다. 가슴도 크고 골반도 넓었다. 기석은 물컹한 느낌이 나는 여자는 매력적이란 생각이 들지 않았다. 아내에게 성욕이 생기지 않았다.

여자가 매끈한 다리를 옆으로 살짝 꼬았다. 기석은 다리에 힘이 갔다. 오랜만에 보는 근육이 있는 아름답고 긴 다리였다. 기석이 여자 다리에 정신이 팔린 사이 여자가 기석을 쳐다보고 있었다.

기석이 고개를 들어 여자를 쳐다봤다. 둘의 눈빛이 마주쳤다. 여자와 기석은 어색한 미소를 지었다. 기석은 자기를 보고 자꾸 웃는 여자 모습이 낯설지 않았다. 비상한 기억력을 가지고 있는 기석은 기억 속에서 여자의 흔적을 찾으려고 애썼다.

여자는 기석을 태우고 한참을 달렸다. 성능이 좋은 외제 차라 승차감이 좋았다. 여자의 운전 실력 또한 대단했다. 흔들림 없이 매끄럽게 운전했다. 빠르고 강했다.

늦은 시각이라 차도에 차가 없었다. 여자는 속도를 내며 서울을 빠져나갔다.

기석은 침대에서 일어나 방 안을 돌아다녔다.

그다음부터 기억이 드물게 났다. 피곤이 밀려오면서 차 안에서 잠을 잔 기억이 났다. 여자가 기석을 깨우는 소리가 들렸다. 기석은 잠시 일어나 여자와 같이 모텔 안으로 들어갔다. 모텔 안에 들어서자 기석은 다시 졸음이 쏟아졌다. 눈을 감고 있는 사이 여자가 샤워를 한 후 기석에게로 다가왔다. 여자에게서 비누 냄새가 났다. 젊은 시절 자신이 좋아했던 비누 냄새였다.

여자는 양손에 와인 잔을 든 채 천천히 다가왔다. 그녀는 격렬하게 키스하며 그의 몸을 쓰다듬었다.

기석의 기억은 거기에서 멈춰 있었다.

2
영환

"너, 210동에 살지? 나는 212동에 살아."

파란 하늘을 넋 놓고 쳐다보고 있는 내게 누군가 어깨를 치며 다정하게 말을 걸었다. 교실 창가 옆에 앉은 나는 머리를 들어 위를 쳐다봤다. 지후 얼굴이 햇빛에 비쳐 눈이 부셨다.

"응, 어떻게 알았어?"

눈을 커다랗게 뜨고 내가 물었다. 지후는 빙그레 웃으며 대답했다.

"네가 210동으로 들어가는 거 몇 번 봤어. 나는 210동에서 수학 과외 하거든."

밝은 빛 때문에 눈이 부셨다. 나는 눈살을 찌푸린 채 지후를 올려다봤다. 지후는 앞의 빈자리에 앉으며 나를 쳐다봤다. 지후 눈은 옅은 갈색이었다. 쌍꺼풀이 커다랗게 있는 지후는 바람에 흩날리는 곱슬머리가 불편한지 앞머리를 자꾸 옆으로 쓸었다.

"오늘 학원, 몇 시에 가?"

"응? 3시에 영어 학원 갔다가 5시에 와."

"그래! 잘됐다. 이번에 아빠가 새로운 게임을 깔아 주셨거든. 우리 집에 가서 같이 게임할래?"

"5시에 가도 돼?"

지후는 눈을 깜박이며 고개를 끄덕였다.

"좋아, 이따가 5시에 너의 집으로 갈게."

지후가 내 팔을 툭 쳤다.

"좋아."

"지후야, 뭐 해? 빨리 나가자."

친구들이 지후를 불렀다. 지후는 친구들에게 달려가며 말했다.

"영환아, 5시에 우리 집으로 와. 기다릴게."

나는 친구들과 어울려 교실 밖으로 뛰어가는 지후를 쳐다봤다.

지후를 좋아하는 친구들이 많았다. 여자아이도 남자아이도 지후를 좋아했다. 마치 신이 특별히 사랑하는 아이처럼 모든 걸 갖고 태어났다.

영어 학원에서 수업을 마치고 지후 집으로 향했다. 고민이 됐다. 친구 집에 혼자 방문한 적이 없었다. 엄마에게는 학원에서 늦게 끝난다고 거짓말을 했다. 엄마는 걱정이 많았다. 엄마에게 말하면 분명히 안 된다고 할 거다.

나는 지후 집으로 향하며 바로 후회했다.

"괜히 약속을 잡았나? 후회되네."

낯선 지후 가족들과의 대면이 부담스러웠다.

"지금 약속을 취소하면 안 되겠지? 그럼 지후가 평생 나를 싫어할지도 몰라."

혼자 계속 중얼거렸다. 마음과 달리 몸은 지후 집으로 향했다.

지후 집에 도착해 벨을 눌렀다.

[누구세요?]

여자 목소리가 들렸다.

"네, 지후 친구 영환이에요."

잠시 후 아파트 현관문이 열렸다. 머리카락을 뒤로 단정하게 묶은 키가 큰 여자가 나왔다.

"네가 영환이구나. 지후가 친구 올 거라고 했거든. 지후는 화장실에 있어. 어서 들어와."

지후 엄마는 지후와 똑같은 갈색 눈동자였다. 나는 그 눈동자가 어쩐지 친근하게 느껴져서 지후 엄마 얼굴을 쳐다봤다. 지후 엄마가 나를 보며 웃었다. 미소가 지후와 닮았다.

지후 엄마는 약간 발음이 부정확했다. ㄹ 발음이 제대로 되지 않았다. 지후 엄마는 발음에 신경 쓰며 단어 하나하나를 천천히 정확히 소리 내려고 노력했다. 어눌한 발음과 달리 머리를 뒤로 묶은 지후 엄마 모습은 매우 단정하고 지적인 여성처럼 보였다.

지후 엄마의 안내를 받으며 거실 안으로 들어갔다. 거실에서 TV를 보고 있던 남자아이가 호기심 어린 눈으로 나를 쳐다봤다.

지후 동생이다. 지후와 외모가 달랐다. 곱슬머리에 쌍꺼풀이 있는 지후와 달리 동생은 생머리에다 외까풀이었다. 키는 지후보다 작았지만 나보다는 컸다. 동생 역시 발음이 부정확했다. 지후 엄마처럼 어눌하게 말했다. 동생의 첫인상은 조금 강해 보였다. 하지만 발음 때문에 자기 또래보다 어리게 느껴졌다. 지후 동생은 초등학교 1학년이다.

"형 친구야?"

"응, 형아 친구야. 정후야, 이제 TV 끄고 안으로 들어가."

지후 동생은 나를 빤히 쳐다봤다.

"형, 이따가 나도 불러 줘. 나도 형들하고 같이 놀고 싶어."

"안 돼. 넌 마음에 들지 않으면 울면서 떼를 써서 형을 힘들게 하잖아."

지후 엄마가 말하자 동생은 "아니야."라고 말하며 화가 난 듯 발을 쿵쿵거리며 왼쪽 끝에 있는 방으로 들어갔다. 나는 그런 지후 동생의 모습을 보며 어색하게 서 있었다.

내가 우물쭈물 서 있는 걸 보고 지후 엄마가 소파에 앉으라고 말했다. 나는 거실을 다 차지하고 있는 커다란 갈색 소파에 불편한 듯 앉았다. 지후 엄마가 내 옆에 앉으며 다정하게 말했다.

"지후가 여러 번 너에 대해 말한 적이 있어. 나도 누군지 궁금했거든. 너, 책을 정말 많이 읽는다며?"

"네?"

지후 엄마 말에 나는 눈을 동그랗게 떴다. 누군가가 나를 관찰하고 있었다는 느낌이 들자 갑자기 쑥스러워졌다.

"우리 지후가 말이 많은 편이 아닌데, 4학년 올라가서 마음에 드는 친구가 한 명 있다고 말하더라. 지후는 운동도 좋아하지만, 책도 좋아하거든."

"네, 제가 어릴 때 좀 아파서 몸이 약했어요. 그래서 운동은 별로 좋아하지는 않지만, 책은 좀 좋아해요."

"그래? 우리 지후랑 취미가 똑같구나. 앞으로 둘이 사이좋은 친구가 됐으면 좋겠다."

지후 엄마는 입가에 미소를 지었다. 갈색 눈이 따뜻해 보였다.

"네가 좋아하는 음식이 뭔지 몰라 간식을 조금 준비했는데 맛있으면 좋겠다. 지후가 특별하게 맛있는 거로 준비 부탁했거든."

지후 엄마는 일어나 주방으로 향했다. 곧 주방에서 달그락 소리가 들리며 고소한 냄새가 거실로 풍겼다.

나는 소파에 앉아 지후를 기다렸다. 자꾸 지후 엄마가 한 말이 떠올랐다.

'우리 지후가 여러 번 너에 대해 말한 적 있어.'

괜히 기분이 좋아졌다.

어릴 때부터 약하고 키도 작은 나를 여자아이들이 좋아했다. 나는 태어날 때부터 심장이 약했다. 큰 수술은 하지 않아도 됐지만, 무리하면 병원에 실려 갔다. 뛰지도 못하고 많이 먹지도 못하는 작고 마른 나를 여자아이들은 마치 엄마가 된 듯이 감싸고 돌봤다.

나는 욕심을 부리지 않는 아이였다. 얼굴이 하얗고 잘 웃는 아이였다. 아팠기에 누군가에게 욕심을 드러낼 만한 여유가 없었다. 양보도 잘하고, 착해 보이고, 잘 웃는 남자아이를 여자아이들은 좋아했다. 다른 남자아이들은 개구쟁이였다. 좋아하는 여자아이를 놀리고 때리는 말썽꾸러기 남자아이들이 많았다. 여자아이들은 유치원 생활이 쉽지 않았다.

남자아이들은 나를 싫어하지는 않았지만, 같이 놀아 주지도 않았다. 운동을 못하는 아이에게는 그다지 관심이 없었다. 가끔 나를 때리는 남자아이들이 있었다. 이유는 없었다. 여자아이들이 감싸는 남자아이는 그냥 재수 없기 때문이다.

여자들은 나를 좋아하기보다는 돌봐 주고 챙겨 줄 인형이 필요했다. 아프지만 혼자서 할 수 있는 일이 많았는데도 엄마와 여자아이들은 내가 할 수 있는 일들을 제지했다. 나를 돌보는 일에 자부심을 느꼈다. 내가 상처 입고 있다는 사실은 눈치채지 못했다.

동생이 태어나고서부터 엄마의 집착은 사라졌다. 엄마의 집착으로 숨통이 막힐 즈음에 동생이 태어났다. 동생은 4.5kg의 우량아였다. 머리카락까지 있는 씩씩한 아기였다. 대머리로 태어난 나와는 다른 모습이었다. 엄마는 동생의 큰 머리로 인해 자연분만을 할 수 없었다. 날카로운 수술칼로 복벽과 자궁벽을 절개한 후 동생을 낳았다.

머리가 큰 동생은 구세주였다. 엄마가 시선을 돌리는 순간 문제를 일으켰다. 쉴 새 없이 돌아다니며 팔이 부러지고 다리가 부러졌다. 엄마가 정신을 못 차리면서 나는 겨우 숨통이 트였다. 여자아이들도 초등학교에 들어가면서 엄마 역할에 실증이 났는지 내게 그다지 관심을 보이지 않았다.

홀가분했다. 처음부터 도움은 필요하지 않았다. 모두의 관심이 사라지면서 나는 조금씩 자유로워졌다. 혼자가 되면서 스스로 결정하고 해결할 수 있게 됐다. 지금까지는 간단한 일조차 모두 엄마가 해결했다.

아파트 단지 안에 있는 10분 거리의 학교였는데도 엄마는 나를 교실 앞까지 데려다줬다. 교실 문 앞에서 내게 손을 흔드는 엄마의 모습을 반 친구들 모두 신기한 듯 쳐다봤다. 나는 얼굴을 붉히며 빨리 자리로 가 앉았다.

엄마는 가방이나 가벼운 물건도 들지 못하게 했다. 넘어지기라도 하면 엄마는 밤새 간호를 했다. 무릎에서 피가 나는 일로 사람은 죽지 않는다. 밤새 내 침대 옆에서 꾸벅꾸벅 졸고 있는 엄마 모습은 내 심장을 더욱 아프게 했다.

체육 시간이 되면 그늘진 천막 밑에서 자유롭게 뛰어노는 아이들을 바라봤다. 거칠게 뛰어다니며 이마에 흘러내리는 땀방울을 닦아 내는 남자아이들 모습이 태양 빛을 받아 찬란하게 빛나 보였다. 그들과 하나가 되고 싶었다. 같이 뛰어노는 내 모습을 상상했다. 땀을 흘리며 남자아이들과 웃고 있는 내 모습이 보였다.

남자아이들은 한 명도 내게 손을 내밀지 않았다. 창백하고 나약해 보이는 나와 놀고 싶어 하지 않았다. 엄마가 그림자처럼 쫓아다니는 아이와는 상종하고 싶어 하지 않았다.

지금까지 내게 관심을 보인 남자아이는 없었다. 가볍게 인사나 할 뿐 그들에게 나란 인간은 교실 안에 없는 존재였다. 희미한 그림자 같은 존재였다.

지후가 처음이었다. 내게 관심을 보인 유일한 남자아이였다.

*

"영환아, 내 방으로 가자."

어느새 지후가 앞에 서 있었다. 소파에 앉아 잠시 다른 생각에 잠겨 있던 나는 놀라 고개를 들었다. 지후의 갈색 눈이 나를 보며 웃고 있었다.

"그래."

나는 지후를 따라 현관 옆에 있는 방으로 들어갔다.

흰색과 하늘색 벽지가 먼저 눈에 들어왔다. 책상과 침대 사이에 칸막이가 있고 칸막이 사이에는 작은 사각형 모양의 구멍이 뚫려 있었다. 침대에 누우면 작은 구멍 사이로 창문이 보이고 밖의 풍경도 보였다.

침대 맞은편에는 진한 파란색으로 칠해진 책꽂이가 벽면을 가득 메웠다. 그 안에 많은 책이 꽂혀 있었다. 역사, 문화, 우주, 인체, 여행, 죽음에 관한 책과 공상 과학 소설, 판타지 소설도 가득했다. 책에 관한 취향이 나와 비슷했다.

우리는 많은 이야기를 했다. 우주에 관한 이야기, 여행에 관한 이야기, 인체에 관한 이야기, 특히 죽음에 관한 이야기를 많이 했다.

"난 심장이 안 좋아서 가끔 길거리에서도 쓰러진 적이 있었어. 그때마다 병원에 실려 가며 이대로 죽는 게 아닐까? 라는 두려움이 생겼었어. 또 죽게 되면 사후 세계는 존재하는지도 궁금했어."

내가 말하자 지후가 책장에서 책 한 권을 꺼내 내밀었다. 사후 세계에 관한 책이었다.

"이 책 읽어 봐. 정말 흥미진진해. 사후 세계에 관한 책이 몇 권

더 있어. 한번 읽어 봐. 재미있다고 하면 다른 책도 빌려줄게."

나는 흥미를 보이며 책을 펼쳤다. 특이한 삽화와 같이 있는 책이었다. 지후는 옆에 앉아 그림 하나하나를 짚어 가며 책의 내용을 설명했다. 특히 고대 이집트인들의 사후 세계관이 재미있었다.

"지후야, 고대 이집트인들의 사후 세계에 관한 생각이 정말 재미있다."

"그렇지!"

"조금 더 설명해 줘. 네가 이야기해 주니까 귀에 잘 들어온다."

나는 지후를 재촉했다. 변성기가 지나지 않았는데도 지후 목소리는 다른 아이들 목소리와 달랐다. 약간 낮은 저음이었다.

"고대 이집트인들은 사람이 죽게 되면 저승의 신인 오시리스 앞에서 심장의 무게를 재는 의식을 치른다고 믿었어. 만약 죽은 사람의 심장 무게가 깃털보다 무거우면 죄를 많이 지은 자로 간주됐어. 그럼 집행관 암무트가 그 사람의 심장을 집어삼켜 버리는 거야. 심장을 잃은 자는 천국에 가지 못하고 구천을 떠도는 귀신이 되는 거지. 반면 심장이 깃털보다 가벼운 자는 천국인 아아루로 가서 영생을 얻게 되는 거야."

지후 이야기는 지루하지 않았다. 우리는 밤새 이야기를 해도 모자랄 만큼 대화가 잘 통했다.

"영환아, 아까부터 네 전화기 불빛이 깜빡거리는데 혹시 전화 온 거 아니야?"

지후가 전화기를 가리키며 말했다. 나는 서둘러 전화기를 들었다. 엄마에게서 전화가 올까 봐 벨 소리를 무음 처리해 놓은 사실을 잊고 있었다. 통화키를 밀며 시각을 확인했다. 밤 9시가 넘었다. 식은땀이 났다. 수화기 너머 화가 난 엄마 목소리가 들렸다.

[영환아, 너 지금 어디야? 학원에서는 아까 나갔다고 했는데 왜 아직 집에 안 오는 거야?]

"엄마, 미안해. 내가 학원에서 친구를 만나 같이 숙제하다 보니 늦었어."

엄마 잔소리가 이어졌지만 나는 곧 가겠다는 말로 엄마를 안심시킨 뒤 전화를 끊었다. 그리고 지후와 계속 이야기를 나누었다.

엄마는 10분에 한 번씩 전화했다. 내가 조금만 더 있다가 집에 가겠다고 하자 엄마는 발작을 일으켰다. 앞으로 10분 안에 집에 도착하지 않으면 당장 지후 집으로 찾아가겠다며 소리를 버럭 질렀다.

나는 아쉬운 마음을 달래며 지후 집을 나왔다. 지후 엄마는 내게 다음에 꼭 놀러 오라고 말했다. 가족 모두 현관까지 나와 배웅했다. 집으로 향하는 발걸음이 무거웠다. 더 놀고 싶은 마음에 발에 걸리는 돌멩이를 힘껏 찼다.

집에 도착한 나는 엄마의 심한 잔소리를 들은 후 바로 씻고 잠자리에 들었다.

잠이 오지 않았다. 설렜다. 아직도 지후네 집에 있는 듯했다. 지후의 갈색 눈이 보이고 따뜻한 입김이 느껴졌다.

태어나서 처음으로 친구란 존재에 대해 생각했다. 같이 있는 것만으로도 기쁨이 됐다. 말하는 순간 친구 마음을 다 이해할 수 있었다. 같이 나누고 이해하고 좋아할 수 있는 존재가 내 곁에 있다는 사실이 감격스러웠다. 부모님이 주는 사랑과는 다른 별개의 감정이었다.

가슴 설레는 존재였다. 내가 처음 느낀 친구에 대한 감정은 그렇게 가슴 설레는 감정이었다.

3
유경

　백화점 안에는 여자들이 가득했다. 유경이 평일 오후에 자주 들르는 백화점은 중년 여자들이 모여 집회하는 장소처럼 보였다. 30대에서 80대의 여자들이 삼삼오오 짝을 지어 둘러앉아 남편과 자식과 시댁에 관한 잡담을 하며 깔깔거렸다. 여기저기서 여자들 웃음소리가 들렸다. 유경 역시 카페 한가운데에서 커피를 마시고 있었다. 마트에 갔다가 바로 집으로 향하는 게 아쉬워 이유 없이 백화점에 들렀다. 간단히 쇼핑을 한 후 커피를 마셨다.

　연한 살구색 립스틱이 묻은 꽃무늬 찻잔을 든 채 유경은 넋을 놓고 허공을 바라봤다. 눈동자는 잔을 바라보고 있었지만 초점이 없었다. 다른 생각에 빠져 있었다.

20층 남자를 생각했다. 몇 달 전에 같은 동으로 이사 온 젊은 남자였다. 20층에 사는 남자는 혼자 사는 듯이 보였다.

엘리베이터 안에서 남자와 자주 부딪쳤다. 남자는 20층에 살고 있었고 유경은 11층에 살았다.

남자에 대한 소문은 아파트 안에 파다했다. 어리고 늙고를 떠나 여자들은 20층 남자를 유심히 바라봤다. 잘생겼다. 키는 185cm가 넘었고 갈색 생머리에 쌍꺼풀이 없는 눈을 가진 단정해 보이는 남자였다. 멀리서도 눈에 띄는 미남이었다.

엘리베이터에서 만날 때마다 남자는 가볍게 인사했다. 따뜻한 미소를 지으며 유경을 바라보는 눈빛이 조금 남달랐다. 남자 몸은 마른 듯했지만 단단해 보였다. 어떤 옷을 입어도 모델처럼 근사해 보였다. 유경은 20층 남자의 나이가 궁금했다. 20대 후반 정도로 보였지만 더 어려 보이기도 했다.

유경은 남자를 떠올리다 고개를 저었다. 그녀는 휴대 전화기를 꺼냈다. 배경 화면에 있는 가족사진이 보였다. 남편 얼굴이 눈에 들어왔다. 남편 역시 인물이 좋았다. 젊었을 때는 영화배우보다 잘생겼다는 이야기를 들었다.

남편은 눈이 매력적인 사람이다. 그가 미소 지으며 상대 눈을 쳐다보면 웬만한 여자들은 얼굴을 붉히며 수줍어했다. 남편은 나이를 먹으며 얄팍한 느낌이 사라졌다. 지적이며 신뢰감 있는 얼굴이 돼 갔다.

유경은 남편 얼굴을 유심히 들여다보다 휴대 전화기를 뒤집어 놓았다. 그녀는 인상을 찡그렸다. 찻잔을 들어 커피를 마셨다. 생각하고 싶지 않았다.

다시 20층 남자를 떠올렸다. 유경 얼굴에 미소가 번졌다. 남자는 데님 청바지에 어울리는 가벼운 티를 입고 다녔다.

오늘 아침 일을 떠올렸다. 얼굴이 붉어지며 가슴이 콩닥거렸다. 생각하는 것만으로도 몸에 힘이 빠졌다. 남자의 넓고 따뜻한 가슴이 떠올랐다.

아침에 유경은 급한 일로 허둥지둥 엘리베이터를 탔다. 순간 뾰족한 구두 굽이 엘리베이터 틈새에 끼며 중심을 잃었다. 그녀는 중심을 잡지 못하고 "앗!" 소리를 내며 앞으로 고꾸라졌다.

누군가 유경을 안았다. 낯선 남자였다. 남자는 필요 이상으로 강하게 안았다. 유경은 놀란 표정으로 남자를 쳐다봤다. 20층 남자였다. 남자는 부끄러운 듯 얼굴이 빨갛게 달아올랐다.

"고맙습니다. 제가 조심성이 없어서 넘어질 뻔했네요."

조심스럽게 몸을 떼어 내며 유경이 말했다.

"아닙니다. 다치신 데는 없으신가요? 자주 뵙네요. 저는 20층에 살고 있습니다."

"네, 저는 11층에 살고 있어요. 덕분에 다치지 않았어요. 감사해요."

"아닙니다. 다치시지 않으셔서 다행입니다."

남자가 조용히 말했다. 유경과 남자 사이에 어색한 침묵이 흘렀다.

엘리베이터가 1층에 도착했다. '띵' 소리와 함께 엘리베이터 문이 열렸다. 유경은 남자에게 가볍게 인사를 한 후 내렸다. 남자는 지하 1층으로 내려갔다.

유경은 엘리베이터 문 앞에서 잠시 서 있었다. 가슴이 소녀처럼 콩닥콩닥 뛰어서 진정할 시간이 필요했다.

엘리베이터의 문이 닫히기 직전, 남자는 유경을 향해 "아름다우세요."라고 말했다.

어릴 때는 사람들에게 자주 듣는 말이어서 늘 당연하게 받아들였다. 하지만 나이를 한 살씩 먹어 감에 따라 초라해지는 자신과 마주치며 자신감도 같이 떨어졌다. 누군가 예의상이라도 예쁘다는 말 한마디만 해도 그날 하루 기분이 달라졌다.

20대의 젊고 잘생긴 남자의 한마디는 더욱 효과가 좋았다. 유경의 심장 전체를 흔들어 놓았다. 부끄럽기도 하고 설레기도 했다.

*

유경은 커피 잔을 양손으로 감싸고 20층 남자를 생각했다. 아직도 가슴이 떨렸다.

그녀는 주위를 둘러본 후 거울을 꺼내 자기 모습을 살폈다. 30대 후반이지만 얼굴이나 몸매가 20대 후반의 모습을 유지하고 있었다. 백화점 카페 안에서 수다를 떠는 여자 중 누구도 유경보다 예쁜 여자는 없었다. 유경은 안심한 듯 미소 지으며 다시 거울을 봤다. 긴 웨이브 머리와 마르지 않은 통통한 몸매, 단정한 이목구비와 하얀 피부가 보였다. 유경은 하얀 목을 쓰다듬으며 중얼거렸다.

"이 정도면 젊은 남자를 상대해도 괜찮지 않을까? 하지만 남자가 많이 어려 보이던데……. 내가 미쳤나? 왜 이런 생각을 하지?"

유경은 머리를 흔들며 두근거리는 자신을 책망했다.

거울에 비친 자기 모습을 다시 쳐다봤다. 짜증이 밀려왔다. 며칠 전에 맞은 보톡스가 제대로 자리가 잡히지 않았는지 눈가에 주름이 보였다. 마음이 편치 않았다. 자신감도 떨어졌다. 유경은 집게손가락으로 눈가의 주름을 살살 누르며 중얼거렸다.

"10년만 젊었으면 좋겠다. 그러면 지금보다 훨씬 더 예쁠 텐데……."

띠링띠링.

휴대 전화기가 울렸다. 남편이었다.

"응, 여보?"

유경이 전화를 받자 남편 목소리가 들렸다.

[내가 아침에 급하게 나오는 바람에 오늘 필요한 서류를 집에

놓고 왔어. 서재 책상 위에 갈색 서류 봉투가 있을 거야. 그거 가지고 빨리 학교로 와. 1시간 이내로 와야 해. 급하니까 다른 짓 하지 말고 빨리 가져와.]

유경이 다음 말을 하기도 전에 남편은 전화를 끊었다. 유경은 남편의 이런 행동을 받아들이기 어려웠다. 아버지와 똑같았다.

남편은 아버지가 가장 아끼는 제자였다. 늘 장학금을 받는 수재였다. 얼굴도 잘생기고 항상 윗사람들에게 예의 바르게 행동했다. 미래가 보장된 남자였다. 하지만 결혼 후 행복하지 않았다.

심리학 교수인 남편은 늘 사람을 이용하려는 느낌이 들었다. 교묘하게 타인을 속이고 자신에게 이롭도록 거짓말을 했다. 얼굴색이 변하지 않았고 일관되게 말을 했다. 거짓말을 할 때도 표정 변화가 없었다.

유경은 남편의 깔끔한 태도와 변함없는 행동을 보면 마음이 불편했다. 아버지와 자신처럼 어려움 없이 산 사람들이 흔히 저지르는 실수처럼 여겨졌다. 늘 한결같고 근면, 성실한 사람은 좋은 사람일 거라는 오류를 저지른다. 아버지는 지독히 이기적인 사람이었지만 마음을 꿰뚫어 보는 능력은 부족했다.

남편은 아버지가 흔히 저지르는 오류에 완벽하게 맞아떨어지는 사람이었다. 조금의 실수도 없는, 자기 관리가 철저한 사람이다. 남편은 사람들의 신뢰를 얻은 후 그들의 약점을 파고들어 이용했다. 하지만 아무리 어수룩한 사람이라도 반복된 행동에 대해서는 의심을 하기 시작한다는 사실을 남편은 간과했다.

유경은 시계를 쳐다봤다. 그녀는 서둘러 자리에서 일어났다. 남편에 대한 알 수 없는 불신과 불만을 가슴에 담아 둔 채 백화점을 나왔다.

몇 시간 후, 유경은 아파트 20층에 서 있었다. 손에는 작은 케이크 상자를 들고 있었다. 남편에게 서류를 가져다준 후 집으로 돌아오다가 케이크 가게에 들렀다. 커피와 먹을 수 있는 디저트 케이크를 하나 샀다. 20층 남자에게 아침에 도와준 답례를 하고 싶었다.

'아침에 20층 남자가 나를 쳐다보는 눈빛이 좀 달랐어. 뭐라 해야 하나? 나를 좋아하는 느낌이라고 할까? 아, 그 남자 생각만 해도 마음이 설레네. 남자를 다시 만날 방법이 없을까?'

남자가 보고 싶었다. 20층에 올라가야 할 이유가 필요했다.

케이크를 산 건 남자를 다시 보고 싶다는 열망에서였다. 남자가 싫어할 수도 있을 거란 생각은 하고 싶지도 않았다. 남자가 자신을 좋아할 거라는 생각에 한 치의 의심도 없었다.

남편은 오늘도 12시가 넘어서 들어올 거다. 아니면 이런저런 핑계를 대며 외박을 할 수도 있다. 아들은 미국 유학 중이었다. 방학이나 돼야 집에 올 수 있다. 한가함이 지나친 것도 병이 됐다.

'딩동.'

용기를 내 벨을 눌렀다. 안에서 인터폰으로 밖을 확인하는 소리가 들렸다. 몇 초의 시간이었지만 유경은 케이크를 문 앞에 내려놓고 도망치고 싶었다.

"어서 오세요."

문이 열리면서 남자가 보였다. 그는 환한 미소를 지으며 유경을 반겼다. 그녀는 부끄러운 듯 고개를 숙이고 말했다.

"아침에 엘리베이터 앞에서 넘어지지 않게 붙잡아 주셔서 감사해요. 덕분에 다치지 않았어요. 좋아하실지 모르겠지만 케이크를 하나 샀어요. 커피와 함께 먹으면 좋을 만한 것으로 골랐는데, 케이크를 좋아하실지 몰라 걱정이 되네요."

"케이크, 좋아합니다. 마침 커피 내리고 있었는데 들어오셔서 차 한잔하고 가세요. 같이 커피 마실 사람이 있으면 좋겠다고 생각하고 있었습니다. 아름다운 분과 차를 마신다면 저도 행복할 것 같습니다."

남자의 빤한 말에 유경은 기분이 좋아졌다. 20대 초중반으로 보이는 남자는 말을 지나치게 살갑게 했다. 영업 사원이 고객을 사로잡기 위해 하는 말처럼 편안하고 예의 발랐다.

유경이 남자를 따라 집 안으로 들어갔다. 그녀는 현관 입구에서서 거실을 둘러봤다. 검은색과 하얀색이 조화를 이룬 거실 인테리어를 보며 남자 수준을 짐작했다. 좀, 특이했다. 거실 벽 쪽에 붙박이 책꽂이가 하얀색 콘솔을 중심으로 양쪽으로 있었다.

책꽂이의 책들이 마치 인테리어 소품처럼 색깔과 크기 별로 정리돼 있었다.

TV는 없었다. 거실 소파는 흰색 벽지에 잘 어울리는 진한 네이비색이었다. 그다지 푹신해 보이진 않았다. 결벽증에 가까운 깔끔함이 느껴졌다.

남자는 유경에게 편히 소파에 앉아 있으라고 말했다. 유경은 어색하게 소파에 앉아 주방으로 향하는 남자를 쳐다봤다. 조금 시간이 지나자 거실에 커피 향이 가득했다. 달콤한 캐러멜 향이었다. 유경은 가슴을 들썩이며 향을 들이마셨다.

눈에 띄는 액자 하나가 있었다. 그녀는 콘솔 위에 있는 작은 액자를 바라봤다. 초등학생으로 보이는 어린아이와 부모로 보이는 남자와 여자가 서 있었다.

세 명의 표정이 좀 이상했다. 특히 여자가 이상했다. 외투 안에 입은 옷이 병원 환자복처럼 보였다. 세 사람의 입은 웃고 있었지만, 눈동자가 슬퍼 보였다. 유경은 일어나 콘솔 위에 있는 사진을 가까이 들여다봤다.

"부모님과 초등학교 때 찍은 사진이에요. 우리 부모님은 내가 초등학교 때 이혼하셨어요."

어느새 유경 옆에 남자가 커피 잔을 들고 서 있었다. 유경은 남자 목소리에 놀라 뒤돌아섰다. 남자 얼굴이 가까이에 있었다. 남자와 유경의 눈이 마주쳤다. 둘은 얼굴을 붉혔다.

　남자는 유경에게 캐러멜 향이 나는 커피 잔을 내밀었다. 유경이 말을 못 하고 커피 잔을 받아 들었다. 남자는 미소 지었다.

　"미안해 안 해도 돼요. 다 적응됐어요. 어릴 때는 상처를 많이 받았는데 지금은 괜찮아요. 아픔은 누가 치료해 주는 게 아니더라고요. 스스로 받아들이도록 노력해야 일어설 수 있더군요."

　유경이 당황하며 말했다.

　"죄송해요. 제가 이런 경우 뭐라 말을 해야 할지 잘 몰라서요. 좀, 제가 바보 같은 부분이 있어요."

　"얼굴에 그늘이 하나도 없으시잖아요. 아마 제가 첫눈에 당신에게 빠진 것도, 그늘 없는 당신 표정 때문인 것 같아요. 자꾸 당신 모습이 머릿속에서 지워지지 않았거든요. 당신은 순수하고 맑고 행복해 보입니다. 당신 얼굴엔 정말 그늘이 없어요."

　남자 말에 유경의 심장은 발작하듯 두근거렸다.

　'지금 이 남자가 나를 좋아한다고 말하는 건가?'

　유경은 남자가 한 말의 의도를 파악하려고 애를 쓰며 커피를 마셨다. 그때 남자 손이 '쓱' 다가와 유경의 얼굴을 만졌다. 유경은 떨리는 마음으로 남자를 쳐다봤다. 혹시…….

　남자는 이마 쪽으로 흘러내린 유경의 머리카락을 쓸어 귀 뒤로 넘겼다. 남자 손이 귀를 스치는 순간 유경의 몸이 가늘게 떨렸다.

　'띠링띠링.'

유경의 휴대 전화기로 메시지가 왔다는 소리음이 들렸다.

집에 돌아온 유경은 휴대 전화기를 들고 동영상을 뚫어지게 쳐다봤다. 영상을 열 번도 넘게 반복해서 봤다.

영상 속 남자 모습은 분명 남편이 맞았다. 어두운 카페 안에서 낯선 여자와 대화하는 모습을 누군가 촬영해 유경에게 보냈다.

여자는 짧은 단발머리에 피부는 까맣고 키는 작았다. 몸이 몹시 말라 보였다. 얇은 팔은 운동을 한 듯 단단해 보였다. 유경과는 전혀 다른 이미지였다. 귀부인처럼 우아하고 여성스러운 느낌이 나는 유경과 달리 도시적이고 차가워 보였다.

남편과 여자는 와인을 마시며 대화를 나누고 있었다. 둘은 연인처럼 옆에 나란히 앉아 얼굴을 마주하고 대화했다.

[유럽에서도 이렇게 바람을 피우고 다녔어요?"]

여자가 남편을 향해 질문을 던졌다.

[그럼, 공부하는 동안 다가온 여자들과 거의 다 잤어.]

[부인에게 들키지는 않았어요?]

[응, 문제가 된 적이 한 번도 없었어. 유럽에서는 문제가 없었어. 한국에서는 들킬 뻔한 적이 한 번 있었는데 아슬아슬하게 들키지 않았어.]

여자는 남편 말에 '피식' 소리를 내며 웃었다.

[부인에게 어떻게 변명을 하고 외박을 하는 거예요?]

[유럽에서는 여자들도 생각이 개방돼 있어서 특별하게 귀찮게 구는 여자가 없었어. 그래서 외박할 일은 없었어. 필요한 시간에 만나서 잠깐씩 즐겼으니까. 한국에서는 여자들이 집착해서 좀 피곤한 부분이 있더라고. 다행히 들키지는 않았어. 아내가 좀 둔해. 공주과라 자기가 세상에서 제일 예쁜 줄 알거든. 그런 자신을 두고 내가 외도를 할 거라고는 생각하지 못하거든. 내가 지방에 강의 간다고 하면 아내는 아무 말도 하지 않아. 워낙 지방으로 강의 가는 일이 많거든.]

[그렇구나. 오늘도 강의 간다고 하면서 나를 만나는구나.]

여자는 마치 남편을 조롱하기라도 하는 듯 얼굴을 남편 가까이에 댔다. 남편은 그 모습이 귀여운지 여자 볼을 양손으로 잡더니 가벼운 키스를 했다.

유경 손이 다시 부르르 떨렸다. 남편과 여자의 동영상은 3분 정도의 짧은 영상이었다.

남편은 늘 그랬다. 서울에 와서도 자주 지방에 강의를 다녔다. 지방으로 강의 가면 외박을 하거나 늦은 밤에 오는 날이 많았다. 파렴치한처럼 느껴졌다.

유경의 눈동자가 좌우로 움직였다. 치미는 화를 다스리기 어려웠다.

"그럼, 그동안 지방에 강의 간다고 하고 계속 다른 년들과 놀아난 거야? 미친 쓰레기 새끼, 더러워. 더럽고 역겨워. 그래서 나와 잠자리를 피했던 거였어. 이런 이유였어. 어떻게 나를 감쪽같이 속일 수가 있는 거야. 난, 왜 한 번도 의심하지 않은 거야. 왜, 이런 새끼를 믿고 산 거야. 그렇게 오랜 세월 동안 바람을 피웠는데도 왜, 나는 전혀 눈치를 채지 못한 거야. 왜, 눈치를 채지 못했냐고?"

당장 남편에게 전화해 영상의 내용을 확인하고 미친 듯이 화를 내고 싶었다. 하지만 영상과 함께 짧은 메시지도 같이 도착했다.

-더 많은 영상을 보내 드리겠습니다. 기다리세요. 확실히 답을 알 때까지 기다리세요. 지금 당장 남편에게 전화해서 확인한다면 더는 동영상을 보내 드릴 수 없습니다.-

치밀어 오르는 화를 참자 구토가 일어났다. 유경은 화장실로 뛰어가서 조금 전에 20층 남자와 먹었던 커피와 케이크를 다 게워 냈다. 한참을 게워 낸 후 변기 옆에 쪼그리고 앉아 울기 시작했다.

"개 같은 놈."

오랜 세월 동안 자신을 속인 남편을 용서할 수 없었다. 유경은 머리를 무릎 사이에 파묻고 오열했다.

"죽여 버리겠어. 아무도 모르게 죽여 버리겠어. 쓰레기 같은 새끼. 더러운 새끼. 오늘 집에 들어오면 잠자는 사이에 목을 졸라 죽여 버릴 거야."

1시간 정도 소리 내어 울었다. 급격히 피곤함이 밀려왔다. 유경은 욕실을 나와 침실로 갔다.

침대에 누워 호흡을 가다듬었다. 진정해야 했다. 이대로 있다가는 무슨 일을 저지를 것 같아 무서웠다.

유경은 20층 남자 얼굴을 떠올렸다. 머리카락을 쓸어 주던 남자의 눈빛과 손길을 떠올렸다. 들썩이던 가슴이 조금씩 진정됐다. 겨우 몇 번 본 남자였지만 유경에게는 그 존재만으로도 마음이 안정됐다. 긴장했던 몸이 풀리면서 나른해졌다. 졸음이 쏟아졌다. 유경은 졸음에 겨운 눈을 떴다 감았다 반복하며 중얼거렸다.

"오늘 이 집으로 들어오지 마. 자동차 사고로 죽어 버려. 미친 개새끼. 불에 타 죽어 버려."

남편이 죽어 없어지길 간절히 빌었다. 유경은 지친 듯 깊은 잠 속으로 빠져들었다.

4
영환

지후와 4학년 때는 같은 반이었지만 5학년이 되면서 반이 갈라졌다. 반이 갈라지면서 자주 얼굴을 볼 수 없게 됐다. 우리는 부모님을 설득해 같은 학원에 등록했다. 학원에서 처음 레벨 테스트를 했을 때는 내가 지후보다 낮은 반에 배정됐다. 지후와 다른 반에서 공부한다면 같은 학원에 등록한 의미가 없었다.

나는 지후 도움을 받으며 상위권 반에 들어가려고 지독히 공부했다. 매일 빈둥거리는 생활에 익숙했던 내가 공부를 하려고 하니 몸이 따라 주지 않았다. 끙끙거리며 몇 개월을 고생했다. 다행히 노력한 만큼 결과가 나왔다. 다음 테스트에서는 한 단계 위로 올라가 지후와 같이 수업을 들을 수 있었다.

부모님은 내 열정을 보고 놀라워했다. 아프기만 한 여린 아이라고 생각했다. 또 다른 내 모습에 당황하면서도 칭찬을 아끼지 않았다. 지후와 같이 다니면서 내 삶은 조금씩 달라지고 있었다. 몸의 구속과 타인의 구속에서 벗어나기 위해 조금씩 자신을 바꿔 갔다.

체력도 좋아졌다. 지후와 같이 축구도 하고 농구도 했다. 단체 운동은 할 수 없었다. 엄마 모르게 운동해야 했다. 내가 운동하는 걸 엄마는 지독히 싫어했다.

지후는 나를 배려했다. 몸이 세게 부딪치거나 넘어지는 행동은 위험했다. 지후는 내가 다치지 않게 조심하면서 운동의 재미를 느끼게 도와줬다.

나도 밝은 태양 아래에서 땀을 흘리며 운동했다. 높은 골대 위로 점프해서 골을 집어넣었다. 그 순간 가슴이 벅차오르며 폭발할 것 같은 환희가 내 안에 가득 찼다.

삶이 바뀌면서 잦은 심장 발작도 줄어들었다. 나는 부쩍 키가 크고 몸도 건강해졌다.

5학년 여름 방학에 지후와 난 여름 캠프를 신청했다. 신청한다고 아무나 갈 수 있는 캠프는 아니었다. 소수만이 서류 심사를 통과해 캠프에 참가할 수 있었다. 자원봉사들도 많았고, 기업의 후원도 많은 캠프였다. 참가 비용도 저렴하고 프로그램도 훌륭

했다. 먼저 참가했던 아이들이 자랑삼아 떠들어 댔다.

나와 지후는 걱정하면서 며칠을 보냈다. 우리는 둘 중 한 명만 서류에 통과한다면 같이 불참할 것을 약속했다. 지후는 나를 위해서 약속했다. 지후가 떨어질 이유는 없었다. 문제는 나였다.

지후는 캠프를 운영하는 선생님을 간절히 만나고 싶어 했다. 지후가 영웅으로 생각하는 선생님이었다. TV에 나오는 선생님을 볼 때마다 지후는 얼굴을 붉히며 칭찬했다. 나는 붉어진 지후 얼굴을 보며 묘한 불쾌함을 느꼈다.

"지후야, 나는 서류 심사에 통과하지 못할 것 같아. 만약 그렇게 되면 너 혼자 다녀와. 나는 괜찮아."

속마음을 숨기고 지후에게 말했다.

"영환아, 너랑 같이 가고 싶어. 그 선생님도 정말 보고 싶지만, 나 혼자는 캠프에 참가하지 않을 거야. 너와 같이 갈 거야. 떨어지면 우리 다른 캠프에 신청서를 내자."

지후가 웃으며 말했다. 비로소 나는 마음이 놓였다.

캠프 시작 일주일 전에 서류 합격 문자가 부모님과 우리에게 왔다. '띠링' 울리는 문자에 지후와 나는 동시에 휴대 전화기를 열었다. 문자를 보는 순간, 우리는 주먹을 위로 올리며 "와!" 하고 환호성을 질렀다.

다음 날부터 나는 잠을 이루지 못했다. 잠자리에 누워 캠프장을 상상했다. 모든 게 가능한 마법의 성처럼 느껴졌다.

초등학교 고학년을 대상으로 하는 캠프는 부모의 도움 없이 친구들과 같이 집결지에 모이는 과제가 있었다. 매일 엄마의 픽업에 익숙한 나는, 지후와 단둘이 지방에 있는 캠프장까지 가야 한다는 사실이 조금은 두려웠다.

캠프장으로 출발하는 날, 엄마는 아침부터 심란한 마음을 드러냈다.

"영환아, 괜히 신청했나 봐. 캠프장에서 무슨 일이 생기면 어떡해? 엄마는 마음이 편치 않다. 그냥 아프다고 하고 취소할까?"

엄마는 불안한 마음을 감추지 못하고 중얼거렸다.

"엄마, 그만해. 벌써 결정된 일이잖아. 지후랑 있으면 괜찮아. 난 이번에 지후랑 꼭 캠프 가고 싶다고."

나는 엄마가 캠프를 취소할까 불안했다. 엄마는 휴대 전화기를 계속 만지작거렸다. 그때 '딩동' 하고 현관 벨 소리가 들렸다.

"지후다."

나는 인터폰으로 지후 모습을 확인하고 서둘러 현관문을 열었다. 지후는 회색과 하늘색, 흰색이 잘 어울리는 민소매 티와 숫자 3이 커다랗게 새겨진 청색 반바지를 입고 있었다.

엄마는 거실로 들어오는 지후에게 다가가 손을 잡았다.

"지후야, 우리 영환이 좀 잘 부탁해. 우리 영환이가 너를 만나고부터 몸도 건강해지고 성적도 올라가서 나는 네가 얼마나 고마운지 몰라. 지후야, 우리 영환이에게 문제 생기지 않게 항상 옆에 있어 줘. 부탁해.”

걱정하는 엄마를 보며 지후는 침착하게 말했다.

“네, 걱정하지 마세요. 제가 꼭 영환이 옆에 있을게요!”

지후 대답을 들은 엄마는 안심된 듯 표정이 변했다.

“지후야, 이거 받아.”

엄마는 지갑에서 5만 원짜리 지폐 한 장을 꺼냈다. 지후는 당황하며 손사래를 쳤다.

“지후야, 다음에 아줌마가 지후 좋아하는 책으로 선물할게. 오늘은 아줌마가 바빠서 서점에 못 갔어. 영환이랑 캠프 가서 맛있는 거 사 먹어. 영환아, 지후 옆에서 멀리 가지 마.”

“엄마, 알았다고. 지후 피곤할 테니 그만 좀 해. 내가 알아서 할게.”

나는 엄마의 집요함에 짜증이 났다.

“네, 고맙습니다. 맛있는 것 사 먹을게요. 그리고 영환이 잘 지켜 줄게요.”

지후가 엄마를 보며 대답했다. 엄마가 안심하는 표정을 지었다.

나는 지후 손을 잡고 부리나케 집 밖으로 뛰쳐나갔다.

“영환아, 영환아.”

엄마가 부르는 소리가 들렸다. 나는 지후 손을 꼭 잡았다.

구름 한 점 없는 파란 하늘이 보였다. 우리는 손을 잡고 버스 정류장을 향해 힘껏 달렸다.

 *

“영환아, 정신이 드니?”

누군가의 목소리가 멀리서 들렸다.

“아…….”

희미하게 사람들 목소리가 들렸다. 가슴이 아팠다. 머리도 무언가에 짓눌린 듯 무거웠다. 사람들 모습이 뿌옇게 눈앞에 보였다. 주변을 둘러봤다. 병실이었다.

캠프가 시작된 지 나흘째 되는 날 새벽, 나는 심장 발작을 일으켰다. 급하게 119 구급차에 실려 병원으로 향했다.

병실에는 사람들이 가득했다. 안경을 낀 의사와 간호사, 인상이 험악해 보이는 낯선 남자 그리고 지후 부모님과 엄마와 아빠가 보였다.

나는 숨을 깊게 들이마시고 마른 입술을 핥았다. 사람들이 웅성거리며 내 곁으로 다가왔다. 지후 엄마 목소리가 들렸다. 나는 아직 정신이 들지 않았는지 목소리는 들렸지만, 지후 엄마가 무슨 말을 하는지는 이해되지 않았다. 막연히 지후에 관해 물어보는 듯했다.

“안 돼요. 지금 이러시면 환자가 안정을 찾을 수 없습니다. 기다리세요. 이러다 환자가 발작을 일으키며 다시 쓰러질 수 있습니다.”

안경을 끼고 몸이 마른 의사는 낯선 남자와 지후 부모님을 병실에서 내보내며 말했다. 사람들은 의사 손짓에 맞춰 병실 문을 향해 움직였다. 나는 병실 문으로 걸어가는 사람들을 멍하니 바라보다 고개를 돌린 지후 엄마와 눈이 마주쳤다. 지후 엄마 눈에 절망이 담겨 있었다.

"영환아, 우리 지후 못 봤어? 지후가 없어졌어. 영환아, 항상 네가 지후랑 다녔잖아. 지후가 캠프장에서 없어졌어. 우리 지후를 찾아야 해. 영환아, 제발 부탁이야. 지후가 어디 갔는지 말해 줘."

지후 엄마 눈이 빨갛게 부어올라 있었다. 나를 보며 떨리는 목소리로 한마디 한마디 정확히 말했다. 어눌한 발음을 내가 알아듣지 못할까 싶어 발음에 힘을 주었다. 또박또박 말하는 지후 엄마를 보며 나는 다시 심장이 조여 왔다.

해리 장애라고 했다. 심한 스트레스나 충격으로 자신을 보호하기 위한 방어 기제라고 말했다. 무언가 무의식 속에서 강하게 기억을 억누르고 있다며 정신과 의사는 나와 부모님을 바라보며 말했다.

낡은 점퍼를 입은 형사와 지후 부모님이 매일 나를 찾아왔다. 나는 절망에 빠진 지후 엄마를 보며 지워진 기억을 되찾으려 애를 썼다.

"우리는 매일 같이 있었어요. 엄마 부탁으로 나와 지후는 이층 침대를 같이 사용했어요. 지후가 위층을 사용하고 내가 아래층을 사용했어요. 수요일까지 계속 같이 있었어요. 그다음은 전혀 기억이 나지 않아요. 죄송해요. 기억이 정말 나지 않아요."

내 이야기를 가만히 듣고 있던 형사가 짧고 깊은 숨을 내쉬며 말했다.

"수요일 밤에 지후가 없어졌어. 담당 선생님이 다른 선생님들과 찾아보다가 경찰에 연락했거든. 그 이후 지후를 찾을 수가 없어. 혹시 지후가 네게 무슨 이야기를 한 적은 없니? 뭐든 좋아. 지후가 한 이야기를 다 말해 줘. 유괴당한 건지, 아니면 스스로 캠프장을 이탈한 건지 알아야 하거든."

"지후는 가족에게 상처 줄 행동은 절대 하지 않아요."

나는 형사 말이 이해되지 않았다.

"그래도 남자아이들은 가출하는 경우가 종종 있어. 나쁜 친구들과 어울리다 보면 호기심으로 장소를 이탈하기도 하지. 스스로 캠프장을 이탈하는 경우라면 우리도 도와줄 수가 없거든. 돌아올 때까지 기다리는 수밖에 없어. 현재는 아무에게도 연락은 없어. 아무래도 유괴는 아닌 듯싶은데……."

형사는 지후가 캠프장을 이탈한 경우에 힘을 실어 말했다.

"아니에요. 지후는 가출할 아이가 아니에요."

지후 엄마가 소리쳤다. 1인실 병실에 그녀의 목소리가 울렸다. 우리는 모두 긴장한 눈으로 지후 엄마를 쳐다봤다.

"그럼, 왜 영환이가 기억을 잃어버렸겠어요. 왜 기억을 잃었을지 생각해 보라고요."

병실 안 사람들이 나를 쳐다봤다. 엄마는 다급하게 지후 엄마 말을 받아쳤다.

"영환이가 기억을 잃은 건 심장이 너무 아파서 생긴 일이에요. 처음부터 여름 캠프를 신청하는 게 아니었어. 영환이가 그곳에서 스트레스를 심하게 받아 다시 심장병이 심해진 거야. 우리 영환이와 지후 가출을 자꾸 연관 지어 말하지 마세요."

분을 삭이듯 엄마는 숨을 내쉬었다.

"오늘은 여기까지만 하세요. 영환이가 계속 힘들어하잖아요."

엄마의 재촉에 형사와 지후 부모님은 자리에서 일어나 병실을 나갔다. 지후 엄마의 힘없이 늘어진 어깨가 자꾸 눈에 밟혔다.

지후 부모님은 매일 나를 찾아왔다. 담당 형사와 나는 지쳐 갔다. 따뜻한 갈색 눈을 가졌던 지후 엄마의 눈동자가 변하며 눈에서 광기가 보였다. 나를 바라보는 눈빛이 점점 사나워졌다.

엄마는 지후 엄마가 찾아올 때마다 흥분한 듯 손을 떨었다. 처음에는 사라진 지후에 대한 걱정으로 지후네 가족을 바라봤다. 하지만 시간이 지날수록 불쾌함을 드러냈다.

지후 엄마는 조금씩 이성을 잃어 갔다. 나를 바라보는 눈빛에 원망이 서려 있었다. 눈치가 빠른 엄마는 노골적으로 싫어하는 기색을 보이며 지후 엄마를 쳐다봤다.

"애가 가출한 것을 가지고 왜 우리 아이를 닦달하는 거야? 자기가 자식 관리를 잘했으면 이런 일은 없었을 거 아냐. 왜 남의 아들을 매일 찾아와 못살게 구는 거야?"

엄마는 화를 참지 못하고 말을 내뱉었다.

나는 지쳐 갔다. 지후 부모님을 만날 때마다 심장이 좋지 않았다. 가슴을 쥐어짜는 고통으로 인해 지후 실종에 대해 아무 대답도 할 수 없었다.

며칠 후 지후가 사라진 날 입었던 옷이 발견됐다. 캠프장에서 멀지 않은 농가의 쓰레기 더미 속에 있었다. 피가 흥건하게 묻은 겉옷과 속옷이 모두 검정 비닐봉지 안에 있었다. 그때부터 본격적인 수사가 시작됐다.

5
기석

기석은 교수실을 나와 총장실로 향했다. 총장실 앞에는 동료 교수 몇 명이 모여 이야기를 나누고 있었다. 학교 안에서 일어난 성추행 사건으로 교수 한 명이 징계받았다. 대학은 이 문제로 몇 달째 시끄러웠다.

기석은 동료 교수들에게 가볍게 손을 흔들었다. 그는 총장실 앞에서 옷을 다시 정리한 후 안으로 들어갔다. 긴장으로 손에 땀이 뱄다.

머리가 반쯤 벗겨지고 몸이 뚱뚱한 총장이 기석을 반갑게 맞았다.

"어서 와요, 이 교수. 여기 앉아요."

총장의 살가운 인사에 기석은 긴장을 풀었다.

기석이 소파에 앉자 총장이 말을 이었다.

"장관님께서는 잘 지내시나요? 요즘 바빠서 통 연락을 하지 못했습니다."

"네, 장인어른께서 요즘 일 때문에 정신이 없으신 것 같습니다."

"그래, 언제 시간 되면 셋이서 밥이라도 먹읍시다. 요즘 교내가 성추행 문제로 아주 시끄러워요. 저도 골치가 아픕니다. 이 교수도 조심해 주세요. 아주 사소한 행동도 하시면 안 됩니다. 아, 내가 쓸데없는 말을 하네. 이 교수는 그런 쪽으로는 아주 신사적이라고 소문이 났는데 별걱정을 다 합니다."

기석은 총장 말에 표정이 굳어졌다. 그는 바로 웃으며 고개를 저었다.

"아닙니다. 조심해야죠. 조금이라도 학교에 누가 되는 행동을 하면 안 되니까요."

"그래요. 내가 불러 놓고 이상한 이야기만 해서 미안해요. 이번 논문 평이 좋아요. 그 이야기 하려고 불렀어요. 매번 학교에 도움을 주는 좋은 논문을 써 줘서 고마워요."

"아닙니다. 그렇게 말씀해 주셔서 고맙습니다."

기석은 침을 꿀꺽 삼켰다.

총장이 말하는 동안 기석은 논문에 대해 생각했다. 프랑스 대학의 논문을 번역해서 짜깁기한 부분이 몇 군데 있어 마음이 불편했다. 가끔 생각이 나지 않거나 시간이 없을 때 쓰는 방법이었다. 언젠가 걸릴 수도 있기에 되도록 편법은 쓰지 않으려고 노력하고 있었다. 하지만 급할 때는 여전히 짜깁기 방법을 사용했다.

총장실을 나와 교수실로 향하던 기석은 발길을 멈췄다. 강의실 문틈 사이로 사람들의 대화 소리가 들렸다. 대화 내용 중에 이 교수란 단어가 들렸다. 기석은 몸을 숨기고 살짝 열린 교실 문틈 사이로 강의실을 들여다봤다. 한 시간 전, 총장실 문 앞에서 본 교수 중 두 명이었다.

"이 교수 이번 논문 때문에 총장실로 갔지?"

경제학과 박 교수가 영문과 김 교수에게 말했다.

"응, 이 교수 요즘 잘나가. 장인 덕분에 학교에서도 총장이 이 교수에게 굽실거리고 말이야. 좀 재수 없긴 해도 부럽지 뭐."

영문과 김 교수는 기분이 상한 듯 쩝쩝 소리를 내더니 가지고 있던 커피를 한 모금 마셨다.

"그래, 20대 후반에 그렇게 TV에도 나오고 유명하더니 유학 갔다 와서 교수 자리 잡고 아주 조용하게 지내네. 그때 유명세 이용해서 국회로 진출해도 됐을 텐데도 말이야."

"이 교수 박사 논문에 대해 말이 많았던 것 알아? 박사 논문하고 지금 가르치고 있는 심리학 강의와 크게 관련이 없다는 말이 있어. 장인 덕에 자리를 잡았다는 말이 돌잖아."

김 교수 말에 박 교수는 고개를 끄덕였다.

"들었긴 해. 그게 어디 이기석 한 사람뿐인가? 찾아보면 그런 인간이 한둘이 아니잖아."

기석은 그들 대화를 들으며 미간을 찌푸렸다. 그는 강의실을 지나 서둘러 교수실로 향했다.

기석은 학교에서 나와 버스를 탔다. 가끔 자가용 대신 버스를 이용했다. 운전하기 싫은 날이 있다. 마음이 답답한 날 기석은 버스를 타고 퇴근했다. 강의가 끝나고 특별히 할 일이 없는 날 버스를 탔다. 전용차선으로 달리는 버스는 정류장에 서는 일 외에는 막힘이 없었다. 버스를 타고 창밖을 쳐다보면 답답한 가슴이 조금은 시원했다.

버스가 빨간 신호를 받고 횡단보도 앞에서 정차했다. 초등학생으로 보이는 남자아이 두 명이 손짓 발짓을 하며 길을 건너는 모습이 창문 너머로 보였다. 기석은 두 아이를 유심히 쳐다봤다. 남자아이들은 재미있는 이야기를 하는지 입을 크게 벌리고 웃었다. 기석도 아이들의 웃는 모습을 보며 따라 웃었다.

기석은 아이들이 사라질 때까지 쳐다봤다. 신호등이 초록색으로 바뀌자 버스가 움직였다. 기석의 뇌에는 아직 아이들 모습이 남아 있었다. 특히 곱슬머리에 쌍꺼풀이 있는 아이가 머릿속에서 지워지지 않았다.

버스는 막힘없이 달렸다. 생각보다 일찍 도착한 기석은 버스 정류장에 잠시 서 있다가 천천히 걸었다. 집으로 걸어가며 교수들의 뒷말과 아이들의 웃음소리를 떠올렸다.

기석은 떠오르는 기억을 떨쳐 내려고 머리를 흔들었다.

아파트 현관문을 열고 안으로 들어갔다. 아무 인기척이 없었다. 넓은 거실 안에 혼자만 덩그러니 서 있었다. 겉옷을 벗어 가방과 같이 소파에 올려놨다. 기석이 이렇게 소파에 올려놓으면 아내가 알아서 옷과 가방을 정리했다. 옷은 의류 관리기에 집어넣었고 가방은 서재에 갖다 놓았다. 넥타이는 세탁소에 맡기고 양말은 세탁기 안에 넣었다.

기석이 침실 문을 열었다. 아내가 침대에 누워 있었다.

"어디 아파?"

기석이 물었다.

아내는 아무 말도 하지 않았다. 그는 잠시 헛기침을 한 뒤 침실 문을 닫았다. 아내는 화가 날 때면 침대에 누워 아무 말도 하지 않았다.

기석은 소파에 있는 양복을 의류 관리기에 넣었다. 이렇게 조금만 도와줘도 아내는 화를 풀었다. 그는 가방을 들고 거실을 둘러본 후 서재 안으로 들어갔다.

기석은 서재에 앉아 남쪽으로 난 창문을 바라봤다. 넓은 창문 너머로 짙푸른 나무들이 보였다. 그는 잠시 멍하니 의자에 앉아 있다가 넥타이를 푼 후 서재를 나갔다.

주방에서 레드와인 한 병을 찾아내 뚜껑을 땄다. '딱' 소리와 함께 진한 와인 향이 코를 자극했다. 그는 주방에 있는 잔을 꺼내 물에 한번 헹군 후 와인 병과 와인 잔을 들고 서재로 들어갔다.

와인을 입 안에 굴리며 맛을 음미했다. 진하고 떨떠름한 맛이 입 안을 감쌌다. 맛이 좋았다. 술기운이 돌며 스트레스도 조금씩 풀렸다. 기분이 좋을 만큼 취기가 돌았다.

기석은 컴퓨터 밑에 있는 책상 서랍을 열었다. 서랍 밑에는 비밀 공간이 있었다. 그는 서랍 밑에 숨겨진 작은 공간에서 USB를 꺼내 컴퓨터에 끼웠다. 기석은 스트레스를 풀고 싶을 때면 USB에 저장된 영상을 보며 자위했다.

화면에 영상이 떴다. 기석 몸에 서서히 열기가 차올랐다. 그는 다급하게 바지 벨트를 풀었다.

6
영환

지후는 살해됐다. 캠프장에서 몇 킬로미터 떨어진 곳에 있는 마을 여기저기서 토막 난 지후 몸이 발견됐다. 처음으로 발견된 장소는 저수지였다. 검정 비닐에 싸여 있는 지후 머리가 발견됐다. 곧 절단된 지후의 팔과 다리, 몸통도 발견했다. 지후 몸은 절단된 채 검정 비닐에 싸여 땅속에 파묻혀 있거나 쓰레기 더미 위에 던져져 있었다.

몸통은 심하게 훼손돼 있었다. 몸통 일부분은 농가에서 키우는 개 밥그릇에서 나왔다. 개들이 몸통을 물어뜯어 먹은 뒤였다. 뼈만 남아 있었다. 개들은 뼈에 대한 강한 집착을 드러냈다. 이빨을 드러내며 경찰들이 다가오는 걸 경계했다.

경찰이 개들을 향해 마취총을 쐈다. 개들은 끝까지 뼈를 놓지 않았다. 시간이 조금 지나자 마취 효과가 나타났다. 개들이 정신을 잃으며 옆으로 쓰러졌다. 몇 명의 경찰이 달려들어 개들의 입을 강제로 벌리고 뼈를 빼앗았다. 경찰은 살이 너덜너덜하게 붙은 뼈를 비닐봉지에 담아 국립 과학 수사 연구소로 보냈다.

살인 사건은 미궁에 빠졌다. 다급해진 형사들은 마을 사람 중 의심이 가는 사람들을 붙잡아 심문했다. 마을은 노인들만 사는 조용한 농촌이었다. 범죄 경력이 있는 사람이 없었다. 작은 절도 사건도 없는 한적한 농촌에서 일어날 수 없는 살인 사건이었다.

아무 단서도 없었다. 원한에 의한 살인이 아니었다. '묻지 마 살인'도 아니었다. 연쇄 살인도 아니었다. 지후가 살해된 장소조차 예측할 수 없었다. 몸통을 개들이 뜯어 먹었다. 어떻게 살해됐는지 알아낼 수 없었다. 죽은 후 전기톱으로 몸이 잘린 것만 알 수 있었다.

형사들은 내게 희망을 걸었다. 처음 지후 엄마가 말한 대로 내 기억 장애와 지후 살인 사건이 연관이 있을 거로 생각했다. 형사들은 부모님을 설득하고 의사와 상의해 최면 수사를 결정했다. 지후 엄마의 간절한 부탁이 있었다. 엄마는 내 심장 발작을 두려워하며 반대했다. 나는 지후 엄마의 부탁을 거절할 수 없었다.

속마음은 달랐다. 피하고 싶었다. 몸과 마음이 극도로 지후에 관한 생각을 회피했다. 지후란 단어만 들어도 심장이 걷잡을 수 없을 만큼 뛰었다. 내가 호흡을 가다듬어도 의지와 상관없이 심장을 움켜쥐고 자리에 주저앉았다.

지후를 떠올리면 안 된다. 절대 지후를 떠올리면 안 된다. 이유는 모른다. 검은 장막이 걷히는 순간 죽음보다 더한 고통이 나를 기다리고 있을 것 같았다. 나를 보호하고 싶었다. 감당하기 어려운 검은 공포가 등 뒤에서 나를 노려보고 있었다.

'기억하지 마. 절대 기억하지 마.'

병원에서 빈 병실을 이용해 침실처럼 편안한 공간을 만들어 놨다. 병실에는 형사들과 최면술사, 부모님이 있었다. 혹시 모를 심장 발작을 대비해 심장 전문의도 함께 참석했다.

최면술사는 내게 의자에 편안히 몸을 맡기라고 했다.

"편안히 누워 있어요. 자, 내 말소리에 귀 기울여 보세요. 당신은 아주 편안한 상태로 들어갈 거예요. 나를 믿고 모든 걸 맡기세요."

최면술사는 계속 같은 말을 반복하며 내가 편안한 마음을 갖도록 유도했다.

"자, 눈을 감고 숨을 깊이 들이마십니다. 숨을 길게 내쉬며 온몸의 긴장을 풉니다. 팔다리와 온몸의 근육을 풀어 줍니다. 자신의 호흡에 집중하고 숨을 깊이 들이마시고 내쉽니다. 긴장을 풀어 줍니다. 긴장이 풀어지면서 당신은 몸이 편안해집니다."

최면술사의 반복되는 말에 긴장했던 내 몸은 조금씩 풀어졌다. 곧 심장은 규칙적으로 움직였다. 조금씩 그의 말에 빨려 들어가듯 무의식 속으로 빠져들었다.

"자, 모든 근육이 풀어지면 제 말소리에 집중해 주세요. 잠시 후 스물에서 하나까지 거꾸로 세겠습니다. 스물, 열아홉, 열여덟, 깊이, 더 깊이 깊어집니다. 열일곱, 열여섯, 열다섯, 열넷 깊이 빠져들어 갑니다. 계속 깊어집니다. 열셋, 열둘, 열하나. 계속 아래로 내려가다 보면 하얀 문이 보입니다. 그 문을 열고 안으로 들어가세요."

몸이 깊은 바닥으로 빨려 들어갔다. 최면술사의 말소리가 점점 멀어져 갔다.

캠프장이 보였다. 어두웠다. 하늘에 뜬 달이 빨간색이었다. 빨간 보름달이 지후 얼굴을 비췄다. 지후는 바위 위에 누워 나를 바라봤다. 따뜻한 갈색 눈이 나를 보고 웃었다.

"영환아, 아무도 모르게 그곳에서 기다리고 있어."

"알았어, 지후야."

지후가 어둠 속으로 사라졌다. 어둠 속 깊은 곳에서 지후가 다시 보였다. 침대에 누운 지후가 온몸이 잘린 채 나를 보고 웃고 있었다. 창문에 비친 빨간 달에서 피가 흘러내렸다.

뚜……, 뚜……, 뚜…….

"교수님, 환자 심장이 정상으로 돌아왔어요."

"어디? 다행이네. 다신 최면 수사 하지 말라고 담당 형사에게 전해요. 애 죽일 뻔했잖아."

내가 정신이 들 즈음에 간호사와 의사가 대화를 나누는 소리가 들렸다. 침대 옆 기계에서 내 심장 소리가 들렸다.

뚜……, 뚜……, 뚜…….

규칙적인 소리가 들렸다. 극심했던 고통도 사라졌다. 마음도 조금씩 안정을 찾았다.

가슴 통증으로 기운을 다 빼앗긴 나는, 겨우 실눈을 뜬 채 주위를 살폈다. 고개를 돌릴 힘조차 없었다. 손과 발이 차가웠다.

최면 수사를 받던 중에 심장 발작을 일으켰다. 최면 수사는 즉시 중단되고 의사는 급하게 응급조치를 취했다. 신속한 대처로 큰 문제는 발생하지 않았다.

병실 밖에서 울고 있는 엄마 소리가 들렸다.

"영환 학생 부모님, 학생이 안정을 되찾았어요. 이제 한시름 놓으셔도 되세요. 어머니, 많이 놀라셨겠어요."

병실 문을 열고 복도로 나간 간호사 목소리가 들렸다.

"정말 이제 괜찮은 건가요?"

아빠가 안심한 듯 물었다.

"네, 안정을 되찾았어요."

"여보, 다행이다. 이제 그만 울어."

아빠가 엄마를 달래는 소리가 들렸다. 엄마 울음소리도 조금씩 잦아졌다.

"그리고 형사님, 영환 학생이 더는 최면 수사를 받지 못할 것 같아요. 교수님께서 환자가 위험할 수 있다며 허락할 수 없다고 하시네요."

"아……. 네, 알겠습니다."

형사는 할 말이 있는 듯 길게 늘어뜨리며 대답을 했다.

"중단할 수 없어요. 저…… 절대 중단해서는 안 돼."

지후 엄마 목소리가 병원 안에 울려 퍼졌다. 긴장으로 인해 ㄹ 발음이 제대로 나오지 않았다.

"영환이가 뭔가 본 게 분명해. 그래서 기억하지 못하는 거야. 심장이 아프다고 하는 것도 다 핑계일 수도 있어."

목소리에 증오가 서려 있었다.

"왜, 영환이는 우리 지후 이야기만 나오면 심장이 아프다고 하는 거야? 왜, 아무것도 기억하지 못하는 거야? 두…… 둘이 그렇게 붙어 있었으면서도 왜 기억하지 못하느냐고?"

이성을 잃고 절망에 빠진 지후 엄마는 갑자기 확신에 찬 목소리로 말했다.

"혹시 영환이가 우리 지후를 죽인 게 아닐까?"

잠시 주변이 조용했다. 나는 다시 심장이 조여 왔다.

"이봐요, 당신 미친 것 아냐? 영환이가 어떻게 그런 일을 저지를 거로 생각하는 거예요. 아무리 지후 죽음이 슬퍼도 아무 말이나 함부로 하면 안 되죠. 당신 아들이 소중한 것처럼 내 아들도 소중하다고요. 아무 말이나 하지 마세요."

엄마가 울분을 터뜨렸다.

"그럼 왜 기억하지 못하는 거예요? 우리 지후가 잔인하게 살해됐는데 왜 댁의 아들은 아무 기억도 하지 못하는 거예요. 대체 왜요? 우리 지후가 온몸이 저…… 절단돼 죽어 가고 있을 때 당신 아들은 뭐 하고 있었느냔 말이에요?"

지후 엄마가 절규하며 바닥에 주저앉는 소리가 들렸다.

"당신, 이제 그만해. 집으로 돌아가자. 이러다가 영환이도 같이 죽겠어. 지후를 죽인 범인을 찾고 싶은 거지 영환이를 죽이고 싶은 건 아니잖아. 집으로 갑시다, 어서."

지후 아빠 목소리가 들렸다. 나는 지후 아빠 목소리를 처음 들었다.

"여보, 나는 이대로 집에 갈 수 없어. 영환이가 대답을 해 줄 때까지 여기서 기다릴 거야. 여기서 기다리다 죽더라도 여기서 기다릴 거야. 세상 모든 사람이 나를 욕해도 나는 들어야겠어. 대체 영환이 기억 속에 무엇이 있는지 나는 들어야겠어. 여보, 나는 여기서 이 병원 복도에서 죽을 거야. 아무도 나를 말릴 수 없어."

지후 엄마의 울부짖는 소리가 귀에 꽂히자 나는 양손을 들어 귀를 막았다.

"싫다고, 집에 가기 싫다고. 나를 여기에 내버려 둬. 그럼 나는 죽어 버리……릴 거야. 나를 내버려 둬. 나는 집으로 가지 않을 거야."

"지후 어머니, 이러시면 안 됩니다."

사람들 목소리가 들렸다. 지후 엄마 고함이 점점 멀어져 갔다. 조금 지나자 병실 밖 복도는 조용해졌다. 세상에 아무도 존재하지 않는 것처럼 감당하기 어려운 침묵이 남아 있었다.

*

지후는 죽었다. 살해됐다. 나는 해리 장애였다. 지후와 있었던 모든 날을 다 기억하지만, 지후가 죽은 날의 기억은 상자에 담아 땅속에 묻어 버린 듯 통째로 사라져 버렸다.

퇴원 후 얼마 동안 집에서 쉬었다. 여름 방학이 끝나고 다시 학교에 갔다. 지후가 사라졌지만 나는 평범한 일상으로 돌아갔다. 친구들은 지후 소식을 알고 있었다. 충격을 받은 여자아이 중에는 나와 말하는 걸 꺼렸다. 일부 아이들은 사스퍼거 환자처럼 극도의 이기적인 호기심을 보이며 물었다.

"영환아, 너 지후 죽은 모습 직접 봤어?"

친구 눈동자에서 악의 가득한 호기심이 느껴졌다.

"몰라, 나는 아무것도 기억하지 못해."

마치 전혀 모르는 사람에 대해 말하는 것처럼 나는 차갑게 대답했다.

"정말? 사람들이 지후 시체가 절단된 채 발견됐다고 하던데, 넌 정말 못 봤어? 피를 줄줄 흘리고 있었겠지? 우리 학교에서 제일 인기가 좋았던 지후가 누군가에게 살해됐다니……. 그게 누군지 정말 궁금하다."

순간 친구를 죽이고 싶었다. 부르르 떨며 손에 쥐고 있던 연필에 힘이 갔다. 그대로 친구 목에 찔러 넣고 싶었다. 억눌린 감정을 배설하지 못하고 나는 그대로 책상으로 고꾸라졌다. 심장을 움켜쥐고 손을 벌벌 떨며 거품을 물었다. 친구는 당황한 듯 놀라 도망쳤다. 다시는 내게 지후에 관해 묻지 않았다.

지후 엄마는 그날 이후, 아파트 입구에 있는 두 번째 벚나무 밑에서 나를 쳐다봤다. 갈색 눈동자가 미친 듯 움직이며 나를 쫓았다. 파리하게 마르고 초췌해진 지후 엄마를 보면 내 마음은 갈가리 찢겼다.

내가 병원에서 퇴원한 날부터 지후 엄마는 매일 우리 집에 찾아왔다. 아침 6시가 되면 현관 벨이 울렸다. 우리 가족 중 누군가 현관문을 열면 아줌마가 서 있었다.

“영환아, 영환아.”

지후 엄마가 나를 부를 때마다 힘이 빠지며 머리가 아팠다. 엄마는 곧 쓰러질 것 같은 내 모습을 보며 다시 현관문을 닫았다. 그때부터 계속 벨을 눌렀다. 문을 두드리고 소리를 질렀다. 지친 엄마는 문을 열고 말했다.

“지후 엄마, 영환이가 말했잖아요. 모른다잖아요. 아무것도 모른다고 말하는데 어린아이를 스토커처럼 쫓아다니면 어떻게 해요?”

지후 엄마는 절망 가득한 얼굴로 말했다.

“미안해요. 그래도 혹시 계속 물어보면 기억이 날 수도 있잖아요. 노력하면 기억할 수도 있잖아요. 계속 찾아와서 미안해요. 하지만 나는 영환이에게 꼭 들어야 해요.”

“저도 미안해요. 영환이는 아직 환자예요. 안정이 필요하다고요. 지후 엄마도 이제 집에 돌아가셔서 아침 먹고 건강도 챙기셔야죠. 언제까지 이런 짓을 하실 거예요. 우리 가족이 지후 엄마 때문에 모두 미칠 것 같다고요.”

엄마는 소리치며 말했다.

힘없이 뒤돌아서서 계단을 내려가는 지후 엄마 모습이 보였다. 바닥으로 사라질 듯이 밑으로 처진 지후 엄마 모습이 마음에 남아 나는 아침밥을 입에 넣을 수가 없었다. 하지만 다음 날 아침 6시가 되자 지후 엄마는 여지없이 우리 집 벨을 눌렀다.

엄마는 언제부터인가 아무리 벨이 울려도 문을 열지 않았다.

문을 두드리고 소리를 질러도 현관문을 열지 않았다.

지후 엄마는 미쳐 갔다. 열리지 않는 현관문을 발로 찼다. 괴성을 지르며 몸부림을 쳤다. 자신의 옷을 찢고 머리카락을 쥐어뜯으며 소리 질렀다.

"영환이 때문에 우리 지후가 죽었어요. 우리 지후 살려 내. 지후 살려 내. 영환이 네가 우리 지후 죽인 거야. 지후 살려 내."

아파트 사람들이 몰려들며 수군거렸다. 엄마는 112에 신고했다. 경찰들에게 끌려가는 지후 엄마는 발버둥을 쳤다. 하얀 머리가 듬성듬성 난 길고 흐트러진 머리카락이 아줌마의 얼굴을 덮었다. 뒷모습에 살의가 가득했다.

며칠 후 지후 엄마는 우리 집 벨을 두 번 누른 후 아무 소리도 들리지 않자 현관에 휘발유를 붓고 불을 질렀다.

엄마가 접근 금지 가처분 신청서을 법원에 냈다. 그 후 지후 엄마는 길가의 두 번째 벚나무 밑에서 나를 기다렸다. 멀리서도 아줌마 눈빛이 느껴졌다. 그 눈빛을 볼 때마다 내 수명이 조금씩 줄어들었다.

엄마는 지쳐 갔다. 엄마가 아줌마보다 정신력이 약했다.

"저 여자 또 저기서 기다리네. 하루도 빠짐없이 기다리고 있다니……. 저 여자만 보면 내가 마음이 불안해 살 수가 없어. 혹시 우리 영환이에게 무슨 짓을 저지를까 봐 걱정돼 밤에 잠도 못 자겠어.”

아침에 창문을 열 때마다 엄마는 신경질적으로 중얼거렸다. 엄마의 불안 증세는 시간이 지날수록 심해졌다. 정해진 시간에 내가 나타나지 않으면 엄마는 학교나 학원, 집 주변을 내 이름을 부르며 돌아다녔다.

“영환아, 영환아. 어디 있어? 영환아, 영환아.”

엄마가 숨이 차 쓰러지기 전에 내가 모습을 보여야 했다. 엄마도 미쳐 갔다.

나는 엄마가 정해 놓은 틀에서 벗어나지 않았다. 정해진 시간을 정확히 지키도록 노력했다. 엄마에게 미안했다. 내가 느껴야 하는 고통을 엄마가 대신 느끼는 것 같았다.

엄마와 아줌마가 미쳐 갈수록 내 마음은 더욱 고요했다. 해리 장애가 오면서 마음에 깊은 호수가 생겼다. 작은 돌덩이들을 깊이 삼켜 버렸다. 출렁이지 않았다.

일부 감정이 사라진 듯했다. 생각하고 싶지 않았다. 느끼고 싶지 않았다. 멈춰 있고 싶었다. 삶이 중요하지 않았다. 내 삶의 일부가 죽었다.

눈이 많이 오는 날 아침, 엄마가 아팠다. 아빠는 동생을 챙기느라 정신이 없었다.

“영환아, 아빠가 너까지 학교에 데려다주기 어렵구나. 혼자 학교에 갈 수 있겠지? 엄마에게는 절대 비밀이야. 네가 혼자 학교에 간 사실을 알게 된다면 엄마 병이 더 심해질 수 있거든. 엄마는 네 걱정으로 병을 만들며 사는 것 같다.”

“응, 아빠. 혼자 갈게. 이제 혼자 학교 가도 돼. 엄마가 너무 걱정해서 그냥 가만히 있었던 거야.”

아빠는 내 머리를 쓰다듬었다.

나는 검은색 긴 패딩을 꺼내 입었다. 내가 아파트 현관을 나서는 동안 아빠는 발이 부러진 채로 날뛰는 동생에게 옷을 입히느라 정신이 없었다.

엘리베이터를 타고 1층에 내렸다. 지후 엄마가 보이지 않는 반대편으로 나와 천천히 학교로 향했다. 학교는 아파트 단지 내에 있었고 10분이면 도착할 수 있는 거리에 있었다.

하얗고 차가운 눈이 펑펑 내렸다. 앞이 보이지 않을 정도로 펑펑 내렸다. 신은 운동화가 눈 속으로 푹푹 빠졌다. 학교를 향해 뛰어가는 아이들 모습이 보였다. 아이 중 몇 명이 눈싸움을 시작했다. 순식간에 편이 나뉘었다. 하얀 눈이 내리는 거리에 하얀 눈덩이가 주위에 가득했다. 누군가 내게도 눈을 던졌다. 얼굴 정면에 맞았다. 차가운 눈이 얼굴에서 흘러내렸다.

“영환아!”

익숙한 목소리였다. 뒤돌아섰다. 지후 엄마가 보였다.

“아줌마?”

나는 놀라 지후 엄마 얼굴을 쳐다봤다. 빨갛고 뜨거운 액체가 하얀 눈 위에 뚝뚝 떨어졌다. 아이들 비명이 들렸다. 어지러웠다. '쿨럭쿨럭' 피가 샘물처럼 몸에서 나왔다.

"미안해, 영환아. 우리 지후가 왜 죽은 거야. 제발 말해 줘."

"아줌마!"

점점 주위가 흐리게 보였다. 힘이 빠졌다. 하얀 눈이 빙글빙글 돌며 하늘에서 내렸다. 나는 하얀 눈 속으로 엎어졌다. 아이들 비명이 사방에서 들렸다.

작은 칼이었다. 작은 칼은 내장까지 닿지 못했다. 나는 배를 꿰매는 수술을 한 다음 퇴원했다.

아빠는 조용히 이민 수속을 밟았다. 우리 가족은 아무도 모르게 한밤중에 비행기를 타고 한국을 떠났다. 캐나다로 향한 비행기였다.

우리 가족이 떠나자 지후 사건은 미해결 사건으로 처리됐다. 지후 죽음을 조사한 자료들은 경찰서 창고 안의 서류철에 봉인된 채 사람들 기억 속에서 사라져 갔다.

7
유경

일주일 만에 두 번째 동영상이 왔다. 운전하던 중 유경은 휴대 전화기 벨 소리를 들었다. 한 손으로 운전하며 다른 한 손으로 휴대 전화기 화면을 살짝 옆으로 밀었다. 동영상이 도착했다는 메시지가 보였다. 동영상이란 단어가 눈에 들어오자 심장이 빠르게 뛰며 머릿속이 하얗게 변했다. 유경은 자신도 모르게 속도를 늦춰 운전했다.

삑……. 삑…….

뒤차에서 요란하게 경고음을 울렸다. 유경은 서둘러 속도를 냈다.

한가한 주택가 길이 보였다. 유경은 차를 오른쪽 길가로 밀착

시키며 정차했다. 그녀의 가늘고 하얀 손가락이 파르르 떨렸다. 다시 호흡을 가다듬으며 휴대 전화기를 들어 동영상 메시지가 뜬 화면을 눌렀다.

가쁜 숨소리가 들렸다. 유경은 어두운 화면을 노려봤다. 두 사람의 숨소리였다. 호텔 안인 듯 조명이 어두운 주황빛이었다.

남자는 남편이 틀림없었다. 숨소리만 들어도 알 수 있었다. 여자는 첫 번째 영상에 나온 여자가 아니었다. 둘이 옷을 벗은 채 뒤엉켜 있었다. 유경의 입술이 떨리며 눈물이 휴대 전화기 위로 '뚝' 떨어졌다.

여자를 자세히 보고 싶었다. 유경은 화면을 확대했다. 여자는 유경과 달랐다. 짧은 생머리였고 가슴이 작고 깡말랐다. 여자는 말라 보였지만 운동을 한 듯 몸은 단단해 보였다. 여자는 예쁘지는 않았다. 세련돼 보였다. 지난번 영상에 나온 여자와 이미지가 비슷했다.

유경은 입을 틀어막고 나오는 눈물을 삼키려 노력했다. 가슴이 무너져 내렸다. 자괴감마저 들었다. 남편이 좋아하는 스타일의 여자가 자신이 아니라는 사실을 서른 후반이 돼 알게 됐다.

남편이 여자 몸에서 격렬하게 움직이는 모습이 정면에서 보였다. 남편 허리가 빠르게 움직일수록 여자의 호흡도 빨라졌다.

남편은 천장을 쳐다보더니 눈을 감았다. 유경과 섹스를 할 때도 남편은 절정의 순간에 천장을 쳐다보고 눈을 감았다.

몇 초가 지났다. 남편이 속도감 있게 허리를 움직이며 얼굴을 일그러뜨렸다. 여자의 신음 역시 점점 커졌다. 남편은 사정을 미루며 여자를 쳐다봤다.

[조금만 더. 조금만 더. 으응 거기, 거기야.]

여자가 흐느끼며 말했다. 남편은 여자가 원하는 위치를 정확히 파악한 후 빠르게 움직였다. 여자 얼굴이 빨갛게 물들더니 몸이 일순간 경직됐다. 호흡을 멈춘 듯 여자는 경련을 일으켰다.

남편은 만족한 미소를 지었다. 그는 다시 천장을 쳐다보며 몸을 움직였다. 남편 눈동자가 흐릿했다. 다른 사람과 교감하듯 몽환적으로 보였다. 여자와 교감하고 있지 않았다. 남편 입에서 신음이 들렸다.

[아, 아아악, 으윽.]

남편은 여자 몸에서 호흡을 멈춘 채 잠시 눈을 감았다. 사정이 끝난 후 남편은 아직 절정의 순간에 머물러 있는 여자 옆으로 가 누웠다.

[피곤하네.]

남편은 여자 허리를 감더니 바로 잠이 들었다.

누가, 왜 이런 동영상을 보냈을까? 여자의 남편일까? 아니면 남편 경쟁자일까? 아니면 돈이 목적일까? 대체 이유가 뭘까?

유경은 영상을 보며 치밀어 오르는 분노를 느꼈다. 영상을 보낸 사람의 의도가 궁금했다. 그녀는 눈물을 닦으며 이성을 찾으려 노력했다.

－기다리십시오. 때를 기다리면 당신에게 더 많은 정보를 주겠습니다.－란 메시지가 들어왔다. 지난번에도 보낸 메시지였다.

유경은 휴대 전화기에 있는 발신자 전화번호를 누르려다 손을 멈췄다. 얼마 전에 그 번호로 수십 번 전화를 건 기억이 났다. 통신사에 전화해 번호를 알아봤지만 개인 정보라 알려 줄 수 없다는 말만 했다.

경찰에 신고할까? 아니면 아버지에게 말해 상대를 잡아 버릴까? 그렇게 되면 아무 소득도 없이 모든 문제가 다 덮어질 수 있었다.

유경의 아버지는 보수적이고 출세 지향적인 사람이다. 남자의 부도덕한 행동에 대해 관대했다. 아버지 역시 수많은 여자와 잠자리를 했다. 엄마는 모든 수모를 다 겪으며 자리를 지켰다. 첩처럼 살았던 여자들이 엄마를 협박하기도 했다. 집에 찾아와 행패도 부렸다.

엄마의 침묵이 지금의 아버지를 있게 했다. 모든 걸 감수한 엄마 덕분에 아버지는 사람들의 신임을 얻을 수 있었다.

아버지에게 남편의 부정에 대해 말해도 바뀌는 건 아무것도 없을 거다. 유경에게도 엄마와 같은 삶을 살라고 강요할 수 있다. 어쩌면 평생 다른 여자들과 잠자리하는 남편과 살아야 할 수도 있다. 생각만 해도 끔찍했다. 온몸에 힘이 빠졌다.

엄마와 다른 삶을 살고 싶었다. 자신이 노력하면 남편은 외도하지 않을 거로 생각했다.

아버지와 똑같은 남자를 만났다. 고르고 고른 남자가 아버지와 같은 남자다. 아버지와 남편은 악마다. 세상에서 사라져야 할 악의 존재다.

남편에 대한 아버지의 신뢰는 대단했다. 딸을 시집보낸 게 아니라 아들을 얻은 듯 남편을 아꼈다. 스무 살 때부터 지켜본 남편에 대한 애정은 제자 그 이상이었다.

유경 역시 남편과 아버지가 가지고 있는 명예나 권력, 재산에 길들어진 삶을 살고 있다. 누군가의 도움 없이 산다는 건 생각할 수 없다. 안락함이 보장되지 않는 삶은 생각하고 싶지 않았다. 차가운 시선이 느껴지는 삶 또한 원치 않았다.

유경은 운전석 유리창에 팔을 기댄 채 생각에 잠겨 있었다. 빠져나갈 방법이 없었다. 아버지가 죽거나 남편이 사라져야 끝날 수 있는 문제였다.

"남편이 죽으면 모든 게 해결되지 않을까?"

유경은 자신도 모르게 중얼거렸다. 좋은 생각인 듯했다. 얼마 전에 읽은 살인 청부업자에게 외도한 사위를 죽이게 한 장모에 관한 기사 내용이 떠올랐다.

'그 여자는 왜 붙잡힌 거지? 좀 더 능숙한 살인 청부업자에게 의뢰했다면 사건은 알려지지 않고 사고사로 처리될 수도 있었을 텐데.'

계속 꼬리에 꼬리를 물며 생각이 떠올랐다. 생각은 더욱 치밀해졌다. 죄책감은 없었다. 신뢰를 저버린 인간은 반드시 처벌을 받아야 한다는 생각이 정당성을 찾으며 남편을 살해할 방법을 모색했다.

'아무도 모르게 죽일 방법이 뭘까? 대체 그 쓰레기는 어떻게 죽이면 되지? 그 인간을 죽이고 나도 새로운 인생을 살아야 하지 않겠어. 언제까지 이렇게 살아야 하는 거야. 아버지가 죽는 날까지 기다려야 하는 거야. 나도 남편보다 젊고 나를 더 사랑해 주는 남자와 같이 살고 싶어. 20층에 사는 남자와 같이 살고 싶다고. 아무도 모르게 남편을 죽여야 해. 방법은 찾아보면 되잖아.'

헛웃음이 나왔다. 마음속 생각이 어이없었다. 불가능한 생각을 한 거다. 유경처럼 온실 속 화초처럼 산 사람에게 살인은 불가능했다. 그리고 20층 남자가 살인을 저지른 자신을 좋아할지도 의문이었다. 그도 어느 순간 젊은 여자를 찾아 자신을 떠날 수도 있었다. 황당한 계획을 짜고 있는 자신을 들여다보며 실소했다.

"내가 미쳤군."

긴 한숨이 나왔다. 다시 휴대 전화기가 눈에 들어왔다. 부숴 버리고 싶었다. 하지만 증거가 필요했다. 유경은 전화기를 가방 안에 넣었다. 전화기를 보고 있으면 자동차를 전봇대에 박아 버릴 것 같았다. 집으로 들어가기 싫었다. 남편과 같은 공간에 있고 싶지 않았다. 유경은 차를 돌려 가까운 백화점으로 향했다.

여름 마지막 세일을 하고 있었다. 백화점 안은 사람들로 가득했다. 쇼윈도 밖은 뜨거운 태양열로 보도블록이 이글이글 타오르고 있었다. 사람들이 더위를 피해 백화점 안으로 들어왔다.

유경도 백화점 안을 돌아다녔다. 아무것도 눈에 들어오지 않았다. 계속 우울한 기분이 들며 가슴이 답답했다.

자신이 싫었다. 왜 헤어지면 안 되는 이유만을 찾는지 이해되지 않았다. 자신이 새장 속의 새란 기분이 들었다. 남자 없이 세상에 홀로 살아남을 자신이 없었다. 이기적인 아버지한테 기대고, 바람피우는 남편에게 기대며 살고 싶었다. 엄마처럼 눈 감고 귀 막고 살면 되지 않을까도 생각했다.

이혼한 사촌 동생이 떠올랐다. 동생 삶을 들여다보면 이혼 전보다 나은 게 없었다. 이혼 전보다 더 슬프고 처량한 삶이 기다리고 있었다. 전남편보다 못한 인간들이 동생 주변을 맴돌았다. 이혼녀를 우습게 아는 인간들이 세상에 많았다.

간절히 헤어지고 싶었다. 헤어지고 싶은 마음과 달리 혼자 살 자신이 없었다. 유경은 우울하고 비참했다. 처진 어깨를 들어 올릴 힘조차 없었다. 자꾸 머리가 바닥을 향해 내려앉았다.

유경 옆으로 한 여자가 지나갔다. 마른 몸에 짧은 커트를 한 여자가 신상 명품 가방을 들고 지나갔다. 세련되고 도시적인 여자였다. 남편이 좋아하는 스타일이었다. 유경은 여자를 쳐다봤다. 질투심이 가슴 한가운데에서 불을 뿜듯 솟구쳤다. 그녀가 든 명품 가방이 눈에 들어왔다. 그 가방이 갖고 싶었다.

유경은 명품관 안으로 들어가 여자가 들고 있던 가방을 찾았다. 이 순간에 그 가방을 갖지 못하게 된다면 세상 누구에게도 사랑받을 수 없는 인간이 될 것 같았다. 자신이 세상에서 열등한 인간으로 버림받을 것 같은 두려움에 사로잡혔다.

가방을 찾고 있는 유경 앞에 백화점 직원이 다가와 접대용 미소를 지으며 말을 걸었다.

"사모님, 오랜만에 뵙네요. 어쩜, 그동안 더 예뻐지셨어요. 피부도 얼굴도 어쩌면 이렇게 고우세요. 너무 어려 보이세요."

검은색 정장을 입고 찰랑거리는 단발머리를 한 직원이 유경에게 말을 건넸다. 입꼬리를 귀 끝까지 끌어 올리며 하얀 이를 드러냈다. 유경은 직원의 말 한마디에 답답한 가슴이 진정됐다.

"김 실장님도 예뻐요. 요즘 새로 나온 제품으로 한번 보여 줘 봐요."

"여기에는 없고, 따로 귀빈들을 위해 준비해 놓은 공간이 있어요. 제가 안내할게요."

유경은 직원을 따라 귀빈실로 향했다.

1시간 후 유경은 쇼핑백을 하나 들고 매장을 나왔다. 카드로 500만 원을 긁었다.

명품 가방이 든 쇼핑백을 들고 백화점을 돌아다녔다. 마음에 여유가 생겼다. 유경이 찾았던 가방보다 비싼 가방이다. 울렁거리던 가슴이 진정됐다. 더 비싼 가방을 든 자신이 상간녀들보다 더 비싼 인간이 되는 듯한 기분이었다.

명품관 안에서 유경은 만족스러운 대우를 받았다. 물건을 팔아야 하는 직원들은 유경에게 찬사를 아끼지 않았다. 유경은 직원들이 늘 하는 영업용 칭찬에 자신감이 회복됐다. 가방을 사는 동안 직원들은 유경에게 온갖 아부를 하며 그녀를 치켜세웠다. 아무도 바람이나 피우는 남자와 사는 멍청한 여자라는 걸 몰랐다.

사람들이 자신을 알아봐 주고 가치를 인정해 주는 데서 오는 기쁨은 남편과 섹스를 할 때 느끼는 기분보다 좋았다. 돈이 남편과 하는 섹스보다 좋았다. 하지만 돈은 순간이었다. 몇 번 자랑하고 나면 금방 싫증이 나는 신기루와 같았다. 유경은 한숨을 내쉬었다. 가슴이 뭉클하도록 절절한 사랑이 그리웠다.

차를 몰고 집으로 향했다. 20층 남자가 보고 싶었다. 남자를 보면 답답한 마음이 조금은 숨통이 트일 듯싶었다.

유경은 자주 충동적인 감정에 자신을 맡겼다. 이제까지 그렇게 살아도 아무 문제도 생기지 않았다. 문제가 생겨도 권력이 있는 부모가 해결했다. 미래를 생각하며 두려워해야 할 이유가 없었다.

멀리 아파트가 보였다. 같은 동 20층에 불이 켜져 있었다. 유경은 심장이 빠르게 뛰면서 얼굴이 발갛게 달아올랐다. 내일은 생각하지 않기로 했다. 지금 미칠 것 같은 자신을 잡아 줄 수 있는 사람은 20층 남자 외에는 아무도 없었다. 엘리베이터를 탄 유경은 20층 버튼을 눌렀다.

현관 벨을 누른 후 남자를 기다렸다. 남자는 웃으며 유경을 맞았다. 유경은 현관문을 열고 서 있는 남자 눈을 쳐다봤다. 키가 큰 남자를 바라보기 위해 유경의 목이 뒤로 살짝 꺾였다. 남자도 유경을 밑으로 내려다봤다. 유경의 눈빛에서 간절한 욕망이 느껴졌다.

남자 눈에도 힘이 들어갔다. 그가 유경을 와락 껴안았다. 그리고 격렬하게 입술을 겹쳤다. 남자의 갑작스러운 행동에 유경은 당황했지만, 끓어오르는 욕망으로 마음을 걷잡을 수 없었다. 유경은 남자 목을 양팔로 감고 매달리며 그의 키스를 받아들였다. 남자는 유경을 한 번에 안아 올리더니 집 안으로 들어갔다.

남자는 침실로 향했다. 회색과 검정, 겨자색이 잘 어우러진 침실이었다. 그는 침대 위에 유경을 천천히 내려놓은 후 서둘러 윗

옷을 벗었다. 운동으로 단단해진 갈색의 근육질 몸이 드러났다. 유경은 몸을 떨며 남자를 받아들일 준비를 했다.

키스가 부드러웠다. 달콤하게 유경의 혀를 핥았다. 유경의 정신이 혼미해지는 틈을 타 남자는 유경의 블라우스 단추를 풀었다.

유경은 남자의 드러난 가슴을 손으로 쓸었다. 남자는 깊은숨을 내쉬며 그녀의 블라우스를 벗겼다. 검은색 브래지어가 드러났다. 흥분한 남자는 그녀 입 속으로 혀를 깊이 집어넣으며 집요하게 핥았다. 그녀는 점점 뜨거워졌다.

하얗게 드러난 유경의 몸을 남자는 한 손으로 천천히 쓸었다. 유경의 숨소리가 점점 거칠어져 갔다. 남자가 더 강렬하게 안아주길 기다렸다. 남자 손이 목을 지나 쇄골을 쓰다듬더니 가슴으로 내려왔다. 유경은 참지 못하고 신음을 냈다.

"더 크게 소리를 내 줘요. 듣고 싶어요."

남자가 귀에 대고 속삭였다. 그러면서 손을 쉴 새 없이 움직였다.

유경은 한 번도 남편에게서 이런 흥분을 느끼지 못했다. 남편은 잠자리에서 유경에게 속삭이지 않았다. 몸이 달아오르길 기다려 준 적도 없었다. 혼자 자위하는 것처럼 유경 몸에 들어왔다.

남자 손길에 유경은 흥분을 참지 못하고 그에게 몸을 밀착했다. 남자 역시 흥분하며 유경에게 속삭였다.

"당신의 모든 것을 나에게 줘요. 내가 당신과 하나가 될게요. 당신을 위해 내 인생을 걸게요. 당신만 사랑할게요."

유경은 더욱 달아올라 남자를 온몸으로 받아들였다.

"날 가져요. 당신에게 내 모든 걸 줄게요. 나는 당신 거예요. 내 모든 걸 가져요."

유경이 숨을 헐떡이며 말하자 남자는 격렬하게 몸을 움직였다. 남자의 움직임에 따라 유경의 신음은 더욱 커졌다. 그녀는 깊은 쾌락 속으로 걷잡을 수 없이 빠져들었다.

8
영환

캐나다에 이민 온 후 우리 가족은 안정을 되찾았다. 한국에서 우리 가족은 거대한 태풍 속의 한가운데에 있었다. 지후 엄마의 집착은 우리 가족에 생존을 위협했다. 내 삶은 파괴되고 무너져 있었다. 엄마는 노이로제에 걸려 수면제와 위장약을 달고 살았다. 아빠 역시 회사에 가면 엄마와 내 걱정에 일 처리를 제대로 못 해 문제를 일으켰다. 동생만이 피안의 돼지처럼 행복했다. 어디를 가든 자기 외 다른 사람에게 관심이 없었다.

우리 가족은 캐나다 온타리오주 남쪽 끝에 있는 윈저에 자리 잡았다. 비교적 치안이 안정돼 있고 지역 주민이 대부분 백인이다. 한국인은 많지 않았다. 교육 수준이 높고 미국과 국경이 맞닿아 있는 곳이기도 하다.

아빠는 이곳의 IT 회사에서 프로그래머로 일을 시작했다. 한국에서 운영하던 여행사는 삼촌에게 맡기고 대학 때 전공을 살려 프로그램 짜는 일을 다시 시작했다.

윈저에서 나는 살인 사건이 일어나기 전의 모습으로 돌아갈 수 있었다. 지후가 죽은 후 자폐아처럼 타인과 교감하지 못했다. 기억의 한 부분이 사라지자 감정을 담당하는 뇌 기능이 상실된 것처럼 타인의 슬픔, 기쁨, 괴로움, 고통, 증오와 같은 감정에 공감하지 못했다. 내 감정 표현은 학습된 것을 표현한 것에 지나지 않았다.

긴 겨울을 지나고 땅 깊은 곳에서 새싹이 돋아나듯 감정이 천천히 되살아났다. 따뜻한 감정이라는 게 느껴졌다. 아무도 내게 지후에 관해 묻지 않았다. 마음이 편안했다. 춥고, 따뜻하고, 즐겁고, 화나고, 슬프고, 기쁘고……. 이런 감정들이 서서히 느껴졌다. 내 심장이 다시 따뜻해졌다.

캐나다 사람들은 참을성이 많았다. 내가 더듬더듬 말하는 걸 참을성 있게 들어 줬다. 사회 전체가 느린 삶에 익숙했다. 내가 표현하는 서투른 영어를 듣고 짜증을 내거나 못 알아듣겠다고 화를 내는 사람이 없었다.

동생은 어린 나이에 캐나다에 와서 빠른 속도로 영어를 배웠다. 캐나다의 아름답고 넓은 자연이 동생의 호기심 가득한 행동을 보호했다. 동생은 캐나다에 와서 마음껏 뛰어놀면서 다치는 일이 줄어들었다. 아무 말이나 중얼거리는 동생은 금세 영어를 익히고, 유치원에서도 친구들과 잘 어울렸다.

아빠는 캐나다에 와서 1년 정도 밤잠을 설쳤다. 직장 생활에 적응하는 게 힘들었는지 먹는 밥의 양도 줄어들었다. 서재에서 혼자 있는 시간도 많았다. 한국에 있는 친인척들과 친구들을 보고 싶어 했다. 하지만 시간이 지나면서 차츰 나아졌다. 살도 찌고 소리 내 웃기도 했다.

엄마는 삼촌과 같이 아빠가 경영하던 여행사 일을 맡아 처리했다. 이메일과 영상 통화를 하면서 일 처리를 했다. 엄마는 일하면서 히스테릭한 성격이 많이 바뀌었다. 일에 대한 성취감을 느끼면서 아빠와 자주 대화했다. 캐나다 사회의 넉넉함이 엄마를 바꿨다. 나와 동생의 교육, 건강, 미래에 대한 불안감이 사라지자 마음에 안정을 찾았다. 우리에게서 분리돼 자기 일에 집중했다.

나는 느리긴 해도 조금씩 학교생활에 적응했다. 이민자가 많은 나라여서인지 내가 하는 서투른 행동들을 그들은 이해했다. 먼저 이민 온 아이들은 내가 실수해서 당황하고 무안해하면 자기들도 처음엔 그랬다고 말하며 위로했다. 내가 부끄러움을 느끼거나 상처받지 않도록 세심하게 배려했다.

모든 게 평온했다. 마치 태풍이 오기 며칠 전 하늘처럼 바람도 시원하고 구름도 높았다. 파란 하늘이 보이는 잔디에 누워 한가로이 시간을 보내고 있는 듯했다.

나는 키가 자라지 않았다. 몸도 다른 아이들보다 왜소했다. 약한 심장은 정신뿐 아니라 몸도 갉아 먹었다. 하지만 지후와 지냈던 1년 동안은 키가 훌쩍 크면서 몸도 튼튼했다. 심장도 아프지 않았고 마음도 편안했다.

지후가 죽은 후 내 성장은 멈췄다. 잦은 심장 발작으로 몸이 다시 왜소해졌다. 다른 아이들이 사춘기를 맞이하며 무섭게 크는 동안 나는 멈춰 선 듯 어린아이 모습을 하고 있었다. 다시 누군가의 보호가 필요한 존재가 됐다.

캐나다에서 7학년이 된 친구들은 자기가 경험한 몽정에 대해 다른 남자애들과 이야기를 나누며 고민을 해결했다. 그들은 학교에서 배운 성교육이 시시하다고 느끼며 더 많은 매체를 찾아 호기심을 채우려 노력했다.

친구들은 모일 때마다 지난밤 팬티를 축축하게 적신 몽정에 관해 이야기했다. 낯선 경험들이 그들을 뭉치게 했다. 가족 누구와 말할 수 없는 수치스러운 감정을 친구들과 이야기하며 스트레스를 풀었다.

변성기가 시작된 남자아이들도 제법 있었다. 교실 안에서는 바닥을 긁는 듯한 금속성의 목소리가 사방에서 들렸다. 친구들

몸 여기저기에서 털이 보였다. 겨드랑이에 털이 몽실몽실 나고 턱에도 수염이 삐죽하게 튀어나온 아이도 있었다.

사춘기 때 변화되는 아이들의 모습은 뭉그러지고 기괴했다. 스스로 이해하기 어려울 정도로 몸은 하루하루 달라졌다. 몸과 정신이 다른 세계에 있었다. 아직 어린 시절에 머물러 있는 정신과 성인의 세계에 다가선 몸이 서로를 증오했다. 정신이 달라지는 몸을 파괴하고 싶어 하고 몸이 미성숙한 정신을 짓눌렀다.

내 몸은 좀 달랐다. 성장을 원치 않았다. 성장하는 몸을 머리가 두려워했다. 나는 여전히 마르고 키가 작았고 목소리도 변하지 않았다.

나는 친구들과 어울리고 싶어 성에 관심이 있는 척했다. 친구들이 보여 주는 성인 잡지를 보며 같이 킥킥거렸지만, 이상하리만큼 무관심했다. 몸도 아무 반응이 없었다.

'나만 이상하네. 혹시 평생 남자가 되지 못하는 것 아냐?'

아무 변화가 없는 내 몸이 낯설게 느껴졌다. 불안하지는 않았다. 이대로 2차 성징이 나타나지 않은 채 살고 싶었다. 머릿속 어디선가 계속 경고 신호를 보냈다. 나는 그 신호가 어디서 오는지 찾지 못하고 가끔 불안한 감정을 느꼈다.

내게도 사춘기가 찾아왔다. 시간의 흐름 속에서 나도 하찮은 피조물에 불과했다. 8학년이 되고 언제부턴가 내 목소리는 갈라져 있었다. 듣기 거북한 쇳소리가 났다. 내가 동생을 부르면 동생은 귀를 막고 시끄럽다고 말했다. 친구들 목소리가 듣기 거북했던 것처럼 동생은 내 목소리를 들을 때마다 짜증 난다며 귀를 막았다.

"형이 이제 멋진 남자가 되려고 목소리가 변하는 거야. 형이 말할 때마다 자꾸 신경질을 부리면 안 돼."

엄마는 동생의 짓궂은 장난에 웃으며 내 변성기를 축하했다. 엄마는 내가 심장병 때문에 키가 크지 않을까 걱정하고 있었다. 아빠도 내게 나타나는 2차 성징을 반가워했다. 조금 늦게 나타났지만 나도 다른 평범한 아이들처럼 사춘기가 시작됐다.

남자아이들은 사춘기가 시작되면서 몸이 괴물로 변했다. 감당하기 어려울 정도의 털들과 거칠고 남성적인 목소리 변화 그리고 절제하기 힘든 몽정과 자위가 시작됐다. 한번 쾌락을 느끼는 순간부터 절제는 어려웠다. 죽음이 눈앞에 있어도 자위를 할 수밖에 없었다.

나 역시 이해하기 어려운 몸의 변화를 받아들이는 데는 시간이 필요했다. 낯설었다. 몸이 의지와 상관없이 스스로 움직였다. 나는 몸이 조종하는 하찮은 껍데기에 불과했다. 감당하기 어려운 호르몬의 증가로 성격도 변하고 몸도 변했다.

첫 몽정은 한국에 있을 때였다. 지후가 살해되기 몇 개월 전부터 나는 몽정을 시작했다. 목소리도 조금 갈라져 있었지만 아무도 눈치채지 못했다. 5학년 때부터 사춘기가 시작되는 남자아이는 드물었다. 내 몸은 왜소했지만 조숙했다.

처음 몽정을 하고 아침에 눈을 떴을 때 다른 날과는 달랐다. 야릇한 기분이 온몸에 남아 있었다. 부끄러워 말로 표현할 수 없는 성적인 쾌감이었다. 그런 기분으로 눈을 뜬 후 축축한 팬티를 보고 절망했던 기억이 있다. 오줌을 싼 거로 생각했다. 창피해 죽고 싶었다.

지후가 죽은 후, 슬그머니 시작됐던 사춘기 징후들이 하나씩 사라졌다. 몽정이 사라지고 변성기도 사라졌다. 몸이 예전으로 돌아갔다. 충격과 스트레스로 성장이 멈췄다. 밤마다 나를 괴롭히던 몽정이 사라지자 기분이 묘했다. 버려진 느낌이었다. 급격하게 감정이 밑으로 떨어지며 무기력해졌다. 그 후 오랫동안 사춘기에 대한 신호는 나타나지 않았다.

캐나다에 와서 안정을 찾은 나는 다른 아이보다 조금 늦게 사춘기가 시작됐다. 목소리가 갈라지면서 자위도 했다. 꿈을 꾸며 자위를 했다. 자위는 몽정과 달랐다. 몽정은 정자가 가득 차 자연스럽게 배출되는 느낌이지만 자위는 인위적인 행동이 필요했다. 더 강렬하고 뚜렷했다.

아침에 일어나면 팬티에 물 같지만 조금은 끈적한 액체가 묻어 있었다. 굳어진 정액은 생각보다 더럽게 느껴지지는 않았다. 나는 정액이 묻은 팬티를 장롱 깊숙이 숨겼다. 엄마가 더러워진 내 팬티를 볼까 두려웠다.

처음에는 숨긴 팬티를 아무도 몰래 종이에 싸서 휴지통에 버렸다. 엄마는 자꾸 팬티가 없어진다며 걱정을 했다. 누가 마당에 널어놓은 팬티를 훔쳐 가는 거라며 낯선 사람을 경계했다. 나는 엄마의 엉뚱한 생각에 웃음이 나왔지만, 모르는 척했다. 중학교 남자아이의 낡은 팬티를 가져가는 사람은 세상에 존재하지 않는다는 사실을 엄마는 모르고 있었다.

혼자 며칠을 고민했다. 고민 끝에 버리는 대신 깨끗하게 빨아 널어놓는 방법을 선택했다. 내 행동을 눈치챈 아빠는 내게 스스로 방을 청소하라고 말했다. 엄마에게는 앞으로 아들 방에 마음대로 들어가지 말라고 당부했다.

조금씩 행복했다. 지후의 죽음을 모르는 세상에서 이기적인 안정감을 느꼈다. 시간이 약이라는 옛사람들의 말처럼 언젠가는 모든 걸 잊을 수 있을 거로 생각했다. 자신감도 생겼다. 영어 실력도 좋아지면서 친구들과 소통하는 데 큰 어려움이 없었다. 내일이 기다려지는 하루하루가 이어졌다.

문제는 있었다. 사춘기가 시작되면서 나는 악몽에 시달렸다. 어느 순간부터 악몽을 꾸면서 자위를 했다. 쾌락의 땀과 공포의 식은땀이 온몸을 덮었다. 고통스러운 기억이 사진처럼 순간순간 스쳐 지나갔다. 나는 자위를 하면서 신음을 했고 그 신음은 쾌락을 느끼는 소리가 아니었다. 짐승의 흐느낌이었다.

울음소리에 놀라 잠을 깼다. 바로 전까지 나는 울고 있었다. 눈에서 눈물이 흘러내렸다. 눈물을 훔치며 머리를 숙였다. 잠옷 바지 속 성기가 움츠러들어 있었다. 팬티는 축축했다.

꿈속에서 나는 무엇을 본 걸까? 왜 고통스러워 흐느껴 우는 걸까? 왜 울면서 자위를 하는 걸까? 끝없는 질문으로 다시 잠을 이룰 수 없었다.

사춘기를 겪는 우리는 모두 비밀이 있었다. 어른들 모두 사춘기를 겪었다는 사실을 우리는 받아들이지 않았다. 어른들과 우리를 분리했다. 그들이 미친 듯이 변하는 우리 몸을 이해하지 못할 거라고 단정했다. 제어하기 힘들게 뿜어져 나오는 정액들이 밤마다 우리를 수치스럽고 고통스럽게 한다는 사실을 받아들이지 못할 거로 생각했다.

죄책감과 같이 찾아오는 쾌락, 자꾸 깊어 가는 행위, 뒤돌아서면 밀려오는 후회. 그리고 밤이 되면 우리는 다시 몽정과 자위에 시달렸다.

학교 수업이 끝나면 동네 친구들과 모여 숲속으로 향했다. 우리는 한적한 곳에 둘러앉아 성인 잡지를 돌려 봤다. 친구들은 성인 잡지에 나오는 야릇한 모습의 여자들을 볼 때마다 한마디씩

했다.

"야, 이런 것 보니까 자꾸 고추가 서잖아."

"응, 나도 자꾸 이상해."

"나도 섰어. 몇 센티 섰는지 우리 재어 보자."

중국계 캐나다인 첸의 말에 친구들은 모두 "싫어."라고 말하며 입술을 일그러뜨렸다.

나를 제외한 모두의 얼굴이 시뻘게져 있었다. 발기된 성기가 부끄러워 손으로 지퍼 앞부분을 가렸다. 보다 못한 내가 "게임하자."라고 외쳤다. 친구들은 "좋아." 하고 말하며 바로 게임에 집중했다.

내 몸은 친구들이 본 야한 화보에 대해 반응이 없었다. 궁금했다. 계속 궁금했다. 사춘기가 시작됐는데 나는 왜 친구들과 다를까? 왜 친구들처럼 야한 화보를 보면서도 신체에 아무 변화가 없는 걸까?

꿈속에서는 계속 자위를 했다. 격렬하게 헉헉거리며 쾌락을 느꼈다. 대상이 보이지 않았다. 대체 무엇을 보며 자위를 하는 걸까? 꿈을 꿀 때 번개처럼 스쳐 지나가는 장면이 있었다. 나는 그 장면이 스쳐 지나갈 때마다 공포에 질려 숨도 쉬지 못한 채 계속 자위를 했다.

이민 1.5세인 첸은 홍콩계 캐나다인이다. 첸은 모든 아이와

친하게 지냈지만, 특히 나를 좋아했다. 같은 동양계 친구가 나밖에 없었다. 외로운 이민 생활 중에 비슷한 외모를 가진 사람만 만나도 친근감을 느끼는 듯했다. 처음 학교에 갔을 때부터 첸은 오랫동안 사귄 친구처럼 스스럼없이 내게 말을 걸었다.

짧은 검은 머리에 키가 크고 몸이 마른 첸은 나보다 2년 일찍 캐나다에 이민 왔다. 사교적이고 운동을 잘하는 첸은 가끔 지후를 연상케 했다. 첸은 눈이 작고 귀여웠다. 지후처럼 아름답지는 않았다. 남자다웠다.

첸은 여름 방학 때는 홍콩으로 여행을 갔다. 홍콩에 있는 친가와 외가 친척들을 만나고 돌아왔다. 첸은 홍콩을 좋아했다. 활기차다고 말했다. 모든 게 빠르게 돌아간다고 했다.

8학년 여름 방학 때 첸은 한 달 동안 홍콩에 갔다 왔다. 첸이 홍콩에서 돌아오면 우리는 첸의 집에 있는 창고에 모여 첸이 가져온 물건을 구경했다.

주로 맛있는 과자였다. 과자 외에는 사촌 형들이 준 성인 잡지도 있었고, 만화 주인공 피규어들이나 캐나다에서는 살 수 없는 레고도 있었다. 첸은 가져온 선물들을 친구들에게 골고루 나눠 줬다. 첸은 약간 자랑을 했지만, 친구들에게는 남자다운 모습을 보이고 싶어 했다.

우리는 첸이 나눠 준 선물을 받고, 홍콩에서 가져온 전병을 먹으며 성인 잡지를 봤다. 우리는 아직 아이 모습과 사춘기 소년

모습이 겹쳐 있었다. 지독히 반항적이면서 지독히 어린아이 같았다.

 첸의 아빠는 홍콩과 캐나다를 오가며 사업을 했다. 엄마는 중국 식당에 가서 시간제 아르바이트를 했다. 우리는 창고에서 놀다가 첸의 엄마가 아르바이트를 가면 집 안으로 들어갔다. 첸에게는 나이 많은 형이 있다. 형은 대학생이어서 기숙사에 있었다.

 나이 많은 형이 있는 첸은 모든 게 우리보다 빠르고 어른스러웠다. 가끔 첸은 홍콩의 정치 문제에 대해 심각하게 말하기도 했다. 우리는 홍콩에 대해 잘 몰랐지만 그저 고개를 끄덕였다.

 여름 방학이 끝날 무렵, 늦은 오후에 첸에게서 전화가 왔다.

 [영훈, 내일 4시에 우리 집으로 와. 보여 줄 게 있어. 다들 모일 거야. 형이 방에 숨겨 둔 걸 내가 찾아냈어. 며칠 전에 형이 집에 왔다가 갔거든.]

 “그래? 뭔데?”

 나는 궁금함을 참지 못하고 첸을 재촉했다.

 [아냐, 와서 봐. 아마 태어나서 처음 보는 걸 거야.]

 첸은 혼자 킥킥거리며 전화를 끊었다. 나는 첸이 분명 형 방에서 포르노 잡지를 훔쳐 와 우리에게 보여 줄 거로 생각했다. 우리는 호기심을 이기지 못했다.

 다음 날 오후, 엄마가 동생과 마트에 간 사이 나는 집을 나왔다. 첸의 집까지는 걸어서 15분 거리다. 나는 터벅터벅 길을 걸었다. 멍하게 걷다가 멈췄다. 검은 물체가 길 한복판에 있었다. 처음에는 무엇인지 몰랐다. 가까이 가서야 죽은 까마귀 모습이 보였다.

빳빳하게 굳은 까마귀는 눈을 뜬 채 죽어 있었다. 주변에 까마귀 깃털이 수북하게 쌓여 있었다. 까마귀가 공격을 받으며 살아남으려고 몸부림치는 모습이 연상됐다. 소름이 끼쳤다. 까마귀 목이 물어뜯겨 있었다. 야생 동물이 까마귀를 공격해 죽인 듯해 보였다. 역한 죽음의 냄새가 났다.

순간 뇌를 스쳐 지나간 장면이 있었다. 지후가 보였다. 머리가 아팠다. 구토가 치밀어 올랐다. 나는 숨을 몰아쉬며 길가에 주저앉았다.

첸의 집에는 30분 늦게 도착했다. 집 안은 조용했다.

"첸, 어디 있어?"

"2층에 있어. 형 방에 말이야. 빨리 올라와. 지금 중요한 장면이 나온다고."

나는 웃으며 2층으로 뛰어 올라갔다. 세 명의 아이가 컴퓨터 바로 앞에 앉아 입을 벌리고 있었다.

"어서 와. 여기 앉아."

첸이 나를 보며 앉아 있던 자리에서 일어났다. 화면이 눈에 들어왔다.

두 남자가 옷을 벗고 있었다. 한 남자가 다른 한 남자 뒤에서 몸을 움직이고 있었다. 남자가 거친 숨소리를 낼 때마다 아이들의 눈동자가 커졌다.

"영환, 남자들끼리 섹스를 하는 거야. 넌 이런 것 처음 보지? 그런데 우리는 왜 이런 걸 보기만 해도 고추가 서는 거지?"

"아냐, 난 좀 기분이 안 좋아. 난 역시 여자가 좋아. 토할 것 같아."

금발 머리 다니엘이 말하는 동안 첸은 나를 바라보려고 고개를 돌렸다.

첸의 비명이 들렸다. 곧이어 다른 아이들의 비명도 같이 들렸다. 세 명이 공포에 질린 얼굴로 나를 쳐다봤다.

"영환, 대체 왜 이래? 다니엘, 빨리 구급차 불러. 빨리, 빨리. 피가 너무 많이 흐르잖아."

첸의 고함과 아이들 울음소리가 들렸다.

나는 멍하니 화면 속 두 남자를 쳐다봤다. 아이들 모습과 비명은 저 멀리서 들렸다. 내 손에는 책상 위에 놓여 있던 작은 사냥용 칼이 쥐어져 있었다. 나는 그 칼로 성기를 잘라 버렸다.

9
기석

수업을 마치고 기석은 교수실로 향했다. 그는 교수실에 들어가자마자 피곤한 듯 소파에 털썩 주저앉았다. 찌뿌드드한 목을 뒤로 꺾었다. '우두둑' 소리가 요란하게 들렸다. 그는 양손을 깍지 낀 후 목 뒤로 뻤다. 널찍하고 푹신한 가죽 소파가 편안했다. 그는 잠시 눈을 감았다.

'띠링띠링.'

휴대 전화기 벨 소리가 요란하게 울렸다. 기석이 인상을 쓰며 일어나 전화기를 찾았다. 양복 주머니에 있는 전화기를 꺼낸 그는 미간을 찌푸렸다. 발신자에 '재수 없는 놈'이라 표시돼 있었다.

여당 대표란 인간이 사기꾼과 어울리며 초호화 풀빌라에서 성

접대를 받은 사건을 아는 사람들은 다 알고 있었다. 기석은 이런 인간을 지독히 혐오했다. 자신과 닮은 권력자들을 보면 구토가 밀려왔다.

'미친 새끼, 돈하고 여자가 그렇게 좋으면 사업이나 할 것이지 왜 국회 의원을 하는지 이해할 수 없군. 앞에서는 명예를 얻고 뒤에서는 이권에 개입해 돈이나 뜯어내려고 하는 건가? 꼴에 청렴한 척하기는……. 개수작이나 부리는 주제에.'

기석은 잠시 헛기침을 한 뒤 갑자기 목소리 톤을 높여 전화를 받았다.

"대표님, 어쩐 일로 제게 전화를 다 하셨습니까? 요즘 TV에서 대표님 활동하시는 모습 많이 보고 있습니다. 건강히 잘 지내시죠?"

[이 교수 덕분에 건강해요. 이 교수도 잘 지내고 있죠?]

"네, 덕분에 잘 지내고 있습니다."

[이 교수, 이번에 국회 의원 후보로 좀 나와 줘요. 인재가 없어요. 이 교수가 아니면 안 돼요.]

기석은 식은땀이 났다. 등 쪽이 따끔거리며 열이 나더니 한꺼번에 땀이 흘러내렸다.

"죄송합니다. 전 그냥 교수 생활로 만족하고 있습니다. 저보다 훌륭하신 분들이 많으실 텐데요. 전 역량이 부족해 사소한 일도 쩔쩔매고 있습니다."

[그러지 마세요. 젊었을 때부터 영웅 소리를 들은 이 교수 같

은 분이 당에 필요합니다.]

기석은 젊었을 때 기억을 떠올리고 싶지 않았다. 이미 모두 지나간 일이었다.

“무슨 말씀을요. 사람이 위험에 처하면 누구나 다 저처럼 행동할 겁니다. 대표님이라도 그렇게 하셨을 거로 생각합니다.”

[이 교수, 겸손도 지나치면 자만이에요. 그럼, 한번 생각해 봐요. 우리는 이 교수 같은 사람이 정말 필요합니다. 나중에 같이 식사하며 진지하게 다시 대화나 해 봅시다. 그럼 이 교수 바쁠 테니 전화 끊습니다. 장관님께도 안부 인사 부탁해요.]

“네, 고맙습니다. 제가 식사 대접을 해야 하는데 요즘 눈이 무서워 전화도 어렵습니다. 그럼 대표님, 들어가세요.”

기석이 일어나 고개까지 숙이며 인사했다. 수화기에서 ‘뚜’ 소리가 났다. 그는 들고 있던 전화기를 소파 위로 던지며 자리에 앉았다. 여당 대표란 사람이 지나간 일을 자꾸 들춰내는 것이 몹시 불편하고 거슬렸다.

모든 게 잘 덮어졌다. 사람들도 그때 일을 모두 잊었다. 다시 사람들의 관심을 받고 싶지 않았다. 만일 국회 의원 후보로 선출된다면 상대 후보가 기석의 과거를 낱낱이 파헤칠 것이 분명했다. 그는 두려웠다. 조용히 살고 싶었다.

기석이 넋을 놓고 천장을 쳐다보며 나지막하게 중얼거렸다.

“인간은 누구나 실수하잖아. 젊었을 때는 걷잡을 수 없는 욕

망으로 자신을 제어하기 힘든 경우가 허다하다고……. 이성으로
자신을 제어하기 전에 몸이 먼저 움직이기도 한다고."

긴 한숨을 내뱉은 그가 다시 중얼거렸다.

"호르몬에 의해 지배되고 인간은 초라한 정신력으로 자신을
이해하려고 노력할 뿐이야. 누구나 제어하기 힘든 젊은 시절이
있다고. 누구나……."

기석은 소파에 몸을 깊이 박은 채 한 손으로 소파의 팔걸이를
톡톡 쳤다. 미간을 찌푸린 채 젊은 시절을 떠올렸다.

*

스물일곱 살 대학원생이었던 기석은 세상이 만만했다. 몇 가
지 비밀이 있었지만, 아무에게도 들키지 않았다. 순조로운 삶을
사는 것처럼 보였다. 그는 좋은 머리, 건강한 육체, 잘생긴 얼굴
과 예의 바른 행동으로 많은 사람의 호감을 샀다. 가정도 보수적
이지만 겉으로는 행복해 보이는 중산층의 모습이었다.

고등학교 교사인 기석의 아버지는 교무 주임이면서 학생들에
게는 자상한 교사였다. 어머니 역시 좋은 대학을 나온 엘리트였
다. 그녀는 기석을 낳은 후 회사를 그만두고 전업주부가 됐다.
동네에 알뜰하다고 소문이 날 정도로 살림을 잘했다.

기석은 부모의 관심과 사랑을 듬뿍 받으며 자랐다. 세상 사람들

은 기석이 행복한 삶을 살고 있다고 생각했다. 완벽해 보이는 기석의 삶을 부러워했다. 하지만 집 밖에서 보는 모습과 달리 집 안에서 그들의 삶은 증오와 불통과 언쟁이 서로를 좀먹고 있었다.

아버지는 술에 취하면 가족들 앞에서 주먹을 휘두르며 살림을 부쉈다. 어머니와 기석에게 온갖 욕을 했다. 세상에 대한 불평불만을 쏟아 냈다. 늦은 밤, 술에 취해 집에 들어온 아버지는 악마가 돼 있었다. 그는 기석과 어머니에게 지옥 같은 고통을 안겼다.

아침이 돼 아버지가 술이 깨면 어머니가 아버지를 모욕하고 증오했다. 술이 깬 아버지는 다른 사람이 됐다. 온순한 양처럼 어머니 말에 따랐다. 어머니는 집요하게 아버지 잘못을 들춰냈다. 아버지는 지난밤에 부순 물건들을 바라보며 주눅이 든 표정으로 "미안해."를 반복해 말했다.

둘은 서로를 미워하면서도 기석의 장래를 위한다는 핑계를 대며 헤어지지 않았다. 새로운 누군가를 만나 다시 시작할 자신이 없는 그들이었다. 기석은 부모 사이에 끼어 누구 편도 될 수 없었다. 늦은 밤에는 어머니가 애처로웠고 아침에는 아버지가 불쌍했다.

오랜 세월 부모의 갈등으로 고통받았던 기석은 사람들이 모르는 사이 조금씩 삐뚤어져 갔다. 겉으로는 잘생기고 예의 바른 학생이었지만 그의 마음 깊은 곳에는 이유를 알 수 없는 분노와 증오가 살쾡이처럼 날카로운 발톱을 감추고 숨어 있었다. 그는 자기 몸에 흐르는 부모 피를 증오했다. 더러운 피라고 생각했다. 부모가 서로를 죽이는 날이 오길 바랐다. 그는 혼자가 되고 싶었다.

그날 기석은 중앙선 서빙고역에 있었다. 대학원 수업을 마치고 여자 친구를 만나러 가기 위해 플랫폼에 있는 의자에 앉아 전철을 기다렸다. 한가한 시간이었다.

중앙선은 배차 간격이 길었다. 역에는 사람들이 많지 않았다. 서빙고역은 특이하게 아파트와 전철역이 연결돼 있었다. 미군부대와 아파트 단지만 덩렁 있는 지역에 전철역이 있었다.

지하철 여기저기서 안전문을 설치하던 시기였다. 다른 지하철 노선은 안전문이 설치돼 있거나 설치 공사를 준비하고 있었다.

배차 간격이 긴 중앙선은 안전문을 설치할 예산이 없는지 공사를 준비하는 모습조차 보이지 않았다. 엘리베이터도 없고, 화장실도 숨어 있었다. 회색과 흰색으로 칠해진 서빙고역은 옛 모습 그대로 시간이 멈춰진 듯했다.

기석은 플랫폼 가운데 있는 의자에 앉아 철길 너머로 보이는 아파트를 바라보고 있었다. 벚꽃 나무에서 벚꽃 잎이 바람에 휘날렸다. 벚꽃 잎은 눈송이처럼 파란 하늘을 하얗게 수놓았다. 그는 생각에 잠겼다.

'저런 아파트에 살려면 얼마를 벌어야 하는 걸까? 내 평생 일해도 절대 들어갈 수 없을 거야. 저 아파트에서 사는 사람이 부

럽군.'

걸으로 보기에는 회색 콘크리트 덩어리일 뿐인데 아파트 가격이 상상을 초월했다. 자신이 어떤 일을 해야 저 콘크리트 안으로 들어갈 수 있는지 궁금했다.

바람이 불었다. 아직 냉기가 남아 있는 봄바람에 하얀 벚꽃들이 춤을 추며 흔들렸다. 하얀 꽃잎들이 플랫폼에서 회오리처럼 돌며 아파트 쪽으로 날아갔다.

플랫폼에는 기석 외에도 몇 명이 더 있었다. 기석은 가방에서 휴대 전화기를 꺼내 이어폰을 찾아 귀에 끼었다. 음악을 들으며 멍하니 꽃잎에 휩싸인 하늘과 아파트를 쳐다봤다.

누군가 빠르게 기석 앞을 지나갔다. 그는 고개를 돌려 지나간 사람을 쳐다봤다. 초등학교 저학년으로 보이는 남자아이였다. 순식간에 지나갔지만, 눈에 들어오는 아이였다. 그는 이어폰을 빼고 플랫폼을 정신없이 돌아다니는 아이를 쳐다봤다.

"동현아, 뛰어다니지 마. 엄마가 힘들잖아. 거기에 매달려 있으면 떨어질 수 있잖아."

아이 엄마처럼 보이는 여자가 숨을 가쁘게 내쉬며 기석 앞을 지나갔다. 그는 아이 움직임에 따라 눈동자를 움직였다.

아이는 하얀 얼굴에 밝은 갈색 머리를 하고 있었다. 커다란 눈동자가 눈에 띄는 아이 얼굴은 장난기가 가득했다. 볼이 발간 아이가 함박웃음을 지으며 안전선 사이를 아슬아슬하게 달렸다.

엄마는 사색이 돼 아이를 붙잡으려 애를 썼다. 기석은 아이에게서 눈을 떼지 않았다.

스피커에서 곧 지하철이 들어올 거를 알리는 음악 소리가 흘러나왔다. 아이 엄마는 아이를 잡으려고 쫓아다녔다. 아이는 엄마의 긴장된 모습과 상관없이 괴로움과 공포에 질린 엄마 표정을 보며 즐거워했다.

[지금 용문, 용문 가는 열차가 들어오고 있습니다. 타는 곳 안쪽으로 한걸음 물러서 주시기 바랍니다.]

안내 방송이 스피커에서 울려 퍼졌다. 다급해진 아이 엄마는 소리를 지르며 아이 이름을 불렀다.

"동현아, 위험해. 그만 뛰어다녀."

멀리서 서빙고역을 향해 달려오는 열차 모습이 보였다.

"안 돼! 동현아!"

아이 엄마 비명이 울림과 동시에 아이가 눈앞에서 사라졌다.

기석은 자리에서 벌떡 일어섰다. 아이가 플랫폼 밑으로 떨어져 파랗게 질려 있었다. 아이는 일어나려 했지만, 다리가 부러졌는지 자꾸 주저앉았다.

멀리 있던 전철이 빠른 속도로 플랫폼으로 달려오고 있었다. 아이 엄마는 공포로 아무 소리도 지르지 못하고 온몸을 떨고 있었다. 여기저기서 사람들의 거친 목소리가 들렸다.

"아이가 떨어졌어요. 누가 아이 좀 구해 줘요!"

모두 발을 동동 구르며 소리를 지르면서도 쉽게 철로로 뛰어
내리지 못했다. 순간 기석이 몸을 던졌다. 곧이어 열차가 플랫폼
을 덮쳤다.

"으악!"

사람들 비명이 사방에서 들렸다. 아이 엄마는 몸을 가누지 못
하고 바닥에 주저앉았다. 사람들은 아이 엄마 주위로 모여들며
웅성거렸다. 아이 엄마가 몸을 질질 끌고 지하철 운전석으로 가
울부짖었다.

"내 아이가 밑으로 떨어졌어요. 도와줘요. 동현이를 구하려고
어떤 사람이 철로로 뛰어들었어요. 둘 다 죽은 것 같아요. 도와
줘요. 도와주세요. 제발 지하철 밑에 깔린 우리 아이를 구해 주
세요."

아이 엄마가 말했다. 그녀는 혼이 나간 듯 횡설수설했다.

운전석에서 나온 기관사는 급하게 119에 전화했다. 기관사
이마에서 식은땀이 흘러내렸다. 눈 밑 근육이 파르르 떨렸다. 그
는 어린아이란 말에 손을 떨었다.

"아이를 구하기 위해 어떤 남자가 철로로 뛰어들었어요!"

사람들이 기관사에게 호들갑스럽게 말했다. 기관사는 절망스
러운 표정을 지었다.

젊은 엄마의 절규와 기관사의 떨리는 손을 보며 지하철에서
내린 사람들이 웅성거렸다. 그들은 자리를 뜨지 못하고 상황을

지켜보며 안타까운 마음과 슬픔을 드러냈다.

"아이는 무사해요. 빨리 병원으로 데려가 주세요."

철로 밑에서 젊은 남자가 손을 흔들며 말했다. 사람들은 일제히 소리 나는 쪽으로 고개를 돌렸다. 아이를 안고 있는 기석 모습이 보였다. 사람들이 "와!" 하며 소리를 질렀다. 마음 약한 일부 여자들은 울음을 터뜨렸다. 남자들은 그를 보며 우레와 같은 박수를 쏟아 냈다. 모두 기적의 순간을 보듯 감동하며 플랫폼 밑에 있는 기석과 아이를 향해 달렸다.

"아주머니, 아이가 살아 있어요. 아주머니, 정신 차리세요."

누군가 아이 엄마에게 소리쳤다. 아이 엄마도 고꾸라질 듯 비틀거리며 플랫폼 끝으로 뛰었다. 사람들이 울고 있는 아이를 철로에 서 있는 기석에게서 받아 위로 올렸다. 기석 또한 사람들이 내민 손을 잡고 플랫폼 위로 올라왔다.

아이는 플랫폼 위로 올라와 엄마를 찾았다. 울면서 뛰어오는 엄마가 보였다. 아이는 커다랗게 소리 지르며 울음을 터뜨렸다.

"엄마, 미안해."

"동현아, 아냐. 엄마가 미안해. 울지 마. 다행이야. 다행이야. 엄마가 정말 미안해."

아이 엄마는 기쁨과 두려움과 놀람을 동시에 느끼는 표정을 지으며 울면서 웃으면서 아이를 안았다.

"이 청년이 아이를 구했어요."

사람들 소리에 정신이 든 아이 엄마는 기석을 찾았다. 기석은 겸연쩍은 미소를 지었다. 아이 엄마는 절뚝거리는 아이를 안고 기석에게 다가갔다.

"고맙습니다. 고맙습니다. 제가 백번이라도 더 인사를 드려야 할 것 같아요."

기석은 어쩔 줄 몰라 하며 손을 저었다.

"아니에요. 전 그냥 아무 생각 없이 한 일입니다."

아이 엄마는 기석의 손을 잡고 복받치는 감정을 억눌렀다.

"평생 감사한 마음을 갖고 살겠습니다. 동현아, 이 형이 너를 구했어. 너도 형에게 감사하다고 말씀드려, 어서."

"엄마, 형이 슈퍼맨처럼 날아와서 나를 구해 줬어. 정말 멋지게 날아왔어."

아이는 기석의 허리를 꼭 안으며 말했다. 여기저기서 찰칵거리며 카메라 셔터를 누르는 소리가 들렸다.

"저 학생이 아이를 구한 거야? 대단해."

"잘생긴 학생이 어쩜 저리도 용감할 수 있지?"

"학생, 대단해. 어디서 그런 용기가 나온 거야. 시간 있으면 우리 밥이나 같이 먹자고."

"다들 무서워 떨고 있을 때 저 학생만 철로로 뛰어들었잖아. 전철이 플랫폼으로 들어오는 긴박한 시점에 말이야. 보통 사람이 아니야.”

전철 안에서 몰려나온 사람들과 플랫폼에 있던 사람들은 기석을 향해 다시 환호성을 질렀다. 기석은 사람들의 지나친 관심에 정신을 차릴 수 없었다.

“학생, 그냥 가지 말고 잠깐만 기다려요. 우리 사진 좀 같이 찍어요.”

사람들은 기석 옆에 서서 일제히 카메라 셔터를 눌렀다.

다음 날 아침 뉴스와 포털 사이트, 조간신문에 기석에 관한 기사가 헤드라인을 장식했다. ‘달려오는 지하철로 뛰어든 영웅’이라는 문구와 아이를 안고 찍은 기석 모습이 뉴스 첫 화면에 나왔다.

아이를 안고 활짝 웃는 기석의 모습은 멋진 광고 사진 같았다. 젊은 여성들은 인터넷과 뉴스에 나온 잘생긴 기석을 보며 두근거리는 가슴을 달랬다.

*

‘똑똑, 똑똑, 똑똑.’

누군가 요란하게 방문을 두드렸다.

“기석아, 아직 자니? 문 좀 열어 봐.”

어머니가 방문을 두드리며 기석을 깨웠다. 그는 눈살을 찌푸리며 엉거주춤 일어나 방문을 열었다.

"어제 무슨 일 있었니? 아침부터 전화가 오고 난리네. 집으로 너를 만나러 온 사람도 있었어. 네가 잔다고 하니까 그냥 돌아가더라. 대체 무슨 일이니?"

그는 어머니 말을 듣고 얼굴을 찌푸렸다.

"그래요? 글쎄, 특별한 일은 없었는데요."

기석은 잠이 덜 깬 얼굴로 기억을 더듬었다. 그때 무음으로 해 놓은 휴대 전화기에 빨간빛이 들어오며 깜박거렸다. 그는 무심히 전화기를 들었다. 친구들과 모르는 사람들의 전화번호가 화면 가득 떠 있었다. 그는 당황한 표정을 지으며 고개를 갸웃거렸다.

"어제 전철에서 일어난 일 때문에 그런가? 특별히 잘못된 일은 없었는데……."

기석은 어머니에게 어제 있었던 일을 이야기했다. 기석이 어머니에게 이야기하는 동안 휴대 전화기와 거실 전화기가 끊임없이 울렸다.

인터뷰 요청과 광고 회사 섭외 전화가 빗발쳤다. 기업과 대학에서도 장학금을 주겠다며 연락을 했다.

기석 부모는 전날 아무 일도 없다는 듯이 들어와 밥을 먹고 자기 방으로 들어간 아들이 하루아침에 대한민국의 영웅이 된 사실에 정신을 차리지 못했다.

아이를 구하는 기석의 영상은 해외로도 나가 세계 사람들에게 감동을 줬다. 기석의 SNS에는 고맙다는 내용이 적힌 댓글들이 줄을 이었다. 한국을 넘어 세계 사람들이 그를 주목했다.

기석은 자신을 포장할 수 있는 능력이 뛰어났다. 모든 것을 겸손하게 처리했다. 자만은 위기 때 자신을 몰살시킬 수 있는 위험 요소라고 판단했다. 광고료와 상금으로 받은 것 중 절반을 어린이 암 환자를 위해 기부했다. 각종 매체는 그의 행동을 칭찬하며 미래를 이끌어 갈 새 시대의 인물이라고 평가했다.

인터뷰는 겸손이 가장 우선으로 보이도록 노력했다.

"누구나 할 수 있는 행동을 제가 한 것입니다. 특별히 칭찬받아야 할 일이라고 생각하지는 않습니다. 여기 계신 분들 모두가 그 상황이었다면 저처럼 행동하실 거로 생각합니다. 그런데 마치 제가 특별한 일을 한 것처럼 칭찬해 주시니 감사할 따름입니다. 제 할 일을 한 것이니 제가 받은 상금이나 후원금은 어려운 분들을 위해 쓰는 게 당연하다고 생각합니다."

그의 겸손한 대답은 사람들에게 희망을 줬다.

정부의 부패로 많은 아이가 죽어 간 사실에 분노하고 있던 시대였다. 무능한 정부와 부패한 관료들이 아이들의 안전을 보장하지 못하는 정치 후진국에 산다는 자괴감으로 이민을 결정한 사람들도 많았다.

입시 위주의 서열화로 학교에 적응하지 못하는 아이들은 등교 거부를 하거나 무작정 집을 뛰쳐나와 거리를 떠돌아다녔다. 학교 폭력과 따돌림 문제로 자살하는 아이들도 많았다.

사람들은 어두움으로 가득한 사회에서 작은 희망의 불씨를 봤다. 정부가 아닌 우리 스스로가 아이들을 지켜야 한다는 사실을 깨닫게 됐다. 아이들에게 사람을 믿지 말라고 가르치던 어른들의 모습이 달라졌다. 타인을 믿을 수 있는 사회, 이타적인 사회가 될 수 있을 거라는 희망을 줬다. 내 자식이 위험에 처했을 때 자기 목숨에 연연하지 않고 도움을 줄 수 있는 의인이 존재한다는 인식은 사람들에게 살 만한 세상이 될 거라는 믿음을 줬다.

사람들은 기석에게서 대한민국의 미래를 봤다. 어디를 가도 사람들이 그를 따랐다. 대통령이나 국제적인 스타들이 받을 수 있는 사람들의 환호가 이어졌다. 그의 집 앞에는 고맙다는 메시지와 함께 작은 선물들이 쌓였다. 정당 여기저기에서도 기석에게 손을 내밀었다. 신뢰감을 주지 못해 안달하고 있던 정당들은 기석과 같이 대중이 사랑하는 스타가 필요했다.

기석은 가끔 불편했다. 관심과 칭찬은 기쁘지만 혼자 있고 싶었다. 동네를 가볍게 산책하는 것조차 신경 써야 했다. 집 앞 편의점이나 약국을 가도 사람들은 기석을 알아보며 사인 한 장을 부탁했다.

"어떻게 그게 가능해요? 역에서 녹화된 CCTV 화면을 뉴스에서 보여 줬는데 정말 아슬아슬한 순간이었더라고요. 다른 사람들은 무서워서 꼼짝도 못 하고 있었는데 어떻게 철로로 뛰어들

수 있는지 정말 대단해요."

"아, 칭찬해 주시니 고맙습니다."

기석은 겸연쩍어하며 머리를 벅벅 긁었다. 그는 사람들이 위대한 영웅이라고 치켜세워 줄 때마다 등에서 식은땀이 흘러내렸다.

그날의 행동은 무의식이 아니라 계획된 행동이었다. 아이에게 시선을 집중하고 있었다. 아이가 철로 밑으로 떨어진 뒤 몇 초 동안 머릿속으로 수백 번 재현했던 상황을 정리했다. 안내 방송이 나온 뒤 지하철이 플랫폼으로 들어오는 시간까지 완벽하게 계산돼 있었다. 지하철에서의 행동은 무의식이 아니라 어린 시절부터 철저하게 준비한 행동이었다.

*

초등학교 시절 기석은 전철역 아래 철로에서 청소하는 늙은 청소부를 유심히 살폈다. 그는 엄마와 함께 전철을 타고 멀리 있는 학원에 다녔다.

수요일 오후 2시가 되면 엄마와 기석은 늘 같은 장소에서 전철을 기다리며 서 있었다. 그 시각 철로 밑에는 늙은 청소부가 있었다. 느릿느릿 한가로이 움직이며 철로에 버려진 담배꽁초를 주워 비닐봉지에 담았다. 그는 열차가 들어온다는 안내 방송이 나와도 휴지 줍는 일을 멈추지 않았다.

안내 방송 후 굉음을 내며 열차가 빠르게 플랫폼 입구에 도착해도 당황하는 기색 없이 몸을 천천히 움직였다. 열차는 괴물처럼 달려와 순식간에 플랫폼을 덮쳤다. 그리고 늙은 청소부 모습은 보이지 않았다.

어린 기석의 심장은 쿵쾅거렸다. 사라진 늙은 청소부를 찾았다. 그는 전철을 타지 못하고 멍하니 서 있었다. 엄마가 그를 끌고 열차 안으로 들어갔다. 기석은 열차 유리창에 얼굴을 대고 늙은 청소부를 찾으려 노력했다. 아무도 늙은 청소부에게 관심이 없었다.

며칠 후, 늙은 청소부는 아무 일도 없었다는 듯이 철로에서 청소를 하고 있었다. 여전히 느릿느릿 움직였다. 안내 방송이 나오고 열차가 달려와 플랫폼을 덮쳤다. 다시 늙은 청소부는 사라졌다.

기석은 파랗게 질린 얼굴로 엄마에게 물었다.

"엄마, 철로에서 청소하던 할아버지는 어디로 간 거야?"

엄마는 어깨를 위로 올렸다 내렸다. 아무 관심이 없는 표정을 지었다. 그는 엄마와 사람들이 왜 늙은 청소부에게 관심이 없는지 이해되지 않았다. 또 사라진 할아버지는 도대체 어디에 있는지도 몹시 궁금했다. 어린 기석은 열차 창문에 얼굴을 대고 멀어져 가는 역을 뚫어지게 쳐다봤다.

엄마와 학원에 가지 않는 날 기석은 혼자 표를 끊은 후 전철역 안으로 들어가 늙은 청소부를 찾았다. 늙은 청소부는 여느 날처럼 철로 밑에서 떨어진 휴지와 오물을 집게로 집어 커다란 봉투 안에 넣었다. 기석은 늙은 청소부를 쫓아 움직였다. 그가 어디로 사라지는지 눈으로 확인하고 싶었다.

[지금 청량리행 열차가 들어오고 있습니다. 안전선 밖으로 물러나 주시기 바랍니다.]

열차가 들어오고 있다는 안내 방송이 나왔다. 멀리서 열차 모습이 보였다. 늙은 청소부는 덜커덩 소리와 바람 소리를 내며 달려오는 열차 소리에도 아무 반응 없이 휴지를 주웠다. 플랫폼 안에 있는 사람 누구도 늙은 청소부에게 피하라고 말하는 사람이 없었다. 늙은 청소부는 투명인간처럼 사람들 눈에 존재하지 않았다.

열차가 빠르게 플랫폼 안으로 들어왔다. 기석은 숨이 막혔다. 눈앞의 늙은 청소부가 어디로 사라지는지 알고 싶었다. 그는 눈도 깜빡이지 않고 노인을 쳐다봤다.

늙은 청소부는 천천히 움직였다. 그는 바로 옆, 철로와 플랫폼 사이의 작은 홈으로 몸을 굽혀 들어갔다. 열차는 순식간에 달려와 아슬아슬하게 그 사이를 통과해 플랫폼 옆에 멈췄다. 기석은 입을 벌린 채 그 모습을 지켜봤다.

열차가 플랫폼에서 멈추고 문이 열리자 많은 사람이 쏟아져

나왔다. 다시 열차 안으로 많은 사람이 들어갔다. 열차는 굉음을 내며 플랫폼에서 사라졌다. 늙은 청소부는 열차가 사라진 자리로 먼지를 털며 나와 다시 담배꽁초를 주웠다.

초등학교 시절, 기석의 친구들은 배트맨이나 슈퍼맨, 아이언맨을 영웅이라고 생각했다. 친구들은 외국의 슈퍼 히어로를 흉내 내며 자신과 동일시했다.

기석은 달랐다. 기석이 알고 있는 영웅은 달려오는 열차를 조금도 두려워하지 않는 늙은 청소부였다. 그는 시간이 날 때마다 역으로 향했다. 그리고 안내 방송이 나온 후 열차가 플랫폼으로 들어오는 시간과 늙은 청소부가 작은 홈으로 몸을 숨기는 시간을 체크했다.

늙은 청소부는 몸을 숨기는 타이밍을 기가 막히게 알아맞혔다. 시계를 보지 않고도 방송이 나오고 몇 분이 지나면 늙은 청소부는 바로 철로 옆 작은 홈으로 몸을 숨겼다. 노인이 몸을 숨기는 순간 열차가 플랫폼을 덮쳤다. 수십 번을 봐도 심장이 두근거리는 순간이었다.

집에 돌아온 기석은 잠을 이룰 수 없었다. 열차가 플랫폼을 덮치면 마법사처럼 사라진 늙은 청소부, 그리고 열차가 사라진 후 다시 나타난 청소부의 모습을 그리며 혼자 감동과 흥분을 이어갔다.

어느 순간부터 상상 속에서 늙은 청소부 모습은 사라졌다. 그 자리에 기석이 있었다. 열차가 달려올 때 플랫폼으로 뛰어든 자신이 빠르게 작은 공간으로 이동하는 모습을 상상했다.

열차는 거대한 먼지 폭풍을 일으키며 플랫폼에 정차하고 기석은 작은 공간으로 몸을 숨겼다. 플랫폼 위에서는 사람들이 바쁘게 움직이는 소리와 안내 방송이 나왔다. 그는 열차 아래서 딱정벌레를 뒤집어 놓은 것 같은 모습을 한 열차 바닥을 바라봤다.

수백 번 상상해도 설레서 가슴이 진정되지 않았다.

몇 년 후 늙은 청소부는 보이지 않았다. 그 후로는 철로에서 청소하는 사람을 볼 수 없었다. 기석은 실망감을 감출 수 없었다. 전철역에서 늙은 청소부의 마술 같은 쇼를 볼 수 없다는 사실을 받아들이는 데는 시간이 필요했다. 꿈도 멀어졌다. 그 꿈은 영원히 이룰 수 없는 꿈이 됐다. 그는 상실감이 병이 돼 며칠을 앓아누웠다.

*

꿈은 이루어졌다. 오랜 세월 간절히 바랐던 꿈이 중앙선 서빙고역에서 이루어졌다.

기석은 플랫폼에서 떨어진 아이를 보며 빠르게 계산했다. 열차가 들어온다는 안내 방송이 나온 순간부터 플랫폼을 덮칠 때까지의 시간을 그는 정확히 알고 있었다. 아이를 안고 작은 홈으로 몸을 숨기기까지 충분한 시간이었다.

열차가 플랫폼을 향해 굉음을 내며 들어올 때 기석은 철로로 뛰어내렸다. 그리고 울고 있는 아이를 안고 빠르게 작은 홈으로 몸을 숨겼다. 곧 열차가 플랫폼을 덮쳤다. 사람들 비명이 이어졌다.

플랫폼은 아수라장이 됐다. 그는 사람들의 비명을 듣고도 미소 지었다. 어린 시절부터 간절히 바라던 꿈이 이루어진 순간이었다. 아이를 안고 작은 홈에서 머리 위에 놓인 열차 바닥을 보는 시간은 온몸에 전율이 일어날 정도로 짜릿했다. 시커먼 먼지가 묻은 열차 바닥을 손으로 쓸며 현실인지 확인했다.

아이는 자신을 안고 좁은 공간으로 피신하는 기석을 쳐다봤다. 하늘에서 날아온 슈퍼 히어로라고 생각했다. 조금의 망설임도 없이 움직이는 기석 모습을 보며 아이의 가슴은 들썩였다.

열차가 플랫폼 안으로 들어오며 하늘을 완전히 가리는 순간, 아이는 거대한 공포를 느꼈고 기석은 완벽한 쾌감을 느꼈다. 아이는 눈을 꼭 감은 채 기석에게만 매달렸다. 그는 두려움에 떠는 아이를 안고 열차가 움직이길 기다렸다.

열차는 움직이지 않았다. 플랫폼의 상황이 심각한지 떠들썩한 소음이 가라앉지 않았다. 기석은 두려움에 떠는 아이를 바라봤다. 그는 아이를 등에 업었다. 그리고 엎드린 채 작은 공간에서 조금씩 움직였다. 허리가 끊길 듯이 아팠지만 참을 수 있었다.

열차의 끝부분이 보이고 조금씩 파란 하늘이 보였다. 바람이 불어와 하얀 벚꽃잎들이 철로 밑으로 떨어졌다. 아이는 안심이 되는지 기석의 등에 얼굴을 묻은 채 소리 내지 않고 코를 훌쩍거렸다.

열차 끝부분에 도착하자 눈부시게 파란 하늘이 보였다. 기석이 아이를 안고 일어나 손을 흔들며 소리쳤다. 사람들의 놀라는 소리에 이어 환호성이 들렸다. 사람들이 몰려와 아이를 받아 올렸다.

기석도 손을 내밀었다. 많은 사람이 그의 손을 잡았다. 기석은 하늘을 나는 것처럼 가볍게 플랫폼 위로 올라왔다. 사람들이 기석을 향해 다시 한번 환호성을 지르며 박수를 보냈다.

기석은 얼떨떨했다. 자신도 모르게 어깨가 으슥해졌다. 낯선 사람들과 어울려 사진을 찍고, 고맙다는 말을 듣고, 전화번호를 알려 주고, 식사 약속을 잡았다. 아이 엄마와 아이는 기석에게 손을 흔들며 119구급 대원들과 같이 사라졌다.

시간이 지나고 열차가 정상 운행이 가능해졌다. 사람들은 하나둘 열차 안으로 들어갔다. 역 밖으로 빠져나가기 위해 계단을 오르는 사람들도 있었다. 모두 기석에게 손을 흔들었다.

열차가 사라지고 주변이 조용해졌다. 기석은 긴 숨을 내쉬며 의자에 털썩 주저앉았다. 혼자가 된 그는 정신을 차린 듯 서둘러 전화기를 눌렀다. 여자 친구의 화난 목소리가 수화기에서 울렸다.

[야, 이기석, 너 미쳤니? 지금 몇 시야. 30분이 지났는데 지금에야 연락하냐?]

"아, 미안, 미안해. 열차에서 큰 소동이 있었어. 가서 이야기할게. 미안해. 밥과 영화 모두 내가 살게. 커피까지 풀코스로 내가 쏜다."

화가 난 여자 친구를 달래며 기석은 도착한 열차를 서둘러 탔다.

아침에 눈을 뜬 순간 세상이 바뀌었다. 기석에게도 변화가 찾아왔다. 처음에는 지나친 관심이 불편했다. 죄책감마저 들었다. 시간이 흐르며 마음이 변했다. 대중들의 끊임없는 관심과 사랑으로 자신감이 생겼다. 불편한 마음은 사라지고 은밀한 감정이 그의 마음에 변화를 줬다. 악의가 스며들었다. 어수선하고 불안정한 감정을 틈타 억눌려 있던 욕망과 악의가 그에게 속삭였다.

'봐, 사람들은 어리석잖아. 작은 진실조차 파악하지 못한다고. 네가 원하는 것을 이제 실현할 수 있게 됐어. 아무도 모르게 할 수 있는 거야. 사람들은 보이는 것만 믿어. 그걸 이용하면 돼. 진실 따위에는 아무도 관심이 없다고.'

작은 속삭임이 너무도 달콤해서 떨쳐 낼 수 없었다. 기석은 자신도 모르게 새로운 계획을 세우고 있었다. 들키지만 않는다면 아무도 알 수 없을 거란 확신이 들었다.

그는 철로에 뛰어든 순간을 잊을 수 없었다. 가슴이 벅차오르고 기쁨으로 온몸에 전기가 오르는 듯했다. 오랜 세월 숨겨 두었던 꿈이 실현되는 순간이었다. 하늘을 날듯이 철로로 뛰어내렸다. 울고 있는 아이를 안고 바로 몸을 굴려 플랫폼 밑의 작은 공간으로 몸을 숨겼다. 그 순간의 짜릿함이란 말로 표현할 수 없었다. 평생 이룰 수 없는 꿈이라고 생각했던 일이 기적처럼 이루어졌다.

자신감이 생겼다. 준비된 자에게 꿈은 언젠가는 실현될 수 있다는 사실을 알았다. 그는 첫 번째 꿈이 이루어졌으니 이제 두 번째 꿈을 이룰 차례가 됐다고 생각했다.

아이가 기석에게 안겨 있었다. 따뜻하고 가냘픈 아이는 기석이 신이라도 되는 듯 바라봤다. 그때의 황홀한 기분은 말로 표현할 수 없었다.

처음에는 그도 두려웠다. 혼자 하는 은밀한 상상을 사람들이 알아차릴까 두려워 몸을 움츠렸다. 기석은 아이를 바라보며 자신이 어떤 생각을 하고 있었는지 혹시나 사람들에게 들킬까 걱정하며 애써 밝은 표정을 지으려고 노력했다.

많은 유혹이 있었다. 기석을 이용하고 싶어 하는 사람들이 많았다. 기업이나 정당, 대중오락 프로그램에서 그를 유혹했다. 기석은 자신을 상업적이나 정치적으로 이용하고 싶어 하는 자들의 유혹을 모두 뿌리쳤다.

기석이 원하는 것은 단 한 가지였다. 두 번째 꿈을 이루는 거다.

*

초등학교 남학생들을 위한 극기 훈련 캠프를 열었다. 기석은 자원봉사자들과 후원자들의 도움으로 극기 훈련 캠프 교실을 열었다. 초등학교 남학생들을 둔 학부모들은 열광했다. 일에 찌든 남편들 모습을 보며 아빠의 부재를 걱정했던 엄마들이 그의 열렬한 지지자가 됐다.

나약한 아들들의 롤 모델이 필요했다. 기석은 학부모들이 원하는 아이들의 슈퍼스타였다. 여자처럼 화장하고 춤을 추는 남자 연예인들을 흉내 내는 아들 모습을 보며 한숨짓던 부모들이 적극적으로 기석이 여는 캠프를 응원하며 참가 신청서를 냈다. 연예인들과 게임밖에 모르는 아들들이 기석처럼 똑똑하고 겸손하고 타인을 이해할 수 있는 인성까지 갖춘 사람이 되길 간절히 원했다.

캠프를 시작하자 전국에서 아이들이 몰려들었다. 해가 지날수록 극기 캠프에 대한 사람들의 관심이 폭발적으로 늘어났다. 하지만 기석은 작은 캠프를 주장하며 선별한 소수의 아이와 함께하는 열흘 동안의 캠프 교실을 열었다.

캠프에 신청자가 몰리며 1차 서류 심사가 생겼다. 기석의 제안에 따라 머리가 좋고 얼굴과 몸이 훌륭한 남자아이들만 선발했다. 소수 정예란 소문이 돌며 학부모들은 혈안이 돼 자기 아이가 캠프에 참가할 자격이 되길 원하며 신청서를 냈다.

　일곱 번째 캠프에서 지후를 만났다.

　지후는 회색과 하늘색, 흰색이 잘 어울리는 민소매 티와 숫자 3이 커다랗게 새겨진 청색 반바지를 입고 있었다. 눈에 띄는 아이였다. 누구보다 건강하고 아름다웠다.

　기석은 심장 박동 수가 빨라졌다. 지금까지 캠프장에서 만났던 어떤 아이보다 기석의 시선을 사로잡았다. 기석은 계획을 세웠다. 캠프가 시작되는 시간과 끝나는 시간 사이에 어떻게 지후에게 접근할지에 대해 고민했다.

　지금까지는 모든 게 순조로웠다. 시간이 지날수록 대담해지고 마음도 편했다. 들키지 않을수록 더 대담해졌다. 세상이 마치 자기 생각대로 움직이는 것 같았다.

　이번에 성공하게 된다면 일곱 번째 성공인 거다. 일 년에 두 번 극기 캠프를 열었다. 여름과 겨울에 캠프를 했고 이번이 일곱 번째 캠프가 된다. 기석은 처음 캠프를 시작할 때부터 범죄를 저질렀다. 처음에는 심장이 떨려 며칠 동안 잠을 잘 수 없었다.

　첫 캠프 때는 온종일 긴장돼 있었다. 같이 도와주는 강사들이 일을 잘 처리해 큰 문제는 없었다. 하지만 기석의 머릿속에는 마음에 드는 아이에게 어떻게 접근할지에 대한 생각으로만 가득 차 있었다. 계획은 철저히 세웠지만 시간이 지날수록 자신감이 떨어졌다. 당일까지도 계획한 범죄를 실행에 옮길 자신이 없었다.

아이가 적극적으로 호기심을 보였다. 호기심이 강한 10대 남자아이들은 포기가 없었다. 아이는 절대 비밀을 보장하겠다며 기석을 설득했다. 아이의 간절한 바람으로 실험은 성공할 수 있었다.

호기심만 자극하면 됐다. 아이들은 알아서 모든 것에 대한 규칙을 세우고 문제가 생겨도 부모에게 말하지 않았다.

기석이 처음부터 아이들에게 침묵에 대한 동의서를 원했던 건 아니다. 아이들이 알아서 동의서를 썼다. 기석이 실험을 회피하며 자신감을 드러내지 않자 아이들은 초조해하며 기석을 독려했다. 아이들은 강한 호기심에 모든 이성이 마비돼 있었다. 아니, 이성은 처음부터 존재하지 않았다. 기석은 교묘히 아이들을 이용했다.

'호기심이 고양이를 죽인다.'라는 서양 속담이 있다. 아이들의 호기심은 고양이와 같았다. 그는 어린 시절 자기 모습을 아이들에게서 찾았다. 채워지지 않으면 끝까지 채우려는 아이들의 강한 집착을 기석은 알고 있었다.

아무것도 모르는 아이들은 스스로 작성한 종이 한 장에 동의 사인을 하고 결과에 대해 아무에게도 발설하지 않겠다며 약속했다. 실험이 끝나면 거의 모든 아이가 약간의 고통을 느꼈지만, 그 순간을 숭고하게 받아들였다.

여섯 번의 실험이 있었고, 시간이 지날수록 자신감도 생겼다. 마음에 드는 아이에게 접근하는 일은 쉬웠다. 기석은 유명 인사였고, 캠프는 소수의 뛰어난 아이들만 참가할 수 있었다. 아이들은 자부심을 느꼈다. 자부심을 느낀 아이들은 기석에게 신뢰감과 충성을 아끼지 않았다.

지후 역시 접근이 쉬웠다. 지후는 기석에 대해 잘 알고 있었다. 기석에 관한 자료를 따로 모아 USB에 저장해 놓기도 했다. 지후가 가장 존경하는 인물이기도 했다. 자신이 좋아하는 사람을 가까이서 볼 수 있다는 사실만으로도 지후는 감동했다. 기석이 지후에게 말을 걸며 친절히 다가갔을 때 지후는 몹시 흥분했다. 기석에게 절대적인 신뢰를 보였다.

캠프가 시작된 후 이틀째 되는 날, 기석은 지후를 사무실로 불렀다.

"지후야, 캠프는 재미있니?"

기석 질문에 지후는 군인처럼 곧은 자세를 하고 큰 소리로 대답했다.

"네, 아주 즐겁습니다."

"그래? 오늘 극기 훈련 때문에 많이 힘들었을 텐데, 양말을 벗어 봐."

"아니, 괜찮습니다. 약간 물집이 생기긴 했지만 참을 수 있습니다.”

지후가 당황하며 말했다. 기석은 웃음이 나왔다.

“앉아서 양말 벗은 후 저기 족욕기에 발 담그고 있어. 그럼 훨씬 좋아질 거야.”

기석은 지후를 의자에 앉힌 후 신발과 양말을 벗겼다. 지후 얼굴이 빨개졌다. 기석은 지후 발을 족욕기 안으로 넣었다.

“조금만 기다려. 그럼 따뜻해지면서 긴장된 발이 좀 풀릴 거야. 지후야, 오늘 내 방에서 족욕기 사용한 건 다른 친구들에게는 비밀이야. 너만 특별히 선생님이 봐준 거야.”

“네, 감사합니다.”

“지후야, 수요일 밤에 아이들이 잠든 후 선생님 사무실로 와. 그럼 선생님이 네게 신기한 경험을 하게 해 줄게.”

기석 말에 지후는 호기심을 보이며 “네.”라고 대답했다. 기석은 족욕기에 발을 담그고 있는 지후를 가늘게 눈을 뜨고 쳐다봤다. 그는 책상 위에 있는 과일 주스를 지후에게 내밀었다.

“고맙습니다.”

지후는 쑥스러워하며 과일 주스를 받아 조심스럽게 마셨다. 기석은 지후를 바라보며 조용히 말을 이었다.

10
영환

남자도 아니고 여자도 아닌 존재로 사는 게 생각보다 힘들었다. 잘못 휘두른 칼로 인해 성기와 고환이 모두 다쳤다. 성기는 잘려 나갔고 재생 불가능한 고환은 절개됐다. 내 몸은 더는 남성화되지 않았다. 여자도 아니고 남자도 아닌 상태가 됐다.

첸은 죄책감을 느꼈다. 이유 없는 죄책감이었다. 내게 동성애 포르노 영상을 보여 준 게 범죄는 아니었다.

내가 한 행동으로 부모님은 감당하기 어려운 상처를 받았다. 나를 위해 모든 걸 포기하고 캐나다에 이민을 왔다. 다시 행복해지려고 선택한 이민이었는데 아무 의미가 없어졌다.

어머니는 일하느라 나를 제대로 돌보지 못한 자신을 탓하며 고통을 만들었다. 나는 어머니가 돌봐야 하는 나이가 지나 있었다. 아버지 역시 성기가 사라진 내가 어떻게 인생을 살아갈 수 있을지에 대해 고민하며 막막해했다. 한 번도 주위에서 본 적이 없는 삶을 내가 살아가야 하는 거다. 어떻게 삶의 방향을 제시해야 할지 몰라 힘들어했다.

마을 사람들과 친구들도 나를 걱정했다. 가끔 고추 없는 놈이라고 비아냥거리는 남자아이들이 있었지만 첸에게 걸리면 화장실로 끌려갔다. 첸은 다른 아이들보다 큰 얼굴과 큰 몸을 가지고 있었다. 질질 끌려가는 아이는 겁에 질린 듯 조용했다.

모두의 위로와 걱정과 격려가 있었다. 하지만 나는 잘려 나간 성기로 인해 고통스럽지 않았다. 작은 애착도 없었다. 허전한 부분은 있었다. 항상 팬티 안에서 달랑거리던 게 없어지니 내 몸이 어색했다.

몸에서 필요 없는 부분이 잘려 나간 기분이기도 했다. 늘 미열에 시달리며 배앓이를 했던 아버지가 어느 날 맹장 수술을 한 후 한결 몸이 가벼워졌다는 말을 했다. 그런 기분이었다. 나를 고통스럽게 한 부분이 잘려 나간 것 같은 시원함이 있었다. 왜 나는 작은 고추로 인해 저주스럽고 고통스러운 삶을 살아야 하는지 이해할 수 없었다.

살아가는 데 불편한 부분은 있었다. 쪼그리고 앉아서 소변을 봐야 했다. 서서 소변을 볼 수가 없었다. 오줌은 멀리 벽을 향해 뿜어 나오지 않고 다리 밑으로 흘러내렸다. 다행히 유럽이나 캐나다에서는 남자들이 변기에 걸터앉아 소변을 보는 행동이 권장되고 있었다.

완벽한 거세는 아니었다. 남아 있는 고환에서 호르몬이 나왔다. 몸에 털이 여자보다 많았고 근육도 단단했다. 목소리도 반쯤 낮은 저음이었다. 남자 목소리가 났다.

성 정체성에 대해 그다지 관심이 없었다. 사회가 극도로 안정된다면 성의 구분은 필요 없을 거로 생각했다. 캐나다는 안정된 나라였고 다양성에 대해 인정하려고 노력하는 사회였다. 굳이 남성성과 여성성에 얽매일 이유가 없었다.

호르몬이 나를 지배하는 걸 원치 않는다. 자아가 호르몬보다 우선되고 싶었다. 남성 호르몬이란 극도의 자극적인 호르몬이 내 몸에서 사라지자 생각보다 마음이 안정되고 기쁨도 배가됐다. 끝없이 타인과 나를 비교하며 자극을 원하던 호르몬의 작용이 거세와 더불어 내 몸에서 사라지면서 느끼는 감정이었다. 사납고 거친 감정이 줄어들고 온화한 기분이 유지됐다.

시간이 지나면서 나는 좀 더 자유롭게 자신을 바라봤다. 특정한 시선에 자신을 가둘 필요가 없었다.

나는 종종 여자처럼 화장하고 첸을 만났다. 첸은 여자처럼 옷을 입은 나를 보면 매번 배꼽을 잡고 웃었다.

"영환, 너무 잘 어울려. 캐나다 여자들보다 더 예뻐. 이참에 아예 여자로 수술하는 게 어때?"

"글쎄, 나도 그러고 싶은데 심리 분석을 해 보면 내가 특별히 여자가 되고 싶어 하지는 않는다고 하던데……. 편한 대로 살래. 재미있잖아."

첸은 내 어깨를 '탁탁' 치며 노랗게 물들인 내 머리카락을 잡아당겼다. 첸은 일부러 내가 여자 친구라도 되는 듯 팔짱을 끼거나 어깨를 잡아당기기도 했다.

나는 첸의 행동이 기분 나쁘지 않았다. 가끔 여자 분장이 귀찮으면 아직 사춘기가 오지 않은 중학생 아이처럼 하고 다녔다. 첸은 여자 분장이 더 낫다며 핀잔을 줬다.

"영환, 어린 꼬마랑 다니는 기분이 더 안 좋아. 여자 분장을 하면 내가 여자 친구가 있는 멋진 동양 남자처럼 보이잖아."

첸 말에 나는 입을 꽉 다문 후 그의 배를 후려쳤다. 첸도 내 배를 후려쳤다. 우리는 장난이지만 보통 남자애들처럼 뒤엉켜 서로에게 주먹질을 했다. 내가 일방적으로 첸에게 얻어맞았다. 남자가 돼 가는 첸을 이길 수 없었다.

부모님은 내게 아무 제재를 하지 않았다. 무엇이 되든 열심히 살아가길 원했다. 캐나다라는 나라는 소수 성애자에게도 관대했다. 처음에는 충격으로 깊은 불안감을 보이던 부모님은 내가 생각보다 잘 지내는 것을 보며 조금씩 안정을 되찾았다.

가끔 아버지는 내게 물었다.

"영환아, 네가 이대로 인생을 사는 게 힘들면 얼마든지 수술을 해도 좋다. 아빠는 네가 너무 힘들게 인생을 살길 원하지 않아. 태국이 성전환 수술을 가장 잘한다고 하더라."

아버지가 소파에 앉아 TV 리모컨을 누르며 무심히 내게 말을 걸었다. 혹시나 관심이 있나 넌지시 물었다.

나는 TV를 보다가 고개를 돌려 아버지를 쳐다봤다. 아버지는 눈을 찡긋거렸다. 그런 아버지와 나를 번갈아 바라보며 어머니가 말을 했다.

"여보, 우리 영환이는 그런 수술 하면 안 돼. 영환이는 심장이 나쁘잖아. 수술하다가 큰일이라도 나면 어떻게 해. 그리고 영환이가 여자가 되고 싶어 하지도 않는데 왜 자꾸 물어봐. 애 난처하게 말이야."

"영환아, 아빠 말이 기분 나쁜 건 아니지? 이제 대학도 들어가야 하고, 앞으로 네가 어떻게 살아가야 할지 아빠도 걱정이 돼서 하는 말이야. 어른이 될수록 네가 더 상처 입을까 봐 마음이 편치 않구나."

아버지는 긴 한숨을 쉬었다. 아버지는 나를 쳐다본 후 스마트폰 속에 빠져 정신없이 게임을 하는 동생을 쳐다봤다.

동생은 이제 아버지보다 컸다. 동생은 농구를 하면서 몸이 단단해졌다. 과다한 남성 호르몬의 증가로 동생은 서양 아이들보다 얼굴도 크고 몸도 좋았다. 동생과 걸어가면 사람들이 우리를 친남매라고 생각했다. 모르는 사람들은 내게 여동생이냐고 묻기도 했다.

성기 절단 사고 이후 오랫동안 심리 치료를 받았다. 상담자는 왜 내가 성기를 절단했는지 알아내지 못했다. 다만 내 안에 있는 극도의 공포와 분노, 혐오를 읽어 냈다. 상담자는 지후 사건을 알지 못했다. 부모님은 조금이라도 성기 절단 사고와 지후 사건이 연결돼 있길 바라지 않았다.

우리 가족은 모두 침묵했다. 정신과 의사는 아무 병명이나 만들어 약을 처방했다. 우울증 약이었다. 우울증 약을 먹으면 무기력할 정도로 몸이 둔해졌다. 세상이 느리게 움직였다. 늘어지고 지쳐 보였다. 온종일 누워 있어도 일어나고 싶지 않았다. 우울증보다 더 우울했다.

12학년까지 의무 교육을 마친 후 첸은 토론토대학에 입학했다. 운동도 잘하고 학업 성적도 뛰어났던 첸이 토론토대학에 들어가는 걸 의심한 사람은 아무도 없었다. 첸은 법대에 들어갔다.

인종 차별은 있었다. 첸을 공부밖에 모르는 동양인이라고 비하하듯 조롱하는 사람들이 학교나 동네에 있었다. 하지만 그를 아는 사람들은 아무도 질투하지 않았다.

나는 대학에 진학하는 걸 원치 않았다. 실력도 모자랐고 대학에는 내가 관심을 가질 만한 게 아무것도 없었다.

아버지는 몇 년 전에 프로그램 개발 회사를 차렸다. 나는 가끔 아버지를 도와 프로그램을 짰다. 급하게 들어가는 프로젝트가 있거나 갑자기 결원이 생겼을 때 아버지는 나를 찾았다. 나는 프로그램 짜는 일이 재미있지는 않았지만 싫지도 않았다. 오래도록 엉덩이를 의자에 붙이고 지루하도록 반복되는 일을 참고 견디면 됐다. 완성 후에는 기분 좋은 성취감도 느낄 수 있었다. 하지만 내가 좋아하는 일은 따로 있었다.

나는 해킹 사건에 얽혀 몇 번을 경찰서에 드나들었다. 우연히 알게 된 해킹 프로그램에 흥미를 갖다가 중독됐다. 웹 해킹에서 시작해서 시스템 해킹까지 하면서 작은 회사부터 관공서까지 보안을 뚫고 중요 정보까지 접근했다.

해킹은 논리력과 상상력, 추리력이 모두 필요한 작업이다. 한 번 빠지면 좀처럼 다른 일에 재미를 느끼지 못하게 된다. 가끔 완벽해 보이는 보안 프로그램을 뚫을 때는 절대자가 된 듯한 착각에 빠지기도 했다. 마치 세상을 지배하는 듯한 가슴 뿌듯한 환희에 빠진다.

나는 어느 순간부터 아빠를 아버지라고 부르기 시작했다. 차츰 내가 독립적인 존재라는 걸 증명하고 싶어 했다. 아버지는 내가 해커가 되는 걸 만류하지 않았다. 아버지는 나와 단둘이 있을 때 한마디 하곤 했다.

"해커가 되는 일이 나쁜 일이라고 생각하지는 않는다. 미래에 꼭 필요한 직업이기 때문이야. 아마 네가 해커가 되지 않는다면 다른 누군가가 해커가 되겠지. 나는 네가 사회에 도움이 되는 사람이 되길 바란다."

나는 해킹을 하면서 자기 치유를 했다. 잠긴 기억, 그 기억을 대신해 보안 프로그램을 푸는 일에 깊이 빠져들었다. 아버지가 염려하는 일에 대해서는 한순간도 고민하지 않았다.

어머니는 절망했다. 내가 캐나다에서 벌인 일들은 상식을 벗어나 있었다. 어디서부터 잘못됐는지 알고 싶어 했다. 성기를 잘라 내거나 관공서나 은행을 해킹하는 일은 자신이 사랑하는 아들이 저지를 수 없는 일이라고 생각했다. 어머니는 자책하며 고통스러워했다.

어머니는 세상에는 정해진 틀이 있다고 생각했다. 벗어나는 순간 나락으로 떨어져 인간으로의 삶이 끝난다고 생각했다. 서로에게 이해를 요구하기 힘들었다.

나는 어머니의 불안을 인지하지 못한 듯이 행동했다. 어머니 눈이 나를 쫓으며 책망했다. 눈으로만 말했다. 입을 꼭 다문 채 잔소리를 삼갔다. 여전히 나를 착한 아들이라고 생각했다. 자신이 가슴앓이하며 참고 있으면 언젠가는 내가 예전의 아들로 돌아오리라 생각하며 할 말을 삼켰다.

가족들 눈빛이 내 목을 졸랐다. 한국에 있었다면 자살하고 말

앉을 거다.

　어느 순간 지후가 보였다. 성기를 절단한 후 꿈속에서 지후가 보였다. 오랫동안 기억나지 않았던 지후가 살아 있을 때 모습 그대로 내게 나타났다.
　"영환아, 영환아."
　나를 부르며 지후가 달려왔다. 태양 빛을 받아 눈부신 지후가 양손을 펼치고 내게로 뛰어왔다. 나는 눈물을 흘리며 지후에게 달려갔다.
　"살아 있었구나, 지후야."
　지후를 안는 순간, 지후 몸이 절단됐다. 피투성이가 된 지후가 내게 안긴 채 웃고 있었다.
　"지후야, 일어나. 지후야, 웃지 말고 일어나!"
　나는 지후를 안은 채 하늘을 저주하며 울부짖었다.
　"제발, 지후를 살려 줘. 지후를 돌려달라고……. 죽여 버릴 거야. 이제 내가 죽여 버릴 거야."
　꿈속에서 한 말이 이해되지 않았다. 대체 누굴 죽이겠다고 말하는지 이해되지 않았다. 꿈속에서 나는 진실을 알고 있었다.
　짧게 기억이 났다. 뚜렷하지 않았지만 흐릿한 무언가 보였다. 눈을 뜬 상태에서 환영이 보였다.
　어두운 방이 보였다. 지후 얼굴도 보이고, 빨간 달도 보였다.

달에서 피가 떨어졌다.

며칠을 고생하며 끙끙댔다. 이를 악물고 잠도 자지 않았다. 마치 마약을 한 사람처럼 흥분해 잠도 자지 않고 보안 프로그램을 뚫는 일에 열중했다.

최고의 보안을 자랑하는 은행의 보안 장치를 뚫은 날이었다. 보안 장치를 뚫는 순간 "앗!"이란 감탄사가 저절로 튀어나왔다. 동시에 밝은 빛이 눈을 관통해 지나갔다. 잠긴 기억이 풀리듯 환한 빛이 보이더니 순식간에 사라졌다.

며칠 후, 지후가 내 옆을 스쳐 지나갔다. 극장 안에서, 음식점에서, 경기장에서 지후 모습이 보였다. 처음에는 지나가면서 나를 쳐다봤다.

지후를 본 후부터 꿈속에서 봤던 짧은 필름 같은 장면들이 현실에서 더 구체적으로 보였다. 기억이 돌아오고 있었다. 멀리서 나를 지켜보기만 했던 지후는, 기억이 점점 선명해질수록 내 곁으로 다가왔다. 내 옆에서 숨을 쉬었다.

지후 몸은 하나씩 잘려 나갔다. 처음 영화관에서는 온전한 모습이었다. 캠프를 갈 때 입었던 민소매 티와 청색 반바지를 입고 극장 안으로 들어가는 모습을 내가 발견했다. 지후를 쫓아 극장 안으로 뛰어 들어갔다. 지후를 찾을 수 없었다.

그다음은 패밀리 레스토랑에서 팔이 잘린 지후가 내 곁을 지나갔다. 나는 자리에서 벌떡 일어났다. 사람들이 나를 쳐다봤다. 겨우 진정하며 자리에 앉았다. 지후는 사라졌다. 다음에는 하키 경기장에서 팔과 다리가 잘린 지후가 보였다. 맞은편 관중석에서 나를 바라보고 있었다.

몸이 하나씩 잘린 지후는 내게 천천히 다가왔다. 어느 순간부터 내 침대 옆에서 잠이 들었다. 지후가 내게 속삭였다.

"그날 넌 무엇을 봤어? 넌 그 자리에 있었잖아. 무엇을 봤는지 내게 말해 줘. 착한 영환아, 내가 가장 좋아하는 친구야."

나는 눈을 감고 오들오들 떨며 노래를 불렀다. 피투성이가 된 지후 얼굴을 바라볼 수 없었다.

빨간 손이 내 얼굴을 어루만졌다.

"기억해. 그날 일을…… 기억해."

어둠 속에서 하얀 안개가 보였다. 안개 속에서 기억들이 조각조각 모습을 드러냈다. 조각들이 회오리치며 하늘로 치솟았다. 작은 섬광이 보였다. 섬광이 보일 때마다 조각난 기억들이 하나씩 맞춰지며 모습을 드러냈다.

*

5학년이 되면서 나와 지후는 반이 갈라졌다. 우리는 같은 학원에 다니면서 서로의 관계가 멀어지지 않도록 노력했다. 나는 지후와 같은 수준의 수업을 듣기 위해 열심히 공부했다. 덕분에 성적도 좋아졌다.

운동을 좋아하는 지후는 학원 수업이 끝나면 늘 아파트 공원으로 향했다. 우리는 그곳에서 농구를 했다. 땀에 젖은 지후가 내 몸을 스칠 때마다 냄새가 났다. 시큼하고 달착지근한 땀 냄새였다. 운동이 끝나면 우리는 수돗가로 달려갔다. 우리는 깔깔거리며 윗옷을 벗고 땀을 닦았다.

지후는 가슴부터 머리까지 물을 적셨다. 나는 지후를 물끄러미 쳐다봤다. 지후의 아름답고 건강한 몸이 지독히 부러웠다.

나는 지후와 어울리며 성적도 좋아지고 건강도 좋아졌다. 그리고 조숙해져 갔다.

어느 봄날, 농구를 했다. 평소보다 심한 몸싸움이 있었다. 서로 몸이 뒤엉키며 운동장에서 뒹굴기도 했다. 몸이 건강해지면서 나는 욕심을 부렸다. 이기고 싶었다. 매일 양보만 하는 나라는 존재가 짜증이 났다. 모든 걸 가지고 있는 지후가 부러웠다. 지후가 가지고 있는 것 중 한 가지만이라도 빼앗고 싶었다.

해가 질 무렵 우리는 흙먼지를 털며 집으로 향했다. 평소보다 피곤한 날이었다. 졸음이 쏟아졌다. 머리를 들 수 없을 정도로 무거웠다. 밥을 먹으며 꾸벅꾸벅 조는 나를 보며 부모님은 웃음을 터뜨렸다.

식사 후 바로 잠자리에 들었다. 도저히 씻을 수 없을 정도로 졸음이 쏟아졌다. 부모님도 아무 말 하지 않았다. 그날 첫 몽정을 했다. 야릇하고 기분 좋은 꿈을 꾸었다.

깊은 잠을 잤다. 몸이 바닥에서 떨어지지 않았다. 눈이 부신 태양이 창을 비추고 있었다. 주방에서는 탁탁탁 소리가 들렸다. 엄마가 요리하는 소리였다. 된장국 냄새가 났다. 나는 코를 킁킁거리며 눈을 떴다. 길게 기지개를 켜며 야릇한 몸 상태를 즐기고 있었다. 눈을 떴지만 정신은 몽롱했다. 바닥이 축축했다.

"뭐지?"

기분이 나빴다. 축축한 게 팬티라는 사실을 깨닫게 되는 순간, 나는 침대에서 벌떡 일어났다. 머릿속이 하얬다.

"오줌을 싸다니? 내가 미친 거 아냐?"

다시 팬티 속을 들여다봤다. 오줌은 아니었다. 투명한 액체가 팬티 주변에 묻어 있었다.

"이게 뭐지?"

급히 팬티를 벗어 휴지로 돌돌 말았다. 나는 방 안을 둘러보며 엄마 손이 닿지 않을 공간을 찾았다. 성격이 깔끔한 엄마는 방 안 구석구석을 살피며 청소했다. 엄마 눈을 피할 길은 없었다.

방법은 한 가지밖에 없었다. 나는 급히 자물쇠가 있는 보물 상자를 열었다. 그 안에 있는 잡동사니들을 꺼낸 후 축축한 팬티를 넣었다. 열쇠로 보물 상자를 잠그는 순간 하얀 액체의 정체가 떠올랐다.

"설마? 내가 벌써 시작하다니?"

시작이 빨랐다. 보통 여자아이들이 초등학교 5학년 때 생리를 시작했다. 남자아이들의 몽정은 대부분 중학교 1학년 때부터 시작됐다. 나는 예상하지 못했다. 우리 반에서 제일 작은 내가 먼저 사춘기가 시작되리라고는 생각하지 못했다. 몸의 크기와 성숙도는 정비례하지 않았다.

그날 이후 매일 몽정에 시달렸다. 정액은 점점 진해지고 양이 늘어났다. 신기하기도 하고 야릇한 흥분감도 있었다. 자위는 하지 않았다. 방법을 몰랐다.

늘 아침에 일어나면 팬티에 정액이 묻어 있었다. 대체 무슨 꿈을 꾸는지 알 수 없었다. 가끔 궁금했지만 기억이 나지 않아 바로 잊었다.

지후에게 묻고 싶었다.

"너도 몽정하니?"

지후 얼굴을 보면 입이 떨어지지 않았다. 아무에게도 말을 할 수 없다는 사실이 답답했다. 누군가 나와 같은 경험을 한 사람이 있길 바랐다. 은밀하고 비밀스럽고 수치스럽기도 했다. 반 친구 누구도 몽정을 경험한 아이들이 있을 것 같지 않았다.

혼자 고민했다. 아침에 축축한 팬티를 볼 때마다 찝찝하고 기분이 상했다. 밤이 두려웠다. 꿈을 꾸고 싶지 않아 엄마가 먹는 수면제를 훔쳐 먹기도 했다. 부질없는 행동이었다. 아무리 원하지 않아도 몸의 변화를 막을 수 없었다.

여름 방학을 한 달 앞둔 어느 날, 학원에서 수업이 끝나고 집으로 걸어가고 있었다. 6월 중순의 날씨가 다른 해보다 더웠다. 34도가 넘어갔다. 우리는 농구가 하고 싶었지만 찌는 듯한 더위로 포기하고 집으로 향했다. 작은 땀들이 지후 이마에 맺혀 있었다. 땀을 닦으며 지후가 말했다.

"영환아, 우리 이번에 이기석의 여름 캠프에 신청서를 내 보지 않을래?"

"응? 왜?"

"난 그 여름 캠프 꼭 가 보고 싶거든. 갔다가 온 아이들이 굉장히 재미있었다고 자랑하던데. 그리고 이기석 선생님이 아주 멋진 사람이라고 하더라. 텔레비전에서 본 것보다 훨씬 멋있나 봐. 난 꼭 그분을 만나 보고 싶어."

지후가 웃으며 말했다.

"난 모르겠어. 엄마가 허락 안 할 거야. 지금까지 캠프에 간 적이 한 번도 없어."

"그래? 네가 안 가면 나도 포기할래."

지후는 아쉬운 듯 말했다. 나는 시무룩하게 표정이 변하는 지후 얼굴을 쳐다봤다. 이기석 여름 캠프에 참가하는 게 지후 생일 소원이었다.

나는 엄마에게 캠프에 참가하고 싶다고 말할 자신이 없었다. 내 모든 행동을 통제해야 안심하는 엄마 얼굴이 떠올랐다. 엄마는 내가 통제 구역에서 벗어나는 순간 심장병으로 죽을지도 모른다는 공포심을 가지고 있었다.

엄마를 보고 있으면 입이 떨어지지 않았다. 계속 엄마 주변을 돌며 기분을 살폈다. 동생 때문에 지친 엄마 표정은 편안하지 않았다. 고민 끝에 먼저 아빠에게 말을 꺼냈다.

엄마가 동생을 데리고 나간 사이 나는 살며시 서재 문을 열었다. 아빠는 열심히 여행 관련 자료를 정리하고 있었다. 아빠에게 다가가 캠프 신청서를 내밀었다.

"이게 뭐니?"

"아빠, 이기석이라는 사람이 하는 여름 캠프야. 나도 가고 싶어서…… 이제까지 한 번도 캠프에 간 적이 없거든."

"그래, 너 정말 이제까지 한 번도 캠프에 간 적이 없냐?"

아빠는 의아한 표정을 지으며 물었다. 여행사를 운영하느라 아빠는 바빴다. 집안일을 모두 엄마에게 맡겼다. 엄마는 아빠의 참견을 싫어했다. 내 교육과 모든 일을 엄마가 알아서 했다.

"응, 심장이 안 좋다고 엄마가 한 번도 허락해 준 적이 없었어. 이번에 지후랑 같이 캠프에 참여하고 싶어. 아빠도 알 거야, 이기석이라는 사람. 요즘 텔레비전에도 나오고 굉장히 유명해. 다들 그 캠프에 참여하고 싶어 해. 신청서를 낸다고 캠프에 갈 수 있는 것도 아니야. 그곳에서 신청서를 보고 서류 심사를 한 다음 참가 여부를 알려 주거든. 캠프 참가비도 아주 저렴해. 후원이 장난이 아니라고 하더라고. 우리 학교에도 참가했던 아이들이 있었는데 진짜 재미있다고 했어. 아빠, 꼭 가고 싶어. 엄마에게 말하기 불편해서 아빠에게 먼저 말하는 거야.”

아빠가 고개를 끄덕이며 말했다.

“알았어, 영환아. 엄마랑 상의해 볼게.”

“진짜지? 아빠, 꼭 믿을게. 아빠, 나도 다른 아이들처럼 캠프에 참가하고 싶어. 그리고 지후가 옆에 있다면 나는 무서울 게 없을 것 같아.”

아빠는 내 말에 한쪽 눈썹을 치켜세웠다.

“알았어. 이제 아빠가 내일까지 처리해야 할 일이 있으니 여기까지 말했으면 좋겠다.”

“응, 아빠만 믿을게.”

나는 아빠 눈에서 긍정의 메시지를 확인했다.

며칠 뒤 엄마 허락을 받아 낼 수 있었다. 한 달 뒤 우리는 캠프 참가자로 선발됐다. 우리는 여름 캠프에 참석하기 전날까지 이기석 캠프에 대한 자료를 검색하며 흥분을 감추지 못했다.

나와 지후는 기차와 버스를 타고 캠프장으로 향했다. 보호자 없이 단둘이 대중교통을 이용해 움직여야 했다. 나는 설레기도 하고 두렵기도 했다. 지후는 달랐다. 모든 게 익숙한 듯 혼자서 알아서 했다.

나는 처음 지하철을 탔다. 지하철 개찰구 입구에 있는 승차권 발매기 앞에서 당황하며 한참을 서 있었다. 지후가 승차권을 살 동안 나는 식은땀을 흘렸다. 열심히 버튼을 누르는 지후 손가락을 유심히 지켜봤다. 지후가 주황색 승차권을 건네기 전까지 두 손과 등이 땀으로 젖어 있었다.

지후는 승차권 발매기 앞에서 하얗게 질린 내 모습을 보고 장난기가 발동했는지 한마디 했다.

"어때, 세상이 무섭지? 너, 완전히 촌놈 같다. 조심해!"

"지후야, 너 대단하다. 이런 걸 혼자 다 하고 다녔어?"

"영환아, 초등학교 5학년이면 거의 모든 아이가 할 줄 알아. 여자아이들은 나보다 더 잘해. 넌 엄마 품에 꼭꼭 숨어 있었던 캥거루 새끼였던 거야."

"뭐, 너 말 다 했어!"

나는 지후 목에 헤드록을 걸고 주먹으로 머리를 때렸다. 지후가 내 배를 팔꿈치로 친 후 바로 몸을 뺐다. 나는 "욱!" 소리를 내며 지하철 바닥에 넘어졌다. 지후는 깔깔거리며 나를 쳐다보다 손을 내밀었다.

지후를 이길 수는 없었다. 가끔 알 수 없는 오기가 생겨 지후에게 달려들었다. 이길 수 없다는 사실을 받아들이기에는 아직 어린 나이였다.

우리는 지하철로 용산역에 도착해 계룡행 KTX를 기다렸다. 나는 지후 옷자락을 붙잡고 꽁무니를 쫓아다녔다. 미로처럼 얽힌 용산역에서 길을 잃을까 두려웠다. 지후는 옷자락을 잡고 늘어진 내 손을 찾아 꼭 잡았다. 따뜻하고 강한 손이었다.

곧 열차가 도착한다는 안내 방송이 나왔다. 지후가 열차 번호를 확인했다. 열차가 긴 소음을 내며 플랫폼에 도착했다. 지후는 내 손을 잡고 열차 안으로 들어갔다.

보라색 의자가 양옆으로 쭉 펼쳐져 있었다. 나는 어색한 듯 주위를 둘러봤다. 지후는 좌석 번호를 확인한 후 자리를 잡아 앉았다. 나도 지후가 알려 준 자리에 앉아 짐을 내려놨다. 사람들이 하나둘씩 들어와 자리에 앉았다. 나는 신기한 듯 사람들을 쳐다봤다. 지후는 내 모습이 우스운지 킥킥거렸다.

KTX가 용산역을 출발했다. 창밖의 풍경이 자꾸 뒤로 사라졌다. 순식간에 모든 물체가 분해되듯 눈앞에서 사라졌다. 조금 더 시간이 지나자 열차가 공중에 '붕' 뜬 느낌이 들었다. 사라지는 풍경을 보며 나는 오랜만에 자유로움을 느꼈다.

우리는 주위 사람들의 시선을 의식하며 조용히 창문 밖 풍경을 쳐다봤다. 어느새 나는 잠이 들었다. 지후에게 몸을 기댔다. 좋은 냄새가 났다. 라일락 향기였다.

30분쯤 지나서 잠이 깼다. 조금 출출했다. 나는 TV에서 본 것처럼 간식거리를 담은 카트가 오길 기다렸다. 카트에 달걀, 빵, 음료수, 김밥 등을 실은 사람이 기차 안을 돌아다닐 거로 생각했다. 한참을 기다려도 카트를 끌고 통로를 지나는 사람이 없었다.

"지후야, 간식 파는 사람은 왜 안 오는 거야?"

"영환아, 배고파? 간식은 자판기에서 살 수 있어. 간단한 음료도 있어. 같이 가자."

지후는 내 손을 끌고 자판기 앞으로 갔다.

자판기에서 간단히 먹을 수 있는 간식거리가 판매되고 있었다. 실망감으로 기분이 밑으로 가라앉았다. 더위로 물든 창밖의 풍경을 보며 삶은 달걀과 김밥을 먹는 상상을 하며 기차를 탔다. 나는 엄마가 보는 옛날 영화에 나오는 장면을 현실과 동일시했다. 세상이 변하고 있다는 사실을 제대로 모르고 있었다. 지후말대로 나는 캥거루 소년이었다.

지후는 자판기에서 꺼낸 과자와 음료수를 내게 건넸다. 우리는 자리로 돌아와 다른 사람들에게 피해가 되지 않도록 조용히 먹었다.

캠프장을 찾아가는 여정 자체가 내게는 모험과 같았다. 버스를 타고, 지하철을 타고, 다시 기차를 탔다. 기차역에서 내려 버스를 기다렸다. 버스는 1시간 만에 도착했다. 우리는 버스에 올라탔다.

버스는 울퉁불퉁한 시골길을 달렸다. 버스 안은 시원했다. 에어컨이 빵빵하게 나왔다. 우리는 서늘한 버스 안에서 땀을 닦으며 창문 밖의 풍경을 살폈다. 논과 산만 있는 동네였다. 나는 시골 풍경이 낯설었다.

버스가 멈췄다. 주위에 아무것도 없었다. 초록색 숲과 눈 부신 태양과 벌레 울음소리만 가득한 곳이었다.

"학생들, 여기에서 걸어가면 캠프장이 보일 거야."

버스 기사님 말에 우리는 짐을 챙겨 버스에서 내렸다.

"조심해서 걸어 올라가. 시골길은 무서운 동물이 갑자기 튀어나올 수도 있어!"

아저씨는 짓궂은 말을 한 후 겁에 질린 우리 표정을 살폈다.

"장난이야. 가다가 모르면 동네 어르신들에게 물어봐. 다들 좋은 분들이라 잘 알려 주실 거야."

"네, 고맙습니다."

우리는 꾸벅 인사를 한 후 버스가 사라질 때까지 손을 흔들었다.

아무도 없는 시골 버스 정류장이었다. 쓸쓸함과 한적함이 물들어 있는 시골길을 걸었다. 가끔 지나가는 노인들에게 캠프장 위치를 물었다. 여름 태양의 열기로 까맣게 타 버린 얼굴과 달리 노인들 머리는 백발에 가까웠다. 노인들은 우리를 위아래로 살펴보며 캠프장 위치를 설명했다.

한참을 걸었다. 20분 정도 걸었다. 넓은 평지가 보이더니 그곳에 자연과 잘 어울리는 조그만 캠프장이 있었다.

우리는 캠프장을 향해 뛰었다. 멀리서 한 남자가 손을 흔들었다. 아폴로 신처럼 강인하고 아름다워 보이는 한 남자가 환한 미소를 지으며 우리를 반기고 있었다. 이기석이었다.

11
유경

세 번째 영상이 도착했다.

유경은 삭제 버튼을 누르려다 떨리는 몸을 진정시키지 못하고 잠시 숨을 멈췄다. 머리가 아팠다. 바늘로 관자놀이를 찌르는 듯한 심한 통증이었다. 그녀는 냉장고에서 차가운 물을 꺼내 머그잔에 따랐다. 손을 더듬어 테이블 위에 있는 진통제를 입안에 넣고 물과 함께 꿀꺽 삼켰다.

시간이 흘렀다. 통증이 사라졌다. 여전히 머리는 빙빙 돌았다. 그녀는 머리를 잡고 침대로 들어가 그대로 잠들었다. 1시간 정도 잠을 잤다. 빙빙 돌며 어지러웠던 머리가 진정됐다. 그래도 용기가 나지 않았다.

유경은 침대에서 일어나 화장대 위에 놓인 휴대 전화기를 들었다. 긴 한숨을 쉰 후 침대 밑 어두운 곳으로 던졌다. 보고 싶지 않았다. 보고 싶기도 했다. 갈등으로 몸과 마음이 지쳐 갔다.

주방으로 가 저녁을 준비했다. 압력 밥솥에 밥을 안쳐 놓고 생선을 씻어서 냄비에 넣었다. 양념장과 함께 두부, 파, 마늘, 미나리와 쑥갓을 넣었다. 연기가 집 안에 가득 차도록 팔팔 끓였다.

주방 후드 켜는 걸 잊었다. 연기가 주방과 거실에 가득했다. 비릿한 생선 냄새가 거실 전체에 퍼졌다. 그녀는 식탁에 앉아 멍하니 창문 밖의 파란 하늘을 쳐다봤다.

메케한 냄새가 코를 찔렀다. 새카만 연기를 들이마신 유경은 콜록거리며 주위를 둘러봤다. 가스 불 위에 놓인 생선찌개가 검은 연기를 내며 타고 있었다. 그녀는 '후다닥' 일어나 가스 불을 껐다. 가스레인지 주변이 까맣게 그을려 있었다. 정신이 든 그녀는 거실과 방을 오가며 창문을 열었다.

"내가 대체 왜 이러지?"

유경은 중얼거리며 선풍기와 환풍기를 켰다. 그녀가 정신없이 움직이는 동안 인터폰이 울렸다. 유경은 인터폰을 받고 연신 고개를 숙이며 죄송하다고 말했다. 윗집 사람이 경비실에 신고했다. 유경은 자초지종을 설명하며 머리와 몸이 쪼그라들었다.

연기가 사라지길 기다렸다. 시간이 지나자 뿌연 연기에 휩싸였던 집 안이 환해졌다. 유경이 신발장에서 냄새 제거제를 꺼내 사방에 뿌렸다. 빙빙 돌면서 스프레이를 눌렀다. 계속 돌면서 멈추고 싶지 않았다.

한참을 돌던 그녀가 자리에서 고꾸라졌다. 그녀는 쓰러진 채로 그대로 누웠다. 한숨을 쉬며 천장을 쳐다봤다. 미뤄 봐야 소용없었다.

빙글빙글 돌던 머리가 진정됐다. 유경이 일어나 다시 방으로 들어갔다. 그녀는 쪼그리고 앉아 침대 밑 어두운 곳으로 팔을 깊이 넣었다. 휴대 전화기가 잡히지 않았다. 유경은 다시 엎드려 침대 밑을 살폈다. 어두운 구석에서 휴대 전화기가 반짝거리며 빛을 내고 있었다.

-몇 주 전에 녹화된 영상입니다.-란 문자 메시지도 도착해 있었다.

영상을 눌렀다. 어두운 곳에 누군가 묶여 있는 모습이 보였다. 유경은 거실 소파 위에 쪼그리고 앉아 인상을 쓰며 화면을 쳐다봤다.

신음이 들렸다. 남자 신음이었다. 남자가 움직이자 '탁' 소리와 함께 갑자기 주변이 환해졌다.

유경이 "앗!" 하고 소리를 질렀다.

"여보!"

남편이었다. 아침에 수업이 있다고 서둘러 나간 남편이 왜 저

기에 있는지 이해할 수 없었다. 손이 떨리고 다시 머리가 아팠
다. 머릿속이 하얗게 변했다.

화면 속 남편 머리 위로 눈이 갔다. 유경의 이성은 무너져 내
렸다. 커다란 쇳덩어리가 매달려 있었다.

[정신 좀 차렸나?]

'삑' 소리와 함께 책상 위 스피커에서 변조된 목소리가 들렸
다. 유경은 스피커 소리에 놀라며 화면 속 남편을 지켜봤다.

[누구냐?]

[정신이 들었나? 잘 들어. 여기서 난 신이야. 넌 내게 목숨을
구걸하는 인간이라고. 조금이라도 착각하면 넌 바로 죽는 거야.]

남편은 고개를 들어 주변을 둘러봤다. 그는 머리 위를 쳐다보
고 침을 꿀꺽 삼켰다.

유경은 커다란 쇳덩어리를 보며 계속 몸을 떨었다. 남편 표정
은 유경이 생각했던 것보다 차분했다. 떨고 있지 않았다.

[넌 살면서 너무 많은 죄를 지었어. 똑똑한 머리가 이런 일은
생각하지도 못한 것 같네. 하하하. 자, 이제 머리를 굴릴 차례야.
너는 잘 선택할 거야. 항상 너 자신의 이익을 위해서 살아왔잖
아. 이제까지 살아온 네 모습 그대로 여기서 선택하면 돼. 그러
면 넌 살 수 있어.]

변조된 목소리는 유쾌하게 말했다.

유경은 두려움에 떨면서도 궁금함이 밀려왔다.

‘대체 남편이 무슨 죄를 지은 거지?’

늘 이성적이고 냉정한 남편이 대체 무슨 일을 저지른 건지 궁금했다.

‘팍’ 소리가 나더니 주변이 깜깜해졌다. 유경은 온몸의 근육이 쪼그라들었다. 책상 위 스피커 옆의 모니터 세 대가 환한 빛을 내며 켜졌다. 화면 속에는 낯익은 세 명의 모습이 보였다. 세 명의 눈을 가렸던 천이 풀어졌다.

유경 눈에 눈물이 가득 찼다.

“동현아, 이럴 수가? 동현이가 왜 저곳에 잡혀 있는 거야? 안 돼, 내 아들이 왜 저곳에 있는 거지?”

잠시 이성을 잃고 아들을 찾아 대던 유경은 다시 스피커에서 나는 ‘삑’ 소리에 정신이 들었다.

“참, 몇 주 전에 녹화된 영상이라고 했지? 그럼 동현이가 아니라는 거네. 동현이는 어제 나랑 통화했잖아. 특별히 다른 점이 없었는데……. 대체 어떻게 된 일이지?”

다시 화면을 유심히 들여다봤다. 세 명의 사람이 보였다. 한 명은 아들 동현이였고, 한 명은 시아버지가 맞았다. 그리고 마지막 한 명은 자신과 매우 흡사한 모습의 여자였다.

“나잖아! 왜 내가 저기에 있지? 왜 동현이와 시아버지도 저기에 있는 거야? 나는 한 번도 저곳에 간 적이 없는데…….”

모든 게 혼란스러웠다. 유경은 잠시 화면을 정지시킨 후 거실을 돌아다녔다. 누군가의 도움이 필요하다는 생각이 들었다. 입술을 잘근잘근 씹으며 호흡을 가다듬었다.

"몇 주 전이라고 했지? 언제인지 다시 생각해 봐야 해. 남편이 새벽에 들어온 날이 있었는데……. 그날인가?"

유경은 다시 소파에 앉으며 정지된 화면을 눌렀다. 스피커에서 '삑' 소리가 들리더니 변조된 목소리가 흘러나왔다.

[자, 이제 협상을 하자고. 네가 손해 볼 건 아무것도 없어. 죽어야 할 너를 대신해 네 가족 중 한 명이 죽을 거야.]

그녀는 숨이 막혔다.

[넌, 한 명을 선택해. 우리가 대신 저들 중 한 명을 죽여 주겠어. 네가 죽든지 아니면 아버지, 아내, 자식 중 한 명이 죽는 거야. 우리는 네가 선택한 희생자를 대신 죽여 주고 시체까지 처리해 줄 거야. 어때? 멋지지?]

스피커에서 나오는 단어 하나하나가 비수처럼 가슴에 꽂혔다.

[넌 앉은 자리에서 누가 죽기를 원하는지 한마디만 하면 돼. 그럼 네가 보는 앞에서 한 명을 처참하게 죽여 주지. 한 가지 명심할 게 있어. 넌 절대 눈을 감으면 안 돼! 그럼 너도 죽는 거야. 너는 눈을 똑바로 뜨고 너를 대신해 살해되는 이의 마지막 순간까지를 지켜봐야 해. 조금이라도 고개를 돌리거나 눈을 감으면 안 돼. 그럼 네 목숨도 장담할 수 없어. 그렇게 한 명이 죽은 후

넌 일상으로 돌아갈 수 있어. 마치 아무것도 모르는 사람처럼 행복하게 살면 되는 거야.]

낯선 사람은 남편이 이해하기 어려운 조건을 말하며 즐거운 듯 말을 이었다. 그녀 눈에서 눈물이 뚝뚝 떨어졌다.

"설마, 아니겠지? 남편이 시아버지를 선택하겠지? 나를 선택하지는 않겠지?"

남편 입을 쳐다봤다. 마음속으로 자신이 아니길 간절히 빌며 화면 속 남편 얼굴을 초조하게 바라봤다.

[자, 10분을 줄게.]

계속 스피커에서 말소리가 들렸지만 유경은 오로지 남편 입 모양만 쳐다봤다. 시간이 흘렀다. 10분이란 시간이 우주가 멸망하는 시간처럼 느리고 길게 느껴졌다. 남편은 머리를 숙이고 절망스러운 듯 고민에 빠진 모습을 보였다.

"나라고 하지 말아 줘. 여보, 우리 동현이도 안 돼. 당신 아버지를 죽여. 시아버지를 죽이라고, 제발."

[자, 1분 남았어. 속으로 셋 다 죽여 주길 바라나? 새로운 인생을 위해 세 명 다 필요 없는 존재인 건가? 너무 욕심을 부리지 말고 한 명만 선택하도록 해. 세 명이 다 죽게 된다면 넌 주위 사람들로부터 의심을 받게 돼. 그럼 네가 숨기고 싶어 하는 과거까지도 다 밝혀질 수도 있잖아.]

유경은 왜 스피커 속의 인물이 자꾸 과거란 단어를 언급하는

지 이해되지 않았다. 과거란 단어가 몹시 거슬렸다. 남편이 과거에 어떤 일을 저지른 걸까? 대체 무슨 원한이 있길래 이런 일을 당하는 걸까?

남편은 괴로운 듯 고개를 숙이고 아무 말도 하지 않았다.

마음속 깊은 곳에서 유경은 남편이 자신을 선택할 거란 걸 알고 있었다. 하지만 받아들이고 싶지 않았다.

남편 발밑에 있는 초침이 '똑딱' 소리를 내며 빠르게 움직이고 있었다. 초침의 움직임에 따라 남편과 유경의 눈동자가 심하게 흔들렸다. 20초 남았을 때까지도 남편은 고개를 숙이고 있었다. 남편 손이 부들부들 떨리고 있었다. 10초가 지나고 5초가 남았다.

[아내!]

남편 목소리가 들렸다.

"안 돼! 미친놈."

유경은 반사적으로 일어나 울부짖었다.

"미친놈, 네가 죽어. 네가 죽어 버리라고. 네가 과거에 저지른 일 때문에 생긴 일이잖아. 네가 죽어 버리라고. 내가 널 죽여 주겠어. 이런 미친 개새끼, 내가 널 죽여 버릴 거야!"

유경이 분노를 폭발하며 소리 지르는 동안 아들과 시아버지가 보이는 화면이 꺼졌다. 잠시 뒤 검정 복면을 한 남자가 화면 속 공포에 떠는 여자를 강간하기 시작했다. 여자가 울면서 소리 질렀다. 목소리가 들리지 않았다. 유경과 여자는 울었다. 유경은 자리에 주저앉아 여자와 같이 몸부림치며 울었다.

여자를 강간한 뒤 복면 속 남자가 여자 목에 하얀 천을 둘렀다. 그리고 도르래에 걸려 있던 줄을 끌어당겨 여자 목에 걸었다.

남자는 도르래를 돌렸다. 여자가 캑캑거리며 얼굴이 빨갛게 변하더니 곧 하얗게 변해 갔다. 눈이 뒤집혀 흰자위만 보였다.

"살려 주세요. 살려 주세요. 제발, 살려 주세요."

유경은 입을 벌린 채 손을 벌벌 떨며 소리쳤다.

여자가 죽은 걸 확인한 남자는 자리에서 일어나 화면에서 잠시 사라졌다. 눈물을 흘리며 두 손으로 빌고 있던 유경도 잠시 정신이 돌아왔다.

복면한 남자 모습이 다시 화면 속에 보였다. 남자가 전기톱을 들고 있었다. 유경이 화면을 쳐다봤다. 남자는 여자의 몸을 전기톱으로 자르기 시작했다.

유경은 몸이 굳어졌다. 목소리조차 나오지 않았다. 유경은 소파 옆 구석으로 몸을 숨겼다. 그곳에서 눈물과 콧물로 뒤범벅이 된 얼굴로 계속 중얼거렸다.

"살려 주세요. 제발, 나를 죽이지 말아 주세요. 살려 주세요."

사지가 절단된 여자를 남자가 자루 안에 넣었다. 남자가 자루를 질질 끌고 밖으로 나갔다. 잠시 후 화면이 꺼졌다.

유경도 정신이 돌아왔다. 두려움이 차츰 사그라지더니 분노가 치밀어 올랐다.

"죽여 버리겠어. 이 미친 새끼, 너를 꼭 죽여 버릴 거야."

그녀는 소파를 쥐어뜯으며 소리 질렀다.

유경은 몇 시간 동안 소파에 앉아 있었다. 시선을 허공에 둔 채 넋이 나간 상태로 앉아 있었다. 한참 동안 멍하니 앉아 있다가 정신이 들었다. 조금씩 정신이 들면서 분노가 가득 찼던 마음이 가라앉았다.

'대체 뭣 때문에, 누가 이런 상황을 만들어 남편을 시험하는 걸까?'

'대체 무엇 때문에'라는 단어가 계속 머릿속에서 맴돌았다. 남편이 누군가에게 원한을 산 게 분명했다. 남편처럼 머리가 잘 돌아가는 사람이 누군가에게 원한을 샀다는 게 이해되지 않았다.

유경은 아버지 주변에 있는 엘리트들을 살펴보며 느낀 게 하나 있었다. 대부분의 머리가 잘 돌아가는 사람들은 타인에게 원한을 사지 않고 살아가는 방법을 선택했다. 그들은 겸손하고 예의 바른 모습을 보였다. 타인에게 친절하고 자신을 낮추는 모습에 익숙했다.

어리석은 사람들이 타인을 짓밟으며 이용하고 자신을 높이려는 모습을 보였다. 그런 야비한 모습은 시간이 흘러 돈을 잃거나, 명예를 잃거나, 권력을 잃었을 때 잔인하고 가혹한 모습으로 되돌아갔다. 타인을 짓밟으려고 한 사람이 권력이 바닥날 때, 사람들은 잔인한 가해자로 변했다. 자신이 당한 모습 그대로 그 사람에게 복수했다. 조금이라도 미래를 생각한다면 자신의 권력이 사라질 때를 대비해야 하는 걸 머리 좋은 사람들은 알고 있었다. 남편은 그걸 잘 알고 있는 사람이었다.

또 한 가지 의문이 들었다. 왜 영상을 보낸 사람은 굳이 저런 상황을 연출한 걸까? 남편을 바로 죽여도 되지 않았을까? 영상을 만들 수 있을 정도로 치밀한 사람이라면 언제든지 남편을 죽일 수도 있었지 않았을까? 왜 자신에게 남편을 증오하도록 만드는지 의문이 들었다.

만약 유경이 남편을 증오하도록 하는 게 목적이라면 범인의 의도는 성공했다. 지금, 유경은 남편을 미치도록 증오하고 있었다.

유경의 의문은 영상을 보낸 사람에게서 다시 남편으로 넘어갔다. 남편은 대체 어떤 삶을 살아온 걸까? 지금까지 알고 있었던 남편 모습은 모두 거짓인 건가? 유경은 남편의 본모습을 알고 싶었다.

자신을 사랑하는 것 같지는 않지만 그래도 자상한 남편이었다. 아들에게도 좋은 아빠였다. 학교에서는 학생들에게 존경받았고, 청렴하지는 않았지만 유혹에 쉽게 넘어가지도 않았다. 큰 욕심도 없어 보였다. 정계에서 남편을 영입하고 싶어 여러 번 제의했다. 남편은 출세할 수 있는 유일한 길을 마다하고 조용히 살고 싶어 했다.

유경은 곰곰이 되짚어 봤다. 문득문득 이상했던 남편의 행동을 떠올렸다.

*

남편은 결혼 초 집을 장만할 때부터 유경에게 당부한 말이 있었다.

"내가 서재에 들어가서 논문을 쓸 때는 방해하지 말아 줘. 좀 신경이 날카로워져서 화를 낼 수도 있으니까. 괜한 일로 언성이 높아지는 건 서로에게 좋지 않잖아. 그리고 서재는 청소하지 마. 내가 어수선해도 일정한 동선이 있어서 물건을 놓은 위치가 항상 같아야 해. 그렇지 않으면 화를 내는 경우가 있어. 서재 청소는 내가 할게."

남편의 단호한 말에 유경은 고개를 끄덕였다.

아버지 역시 당신 일을 방해하면 엄마에게 심하다 싶을 정도로 화를 내는 일이 많았다. 남편이 미리 말해 주는 게 도리어 고마웠다.

결혼 후 지금까지 유경은 서재 청소를 한 적이 없었다. 남편은 서재에 들어가면 간식을 갖다 주는 것도 싫어했다. 식사를 거르고 서재에 틀어박혀 있었다.

딱 한 번 신혼 초에 간단한 간식거리를 들고 서재에 들어가려다 이상한 느낌이 들어 포기한 적이 있었다.

그날 백화점에 갔다가 맛있어 보이는 마카롱이 있어 두 세트를 샀다. 한 세트는 자신이 먹고 나머지 한 세트를 남편에게 주려고 커피를 내리며 마카롱을 접시 위에 올려놨다.

남편이 서재에 들어간 지 몇 시간이 됐다. 유경은 준비한 간식을 쟁반 위에 올려놓고 서재 주변에서 왔다 갔다 배회했다. 괜히 문을 두드렸다가 화를 내지 않을까 걱정이 됐다. 집 안이 조용했다. 유난히 조용한 날이 있다. 이상한 신음이 들렸다. 유경은 서재 문에 귀를 대고 소리에 집중했다.

'남편 소리인가? 그런데 왜 저런 신음을 내지?'

유경은 손잡이를 잡고 살짝 옆으로 돌렸다. '처얼컥' 문이 잠겨 있었다.

"무슨 일이야?"

남편 목소리에 그녀는 다급하게 대답했다.

"아무 일도 아니에요."

그 후 유경은 서재에 들어가는 일이 없었다. 가끔 남편이 없을 때 서재에 들어갔다. 책이 여기저기에 수북하게 쌓여 있어 손을 댈 엄두를 낼 수 없었다. 남편은 자기 물건에 손대는 일을 지나치다 싶을 정도로 싫어했다. 유경이 조금이라도 책상을 정리하면 다음 날 불쾌한 표정을 지었다.

남편의 차가운 얼굴이 떠올랐다. 유경의 미간이 좁혀지며 얼굴이 일그러졌다.

"이제 남편 눈치 따위는 볼 필요가 없지!"

둘의 관계는 끝났다. 영상 속에서 남편이 자신을 죽이라고 지목했을 때부터 둘의 혼인 관계는 끝난 거다. 남편을 존중해야 할 이유가 없었다. 유경은 소파에서 일어나 서재로 향했다.

이 집에서 가장 큰 방을 남편이 서재로 사용했다. 방문을 열고 들어가면 창문을 제외한 나머지 벽면이 모두 책꽂이로 둘러싸여 있었다. 가운데 긴 책상이 있었다. 책상 위에는 컴퓨터가 두 대 있었고 가족사진이 든 액자와 프랑스에서 박사 학위를 받을 때 찍은 사진이 놓여 있었다. 책은 책꽂이 외에 바닥에도 쌓여 있었다.

남편은 서재 청소를 일주일에 두 번씩 했다. 창문을 열고 책을 내려놓고 다시 배열했다. 유경이 도우려고 하면 힘들다며 만류했다.

유경이 다급하게 책상 서랍을 열었다. 서랍은 열쇠로 잠겨 있지 않았다. 남편은 책상 서랍 속에 중요한 것을 넣을 사람이 아니었다. 그런데 왜 서재에만 들어가면 문을 잠그는 걸까? 분명 서재 안에 중요한 무언가가 있는 게 확실했다.

남편은 지난밤에 집에 들어오지 않았다. 급하게 지방에 일이 있다며 들어가지 못할 거라는 문자를 늦은 밤에 보냈다. 유경은 침대에 누워 휴대 전화기를 쳐다봤다.

"다 끝났어. 미친 새끼, 들어오든 말든 네 마음대로 해!"

남편의 뻔한 거짓말이 혐오스러웠다. 아무 답변도 하고 싶지 않았다. 기운이 다 빠진 상태였다. 이제 나머지 인생을 어떻게 살아가야 할지 막막했다. 아들 얼굴이 떠올랐다. 눈물이 앞을 가렸다.

"동현이에게 어떻게 이런 상황을 설명할 수 있을까?"

유경은 흘러내리는 눈물을 닦았다. 모든 영상을 부모에게 공개할 마음의 준비를 했다.

"이런 영상을 본다면 아무도 반대할 수 없을 거야. 꼭 헤어질 거야. 아니, 헤어지기 전에 눈에 띄면 죽여 버릴 거야. 죽여 버릴 거라고."

이를 악물고 중얼거렸다. 자신을 죽이고 싶어 하는 개와 살을 맞대고 살았다. 미친개가 자신을 물어뜯기 전에 개를 먼저 죽여야 했다.

유경은 갑자기 침대에서 일어났다. 그녀는 화장대 위에 있는 가방을 뒤졌다. 가방 속 화장품 파우치를 열고 은색의 USB를 꺼냈다.

어제 서재에서 찾아냈다. 서랍을 뒤지다 화가 치밀어 올라 책상을 손으로 힘껏 내리쳤다. '툭' 하며 책상 밑으로 작은 나무 상자 하나가 떨어졌다. 그 안에 USB가 있었다.

유경은 두려워 USB를 컴퓨터에 꽂을 수 없었다. 계속되는 충격으로 심장이 아팠다. 조금의 시간이 지난 뒤 작은 여유라도 생길 때 USB 안에 들어 있는 게 무엇인지 살펴보고 싶었다. 더 이상의 충격은 받아들일 준비가 돼 있지 않았다. 하지만 남편이 오기 전에 내용을 확인해야 했다. USB가 없어진 걸 안다면 교활한 남편이 빠져나갈 구멍을 찾을 수도 있었다. 그러면 유경은 영원히 악마의 손아귀에서 벗어날 수 없게 될 수도 있었다.

밤새 궁금함과 두려움으로 잠이 오지 않았다. 잠시 눈을 붙였다. 2시간 정도 잠을 자니 머리가 맑아졌다. 멀뚱멀뚱 눈을 뜨고 있었지만 몸은 피곤함으로 늘어져 있었다. 일어섰다 누웠다를 반복하다 새벽에 집을 나가 헬스장으로 향했다.

몇 시간 동안 운동을 했다. 땀으로 뒤범벅이 된 채 계속 러닝머신 위에서 달렸다. 다리에 통증이 몰려오며 갑자기 한쪽 다리가 삐끗했다. "앗." 소리를 내며 유경은 그대로 밑으로 굴렀다. 주위 사람들의 놀라는 소리가 들렸다. 운동하러 나왔던 남자들이 몰려와 유경을 부축했다.

"괜찮으세요?"

"네, 제가 다리를 삐끗했어요. 오늘 좀 무리를 한 것 같아요."

"병원에 안 가셔도 되겠어요?"

“제가 도와드릴게요.”

여기저기서 남자들의 목소리가 들렸다.

“아니에요. 괜찮아요. 괜찮습니다.”

유경은 몰려드는 남자들의 손을 사양하며 자리에서 일어났다. 사람들의 지나친 관심이 불편했다. 빨리 집으로 돌아가고 싶었다. 해결하지 않은 문제를 계속 쌓아 둔 기분이었다.

헬스장에서 나와 절뚝거리며 집에 도착했다. 현관문 앞에 퀵배송으로 온 조그만 상자가 놓여 있었다. 그녀는 현관 비밀번호를 누르는 것도 잊고 서둘러 상자를 뜯었다.

상자 안에는 작은 초록색 병이 있었다. 초록색 병에 하얀색 종이가 붙어 있었다. ‘염산’이라고 쓰여 있었다. 유경은 다시 병을 쳐다봤다.

“염산? 이건 뭐지?”

그녀는 ‘염산’이라고 적힌 병을 쳐다보며 마음이 편치 않았다.

초록색 병 옆에 노란색 손잡이의 스포이트가 투명한 플라스틱 상자 안에 있었다. 플라스틱 상자 밑에는 분홍색의 알약 열 알이 작은 지퍼 백 안에 있었다. 비닐 뒷면에는 ‘수면제’라고 쓰인 인쇄된 종이가 붙어 있었다. 그 옆에 뜯지 않은 작은 약상자가 있었다. ‘이뇨제’였다.

유경은 상자 안에 들어 있는 내용물들을 쳐다보며 생각에 잠졌다.

"대체 내게 원하는 게 뭐지?"

고개를 갸웃했다. 잠시 끔찍한 생각이 스쳤다.

'띠링.' 메시지가 도착했다는 소리음이었다.

"으악."

유경은 자리에 주저앉았다. 누군가에게 속마음을 들킨 것같이 심장이 두근거렸다. 손도 떨렸다. 그녀는 애써 침착하게 휴대 전화기 화면을 눌렀다.

네 번째 동영상이었다. 일주일에 한 번씩 오던 영상이 어제 오고 오늘 또 왔다.

화면에 남편과 지난번 섹스 동영상에 나왔던 여자 모습이 보였다. 섹스를 끝냈는지 둘은 속옷 차림으로 침대에 누워 이야기를 나누고 있었다. 여자는 어려 보였다. 20대 초반으로 보이기도 하고 더 어려 보이기도 했다. 여자가 해맑게 남편을 보며 웃었다.

유경은 잠시 여자를 쳐다봤다. 부러웠다. 저렇게 남편의 사랑을 받는 여자가 부럽기도 하고 죽이고 싶기도 했다. 남편의 헛헛한 웃음소리도 몸서리치도록 역겨웠다. 구토가 밀려왔다. 숨을 쉴 수 없을 정도로 가슴이 답답했다.

영상을 껐다. 서둘러 현관문을 열고 거실로 들어갔다. 손발이 저렸다. 계속 거실을 돌았다. 화면을 들여다볼 용기가 생길 때까지 뱅글뱅글 거실을 돌았다.

영상을 켰다. 남편과 여자가 대화를 나누고 있는 모습이 이어졌다.

[기석 씨, 며칠 전 신문에서 안락사에 관한 기사가 나와서 읽어 봤는데 좀 당황스러웠어. 유럽의 어느 나라에서는 시력을 잃기만 해도 안락사가 가능하다고 하더라고.]

여자가 담배에 불을 붙이며 남편에게 말했다.

[당연하지. 나도 시력을 잃는다면 자살할 거야. 사는 게 무슨 의미가 있겠어?]

[그래도 시각 장애인들도 잘 살고 있잖아.]

여자는 '픽' 웃으며 남편을 힐끔 쳐다봤다.

[글쎄, 나 같으면 죽고 싶을 것 같은데……. 앞이 안 보이면 우리가 생각하는 것보다 훨씬 더 삶이 무기력하게 돼. 타인에게 의존하며 살아야 한다고. 자기 스스로 결정할 수 있는 게 한정될 수밖에 없어. 난 그런 삶을 살고 싶지 않아. 자유 의지가 사라진 삶은 상상하고 싶지도 않아. 나 역시 자살하고 싶을 거야.]

남편은 담배를 피우는 여자를 바라보며 말을 이었다.

[너, 자살한 사람들 본 적 없지? 대부분 아무것도 아닌 일로 자살해. 시간이 흐르면 다 잊히는 일로 자살한다고. 특히 중학교

다니는 아이들이 가장 많이 자살해. 사소하게 친구와 다툰 일이나 부모에게 무시당하거나 하는 일 따위로 자살한다고. 어처구니가 없는 경우가 많아.]

여자는 고개를 끄덕이며 길게 담배 연기를 내뿜었다.

[그렇게 아무 일도 아닌 일로도 자살하는데 시력을 잃는다면 인생은 끝난 거나 마찬가지야. 아무 의미가 없어.]

[기석 씨는 시력을 잃으면 정말 자살할 거야?]

여자는 남편을 안으며 묘한 미소를 지었다. 영상이 꺼졌다.

유경은 긴 한숨을 내쉬었다. 새로운 충격을 예상하며 떨리는 마음으로 영상을 지켜봤다. 별다른 내용이 없었다. 빠르게 움직이던 맥박도 평화를 찾은 듯 일정하게 움직였다.

"이건 뭐지?"

안도하면서도 알 수 없는 찝찝함이 남아 있었다. 유경은 인상을 쓰며 배송된 물건을 쳐다봤다. 염산, 수면제, 이뇨제가 의미하는 게 무엇인지 곰곰이 생각했다. 안 좋은 생각이 다시 떠올랐다. 머리를 흔들었다. 무서운 생각이 자꾸 머리에서부터 발끝까지 밀려들어 왔다.

유경은 손가락으로 머리카락을 돌돌 만 후 잡아당겼다. 테이블 위에 잡아당긴 머리카락이 수북했다. 무의식중에 그녀의 손가락이 움직였다. 갑자기 손가락의 움직임이 멈췄다. 그녀는 할

174

일이 떠오른 듯 자리에서 일어났다.

남편이 오기 전에 확인해야 할 게 있었다. 급하게 가방을 뒤졌다. 가방 안에 있던 USB를 찾아 서재로 향했다.

*

유경은 20층 남자와 몸을 섞고 있었다. 남자를 바라보는 유경의 눈은 붉게 충혈돼 있었다. 남자는 그녀의 슬픈 눈동자를 보면서도 아무 말을 하지 않았다.

몇 분 전 현관문을 열 때부터 유경은 폭발할 듯한 감정을 감추고 있었다. 유경은 남자가 현관문을 열고 나오자마자 남자 품에 안겨 애타게 그를 찾았다. 남자는 유경의 절망스러운 몸짓을 안타까워하며 그녀를 받아들였다.

유경은 남자가 다른 곳에 눈을 팔 수 없도록 집착하며 달라붙었다. 남자가 당황스러워 잠시 유경을 떼어 내려 했지만, 그녀는 울음이 바로 터져 나올 듯한 눈으로 남자를 쳐다봤다. 유경의 눈빛이 그를 애태웠다. 남자는 포기하고 유경이 원하는 대로 몸을 맡겼다.

남자와 유경은 서로를 탐하고 몸을 불태웠다. 두 사람 사이에 뜨거운 열기가 느껴졌다. 입술이 부딪치는 소리와 거친 신음이 정적이 감도는 방 안을 가득 채웠다. 남자의 움직임에 따라 유경은 가쁜 숨을 내쉬며 더욱 대담하게 그의 몸을 감쌌다. 남자는 사정하고 싶은 마음을 달래며 유경을 바라봤다.

유경은 욕망으로 가득한 남자의 눈을 애타게 쳐다보며 말했다.

"나만 사랑할 거지? 자기야! 나만 사랑한다고 말해 줘."

"유경 씨만 사랑해요. 나만 믿어요. 나는 늘 당신 곁에 있을 거예요."

"자기만 믿어. 내가 무슨 일을 하더라도 자기는 나를 믿어야해. 나는 자기랑 살고 싶어. 남편 곁을 떠나고 싶어. 남편을 버릴거야. 아니, 남편을 죽일 거야. 쓰레기는 세상에서 없어져야 해. 나는 자기만 사랑해. 자기만 사랑한다고."

유경은 남자 눈을 쳐다보며 바로 체위를 바꾸었다. 남자 위로 올라간 유경이 계속 중얼거리며 엉덩이를 흔들었다. 남자는 "으윽." 소리를 내며 몸에 힘을 줬다.

"자기야, 아직, 아직이야. 조금만 참아. 나도 곧 갈 것 같아. 조금만, 조금만."

유경이 몸을 흔들수록 남자는 고통스러운 듯 얼굴을 일그러뜨렸다.

"앗, 아아앗. 앗."

유경이 신음을 내며 허리를 뒤로 젖혔다. 계속 몸을 떠는 유경을 남자가 일어나 안았다. 다시 그녀가 급하게 몸을 움직였다. 둘의 몸이 붉게 물들어 갔다.

12
영환

어머니는 자리에 주저앉았다. 두 손으로 얼굴을 감싸고 흐느꼈다. 아버지는 소파에 앉아 아무 말도 하지 않았다. 입을 꾹 다문 채 하얀 벽만 쳐다봤다.

"영환아, 우리랑 같이 있으면 안 돼? 엄마는 네가 한국으로 가는 걸 원치 않아."

"한국에 가서 할 일이 있어요. 저는 꼭 한국으로 가야 해요."

부모님 얼굴은 하얗게 변했다. 어머니는 다시 예전으로 돌아갔다. 나를 볼 때마다 불안한 듯 눈동자가 심하게 흔들렸다. 아버지는 내가 말려도 떠날 거라는 사실을 알고 있었다. 붙잡지 않았다. 하고 싶은 말을 가슴속 깊은 곳으로 삼켰다.

혼자 가방을 챙겼다. 필요한 게 많지 않았다. 다시 캐나다로 돌아오지 않을 거다. 알 수 없는 쓸쓸함이 가슴속으로 스며들었다.

"참, 삶이 허무하군."

깊은 공허함이 밀려오며 기운이 빠졌다.

똑똑.

"들어오세요."

"영환아, 엄마야. 가방 챙기는 거 도와줄게."

어머니는 아무 말 없이 내 옆으로 다가와 쪼그리고 앉았다. 흐트러져 있는 옷가지들을 쳐다보며 하나씩 접었다. 어머니는 코를 훌쩍거렸다. 여윈 손으로 자꾸 눈을 비볐다.

"그냥 놔두세요. 필요한 건 조금밖에 없어요."

"아냐, 엄마가 좋아서 하는 거야. 엄마가 가방을 안 챙기면 마음이 불편해서 잠을 자지 못할 것 같아. 엄마가 꼭 가방을 챙기게 해 줘. 그리고 영환아, 서울에 가서도 꼭 약 챙겨 먹고. 잊지 말아."

어머니는 나와 눈을 마주치지 못하고 입술을 떨었다. 나는 어머니의 우는 모습을 애써 피하며 필요한 물건을 가방에 넣었다.

"영환아, 가서 힘들면 돌아와야 해. 꼭 약속해. 매일매일 전화하고, 엄마 걱정하게 하지 마."

"알았어요. 걱정하지 마세요. 하지만 기다리지는 마세요. 내 인생이니 내게 선택권을 주세요."

“알았어. 미안해. 엄마가 걱정 안 할게. 그런데 너무 보고 싶으면 영상 통화 해도 되지?”

“아니, 전화하지 마세요. 전화하지 않는 게 저를 도와주는 거예요.”

어머니는 입술을 꼭 문 채 고개를 끄덕였다.

“그래, 엄마가 보고 싶어도 꼭 참을게.”

“죄송해요. 평생 불효만 했어요.”

“그런 말 하지 마, 제발……..”

어머니는 내 손에 얼굴을 묻고 한참을 울었다.

공항에는 아무도 나오지 않았다. 내가 원치 않았다. 가족들 앞에서 등을 보이기 싫었다. 그들의 슬픈 눈을 마지막으로 보며 캐나다를 떠나고 싶지 않았다.

지후가 공항에서 나를 기다리고 있었다. 하나씩 절단된 모습으로 내 옆을 따라다녔다. 가족들이 떠나는 내 뒷모습에서 지후를 볼 것 같았다. 그들에게 더는 슬픔을 안겨 주고 싶지 않았다.

우리 가족은 나로 인해 충분히 고통을 받았다. 내가 태어나면서부터 부모님은 행복하지 않았다. 모두를 불행하게 만든 나는 파괴자였다. 내가 그들 곁을 떠나야 하는 이유였다.

비행기가 캐나다 공항을 이륙했다. 나는 좌석에 앉아 눈을 감았다. 내 앞에 지후가 있다. 빨갛게 피로 물든 얼굴로 나를 바라봤다.

지후가 보이기 시작할 때부터 뒤엉킨 영상이 하나씩 떠올랐다. 아주 천천히 시간을 두고 하나씩 떠올랐다. 나는 영상의 순서를 정리하며 그날 있었던 일을 조금씩 기억해 냈다. 영상은 현실처럼 내 앞에서 재현됐다. 그때마다 뾰족한 송곳으로 머리를 찌르는 듯한 고통이 느껴졌다. 나는 머리를 잡고 방 안을 구르며 절규했다.

뒤죽박죽 엉켜 있던 영상이 정리된 날, 나는 침대에서 일어나지 못했다. 그날 방문을 잠그고 수건으로 입을 틀어막았다. 방 안에 있던 술병을 들어 몸에 내리쳤다.

온몸이 파랗게 멍들어 갔다. 파란 멍은 곧 터지더니 빨갛게 물들었다. 수건으로 틀어막은 입에서 피가 흘렀다. 얼굴은 파랗게 멍든 괴물로 변했다. 아무리 몸의 고통이 심해도 마음의 고통을 감당할 수 없었다. 눈앞에 있는 깨진 유리 조각으로 내 가슴을 열고 심장을 뜯어내고 싶었다. 내 손으로 심장을 갈기갈기 찢고 싶었다. 저주받은 인간이었다.

내가 태어난 이유를 알 수 없었다. 지후가 태어난 이유를 알 수 없었다. 지후는 살해당하기 위해 태어난 걸까? 나는 괴물이 되기 위해 태어난 걸까?

고통으로 정신을 잃을 즘에 맞춰진 기억이 오래된 필름처럼

‘스르륵’ 소리를 내며 스쳐 지나갔다.

*

이기석의 캠프가 시작되고 사흘째 되는 날, 나는 친구들과 같이 개울가에서 물고기를 잡고 있었다. 깨끗한 물속에는 생각지도 못한 다양한 물고기들이 헤엄치고 있었다. 캠프에서 만난 친구들과 나는 작은 그물을 이용해 물고기 잡는 일에 온정신을 집중했다. 우리는 잠재돼 있던 사냥 본능이 깨어난 것처럼 물고기를 쫓았다.

물고기들은 순식간에 지나갔다. 목숨을 걸고 도망치는 물고기를 잡는 일은 생각보다 쉽지 않았다. 물고기의 움직임을 파악하고 먼저 움직여야 했다. 뒤늦게 쫓아가면 거의 다 놓쳤다. 살랑살랑 움직이는 물고기들은 약이라도 올리려는 것처럼 가볍게 그물을 빠져나갔다. 모두 힘을 합치고 집중해서 물고기를 함정에 몰아넣어야만 잡을 수 있었다.

태양열로 목덜미가 따가웠다. 우리는 빨갛게 타는 것도 모른 채 약이 바짝 오른 상태로 우왕좌왕하며 물고기를 쫓아다녔다.

“야, 거기, 거기서 그물을 쳐.”

“우리가 물고기를 몰고 갈게. 그쪽으로 도망치게 하는 거야.”

“응, 알았어. 이번에는 꼭 잡는 거야. 꽤 큰 것도 있어.”

우리는 소리를 지르며 대화했다. 말해도 무슨 뜻인지 몰랐다. 서로 본능에 맞춰 행동했다. 여러 명의 아이가 두 조로 나뉘어 움직였다. 물고기를 모는 아이들과 물고기를 잡는 아이들로 나누어 각자의 위치에 맞게 행동했다. 대장은 없었다. 무조건 큰소리치는 아이 말에 귀를 기울였다.

나도 긴장한 상태로 아이들과 같이 움직였다. 큰 물고기 떼가 보였다. 우리는 미친 듯이 소리 지르며 물고기를 쫓아 움직였다. 그물을 펼치며 잡으려 하는 순간 누군가 내 어깨를 쳤다.

나는 소스라치게 놀라며 고개를 돌렸다. 지후가 웃고 있었다.

"지후야, 어디 갔다 왔어? 여기서 물고기 잡는 거 정말 재미있어. 그물 줄게, 빨리 잡아 봐."

"응, 어디 갔다 왔는지 이따가 이야기해 줄게. 앗, 큰 물고기 떼잖아. 야, 빨리 그물 좀 줘 봐."

지후가 소리치자 누군가 그물을 던졌다. 지후는 그물을 펼치더니 재빠르게 움직였다. 날렵하게 움직이는 물고기를 순식간에 낚아챘다. 강가에 있던 아이들 모두 "와!" 하며 탄성을 질렀다.

지후는 어느 곳에서나 인기가 있었다. 캠프장에서도 아이들과 빨리 친해졌다. 남자아이들은 강하고 똑똑해 보이는 아이를 중심으로 모였다. 아이들도 눈치가 빨랐다. 지후가 다른 아이들보다 키가 크고 몸이 날렵하고 머리가 좋다는 걸 바로 알아챘다.

지후가 합류했다. 오합지졸 같은 우리 행동이 하나로 모였다.

지후가 계획을 짜고, 우리는 일사불란하게 움직였다. 우리는 지후가 보내는 신호에 맞춰 빠르게 움직였다.

물고기가 양동이 안에 가득했다. 작은 물고기, 큰 물고기, 은빛 물고기, 눈이 튀어나온 물고기들이 양동이 안에서 펄쩍펄쩍 튀어 올랐다.

우리는 얼굴이 까맣게 타고 옷이 찢기는 것도 모른 채 물고기 잡기에 열중했다. 오랜만에 맛보는 자연이 주는 즐거움을 만끽했다.

캠프에 참가한 아이들 대부분이 아파트에서 살고 있었다. 우리는 답답한 아파트란 공간에 맞춰진 네모난 삶을 살고 있었다. 모든 게 정해져 있었다. 서로의 한정된 공간 안에서 타인에게 피해를 주지 않기 위해 최선을 다해야 했다. 아니면 작은 공간은 서로를 죽일 수 있는 살육장으로 변했다.

답답했다. 모든 걸 벗어던지고 싶었다. 네모난 삶을 부숴 버리고 싶었다. 삶이 네모가 전부라고 말하는 학교 교육과 어른들의 충고가 가끔 증오스러웠다. 나는 사춘기가 시작되고 있었다.

우리는 세상을 모두 얻은 듯 의기양양한 모습으로 캠프 선생님들에게 걸어갔다. 양동이에 가득 찬 물고기를 선생님들에게 내밀었다. 뿌듯했다. 모두 지쳐 있었지만 얼굴은 자부심으로 가득 찼다. 식량을 구해 집으로 가는 아프리카 부족의 용맹한 사냥

꾼이 된 듯 뿌듯하고 자신감도 넘쳤다.

선생님들은 양동이 가득 든 물고기를 보고 입을 벌렸다.

"이게 모두 너희가 잡은 거니?"

"네, 선생님. 우리가 힘을 합쳐 잡았어요. 정말 재미있었어요. 지후 말대로 우리가 일사불란하게 움직였더니 물고기가 막 잡히는 거예요."

한 아이가 감격스러운 듯 말했다.

"대단한데. 오늘 저녁은 물고기 매운탕이다. 같이 요리하자."

"네!"

캠프장에 모인 아이들이 모두 합창하듯 대답했다.

우리는 선생님들 지도하에 커다란 솥을 닦은 뒤 장작더미를 쌓고 불을 붙였다. 모두 각자 맡은 일에 최선을 다했다. 채소를 씻는 팀, 씻은 채소를 써는 팀, 물고기를 씻은 다음 다듬는 팀, 장작에 불을 붙이고 관리하는 팀으로 나뉘어 움직였다.

물고기 내장을 제거하는 팀에서 우는 아이가 있었다. 살아 있는 물고기를 죽이는 일이 힘들다며 칼을 내려놓았다. 선생님은 우는 아이에게 채소를 씻으라고 말하고 대신 물고기 내장을 제거했다.

모두 '부글부글' 끓고 있는 솥을 쳐다봤다. 고춧가루와 소금, 파, 마늘, 무와 미나리, 쑥갓이 들어간 솥에서는 세상에서 가장 맛있는 냄새가 났다. 아무리 맵고 맛이 없다고 해도 우리는 바위도 씹어 먹고 싶을 정도로 배가 고팠다.

선생님이 솥뚜껑을 열었다. 하얀 김이 뜨거운 여름밤을 더욱 후끈하게 했다. 우리는 군침을 흘리며 기다렸다. 선생님이 국자를 들어 펄펄 끓고 있는 솥 안으로 넣었다. 빨간 국물이 국자 안에 가득했다. 선생님은 국자를 들어 올린 후 작은 그릇에 국물을 따라 마셨다. 우리는 모두 침을 꿀꺽 삼켰다.

"야, 진짜 맛있다. 시원하고 매콤한데……. 이렇게 맛있는 매운탕은 처음이네."

선생님 말씀에 우리는 입맛만 다시며 코를 킁킁거렸다.

"자, 일렬로 서. 이제 매운탕을 한 그릇씩 떠 줄게. 너무 맛있어서 더 먹고 싶은 사람은 더 먹어도 돼. 정말 맛있는 매운탕이다."

모두 급하게 일어나 줄을 섰다. 뜨거운 태양이 서서히 지고 있었다. 산속은 태양이 지자 뜨거움도 같이 사라졌다. 시원한 바람이 이마에 흐르는 땀을 식혀 줬다. 낮에 태운 몸은 여전히 후끈거렸다.

뜨거운 매운탕이 몸속으로 들어갔다. 몸이 뜨겁게 달궈졌다. 이마와 겨드랑이와 등에서 땀이 비 오듯 흘러내렸다.

나는 밥 한 공기를 먹었지만 서운했다. 다시 밥공기에 밥을 펐다. 비 오듯 내리는 땀과 상관없이 뜨거운 매운탕을 후루룩 소리를 내며 먹었다. 지후도, 옆의 친구들도, 선생님도 뜨거운 국물을 후후 불어 가며 밥을 뚝딱 먹어 치웠다.

밥을 두 공기 먹었다. 매운탕은 세 그릇을 먹었다. 인간이라 믿기 어려웠다. 작은 난쟁이들이 숲속에서 먹이를 잡아먹고 거인이 되는 마법에 걸린 기분이었다. 친구들과 선생님들은 나보다 더 많이 먹었다. 모두 자신들의 놀라운 식성에 경악했지만, 여전히 음식이 입 안으로 들어갈 때는 꿀맛이었다.

조금씩 어두워져 가는 캠프장에서 아이들한테 나는 시큼한 땀 냄새와 매콤한 생선 비린내에 배고픈 모기들이 윙윙 소리를 내며 몰려들었다.

우리는 저녁을 먹은 뒤 다음 프로그램에 참여했다. 불빛 하나 없는 캄캄한 시골길을 걷는 공포 체험이었다. 2시간 정도 걸었다. 숲의 좁은 길을 걷고 있으면 바로 옆 사람 얼굴도 보이지 않았다. 가끔 혼자 길을 걷는 듯한 착각이 들기도 했다. 그런 착각에 빠질 때마다 온몸에 소름이 돋으며 발이 한 발짝도 떨어지지 않았다.

맨 앞에 걷는 친구와 맨 마지막에 걷는 친구가 손전등을 들어 길을 밝혔다. 손전등이 밝혀 주는 공간은 그리 넓지 않았다. 불빛이 지나간 자리에는 오래된 나무들이 장승처럼 서서 나를 지켜보는 듯했다. 바람이 불어 가지가 흔들릴 때마다 '스스슥' 소리가 들렸다. 도시에서 한 번도 들어 본 적이 없는 간담이 서늘

한 소리였다. 그냥 걷기만 해도 두려움이 밀려왔다.

그때 친구 한 명이 외쳤다.

"붉은 달이다!"

"앗, 블러드 문이네."

누군가의 외침에 우리는 일제히 하늘을 쳐다봤다. 달이 빨갛게 타오르고 있었다. 붉은 달이었다. 우리는 유난히 크고 동그란 붉은 달을 보고 잠시 알 수 없는 두려움에 사로잡혔다.

"붉은 달을 서양에서는 블러드 문이라고 불러. 피의 달이란 뜻이야. 그들은 붉은 달을 불길한 징조로 생각하거든."

지후가 말했다.

우리는 가던 길을 멈추고 하늘에 붉게 떠 있는 달을 쳐다봤다. 피를 품은 듯한 빨간 달이 숲속을 걷는 우리를 삼켜 버릴 듯 노려보고 있었다.

2시간 동안 강행했던 공포 체험은 9시에 끝났다. 공포 체험은 산길을 걷는 것만으로 충분했다. 귀신도 없고, 도깨비도 없고, 유령도 없었다. 어둠과 바람과 동물 울음소리, 힘없이 늘어선 나뭇가지, 옆의 친구들, 손전등 불빛, 붉은 달만으로도 우리 심장은 쪼그라들었다.

힘든 하루가 지나가고 있었지만 집에서는 상상할 수 없는 즐거움으로 가득했던 하루였다.

캠프에 도착한 우리는 지쳐 있었다. 피곤한 듯 옷을 벗고 목욕탕 안으로 들어갔다. 커다란 욕조 안에 몸을 담그며 노인들처럼 누웠다. 따뜻한 물이 시원하게 느껴졌다. 그때 누군가 물을 뿌렸다. 물벼락을 맞은 친구가 다시 그 친구에게 물을 뿌렸다.

욕조 안은 다시 놀이터로 변했다. 숨어 있던 기운이 다시 솟구쳤다. 나와 지후도 몸을 벽 쪽으로 돌린 채 친구들에게 마구 물을 뿌렸다. 같은 팀은 아무도 없었다. 규칙도 상품도 일등도 꼴찌도 없는 놀이였다. 모두 입을 하마처럼 벌리고 즐거운 괴성을 질렀다.

목욕이 끝난 후 30분 정도 자유 시간이 있었다. 나와 지후는 캠프장에서 조금 벗어나 산 중턱까지 올라갔다. 산 중턱에는 사람이 누워도 될 만큼의 커다란 바위가 있었다. 지후는 바위 위로 뛰어 올라갔다.

"영환아, 올라와 봐. 여기 앉아 있기 좋아."

지후가 손을 내밀었다. 나는 지후가 내민 손을 잡고 바위 위로 올라갔다.

"여기 평편한 게 누워도 좋네."

지후는 바위 위에 누웠다. 양손을 머리 뒤로 깍지를 낀 채 누워 하늘을 바라봤다. 반짝이는 수많은 별 속에 붉은 달이 이글이글 타오르며 떠 있었다. 신비롭기도 하고 불길하기도 했다. 나는 지후 옆에서 다리를 뻗고 앉았다.

"달이 정말 붉다. 신기하다."

"개기 월식이 나타날 때 생기는 현상이야. 붉은 파장만 지구에 도착하면서 달이 붉게 보이게 돼."

우리는 붉은 달을 쳐다봤다.

"지후야, 붉은 달이 뜨면 정말 불길한 일이 생길까?"

"정확하지는 않지만 붉은 보름달이 뜨는 날 배도 침몰하고, 홍수도 일어나고, 유명한 사람도 죽었나 봐. 오래전부터 서양이나 중국은 붉은 달을 두려워했던 것 같아. 재앙을 불러오는 달이라고 여기며 모두 터부시했거든."

"혹시, 우리 캠프에서 나쁜 일이 생기진 않겠지?"

"모르지. 아빠가 그러는데, 예전에 캠프장에서 불이 난 적이 있었대. 그때 아이들이 캠프장을 빠져나가지 못해 많이 죽었다고 하셨거든. 아이들의 이탈을 두려워해서 밖에서 문을 잠가 두었다가 큰 변이 일어난 거야. 요즘도 그 장소에 가면 아이들 울음소리가 들린대."

"지후야, 그런 말 하지 마. 괜히 무섭잖아."

지후는 걱정하는 내 얼굴을 보며 소리 내 웃었다.

"영환아, 걱정하지 마. 여긴 이기석 캠프야. 모든 안전시설이 완벽하게 돼 있다고."

"그렇겠지? 지금까지 6년 동안 한 번도 사고가 없었다고 엄마가 그랬거든. 너, 우리 엄마 알잖아. 걱정 인형이야."

"하긴, 너의 엄마 꾕장하시더라. 어떻게 너에 관한 모든 걸 다 챙기시는 거야. 너는 답답하지 않니?"

지후 물음에 나는 긴 한숨이 나왔다.

"동생 태어나서 요즘은 정말 관심 없는 거야. 예전에는 대단하셨어. 나는 숨통이 막혀 죽는 줄 알았다고."

나는 두 손으로 목을 조르는 시늉을 하며 대답했다. 지후는 내 모습이 우스운지 소리 내 웃었다.

잠시 침묵이 이어졌다. 가만히 달을 쳐다보고 있으니 달이 커졌다 작아졌다를 반복했다. 나는 최면에 빠진 사람처럼 달빛 속으로 빨려 들어갔다.

"영환아, 너는 사람이 죽으면 어떻게 될 것 같아?"

"갑자기 왜 그런 질문을 해?"

"사람은 누구나 죽잖아. 죽음을 경험하게 되면 어떤 느낌일까? 너도 궁금하지?"

"응, 나도 가끔 궁금해. 세상에는 죽음을 경험한 사람들이 많다고 하는데 내 주변에는 그런 경험을 한 사람이 한 명도 없어. 진짜 죽음을 경험하면 어떤 기분일까?"

나는 고개를 끄덕이며 대답했다.

"난, 오늘 밤 죽음을 경험할 거야. 이건 비밀이야. 이 선생님이 아무에게도 말하지 말라고 했거든. 너도 절대 말하면 안 돼!"

"너, 무슨 말이야? 그게 사실이야?"

지후가 벌떡 일어나 앉더니 내 눈을 쳐다봤다.

"사실이야. 그리고 이 선생님은 믿을 수 있는 분이야. 오늘 밤 불을 끄면 아무도 몰래 사무실로 오라고 하셨어. 넌 자는 척하다가 불을 끄면 먼저 사무실에 가서 숨어 있어. 내가 잠금장치 비밀번호를 외워 놨거든. 영환아, 생각만 해도 재미있을 것 같지 않니?"

나는 지후를 쳐다보며 얼굴을 찌푸렸다.

"정말 괜찮겠어? 선생님이 그런 제안을 한 거 맞아? 만약 진짜 죽으면 어떡해?"

"영환아, 선생님을 믿어. 죽음을 무릅쓰고 어린아이를 구한 분이잖아. 난 벌써 기대가 돼. 누구나 죽음을 경험할 수 있는 건 아니잖아. 비밀이니까, 절대 아무에게도 말하지 마. 넌 내가 말한 비밀번호를 누르고 이 선생님 사무실로 가서 책상 밑에 숨어 있어. 그리고 내가 어떻게 되는지 잘 살펴봐."

지후는 흥분을 감추지 못했다. 나는 지후 말소리가 점점 멀리서 들렸다. 붉은 달이 내 기운을 다 빼앗아 버린 듯 힘이 없었다. 지후는 계속 이 선생님에 관해 말했다.

그날 우리는 붉은 달의 저주에 걸린 듯 미친 아이들이 돼 있었다.

이 선생님이 사용하는 사무실은 조립식 건물이었다. 흰색과 갈색으로 된 2층짜리 건물은 캠프장과는 몇백 미터 떨어져 있었다. 다른 선생님들은 캠프장에 있는 사무실과 침실을 사용했다. 캠프장에서 멀리 떨어진 가로로 길게 지어진 건물은, 오른쪽으로는 이 선생님 사무실이 있었고 왼쪽으로는 창고가 있었다. 창고는 늘 열려 있었지만 사무실은 잠겨 있었다.

사무실에는 벨이 있었다. 사무실 문은 벨을 눌러야만 열렸다. 비밀번호는 이 선생님만 알고 있었다. 함부로 들어갈 수 없었다. 선생님은 그곳에서 생활했고 잠은 2층에서 잤다.

나는 침대에 누워 소등되길 기다렸다. 10시가 되자 불이 꺼졌다. 아이들은 낮의 고된 훈련 덕분에 바로 잠들었다. 아이들의 코 고는 소리에 나도 모르게 졸음이 쏟아졌다.

11시쯤 되자 모든 아이가 잠이 든 듯 조용했다. 여기저기서 얕게 코 고는 소리가 들렸다. 나는 침대에서 일어나 화장실에 가는 척하며 숙소를 나왔다. 식당에서 밝은 불빛이 보였다. 선생님들이 회의 중이었다.

이 선생님 사무실이 멀리서 보였다. 주위가 캄캄했다. 회의 중인 식당에서 불빛이 보일 뿐 주변은 칠흑같이 어두웠다. 나는 으스스한 기분을 억누르며 멀리 떨어진 사무실로 뛰었다. 숨이 찼다. 겨우 사무실에 도착해 비밀번호를 눌렀다. 몸이 땀으로 축축했다.

사무실 안이 캄캄했다. 안으로 발을 들여놓았다. 커다란 창이 보였다. 창문 밖으로 붉은 달이 보였다. 창문 옆에 있는 커다란 화초가 달빛에 비쳐 어두운 그림자가 바닥에 드리워져 있었다. 살짝 열린 창문 사이로 바람이 들어올 때마다 긴 잎사귀가 흔들렸다. 가늘고 길게 늘어진 잎사귀는 바람에 흔들릴 때마다 아귀들의 손가락이 사무실 바닥을 할퀴는 것처럼 보였다.

나는 움찔했다. 급하게 작은 손전등을 켜고 사무실을 둘러봤다. 크지 않은 사무실에는 책상이 창문을 등지고 있었다. 책상 앞에는 검은색 소파가 있었고 책상 오른쪽 벽 쪽으로 천장에 닿을 만큼 큰 책장이 있었다. 책장에는 책이 가득했다. 영어로 된 원서들도 많았고 전문 서적도 많았다. 왼쪽으로는 2층으로 올라가는 계단이 있었다. 그 외에 창문 옆에 있는 큰 화분과 양복을 걸어 놓을 수 있는 작은 옷장이 보였다.

밖에서 인기척이 들렸다. 나는 허둥대며 옷장 안으로 들어갔다. 양복이 몇 개 걸려 있었다. 나는 옷장 안 깊은 곳으로 몸을 숨겼다. 밖에서 비밀번호를 누르는 소리가 들렸다. 곧이어 누군가 안으로 들어왔다.

"영환아, 어디 있어?"

지후 목소리였다. 나는 안심하며 옷장 문을 열고 나왔다.

"지후야! 나 너무 떨려. 정말 아무 일도 없는 거지?"

"걱정하지 마. 옷장 안에 조용히 숨어 있어. 그리고 무슨 일이 일어나는지 지켜봐. 아무 일도 없겠지만, 죽음을 경험하는 게 쉬운 일은 아닐 것 같아서 말이야. 나도 심장이 두근거린다."

나는 양손을 겨드랑이 낀 채 몸을 덜덜 떨었다.

"너 추워? 한여름에 덜덜 떨면 어떡해?"

"좀 떨려서 그래. 여긴 산속이라 그런지 낮에는 더워도 밤에는 좀 춥다."

내가 팔을 비비고 있을 때 창문 너머로 누군가 손전등을 좌우로 움직이며 사무실을 향해 뛰어오는 모습이 보였다.

"영환아, 빨리 안으로 들어가. 선생님이 뛰어오는 것 같아."

"응, 알았어!"

나는 서둘러 옷장으로 들어갔다. 당황한 지후는 옷장 문을 '쾅' 소리가 나도록 닫았다. 옷장 문이 닫힘과 동시에 사무실 문이 열렸다.

"지후야, 약속대로 와 있었구나. 불은 이제 켜도 돼."

이 선생님 말소리가 들렸다.

"네."

지후가 대답했다.

'탁' 소리와 함께 주변이 환해졌다. 환한 불빛이 옷장 틈 사이로 들어왔다. 나는 틈 사이에 눈을 대고 옷장 밖에서 일어나는 일을 지켜봤다.

선생님은 약간 흥분한 모습이었다. 얼굴이 발갛게 달아올랐다. 지후도 선생님을 쳐다봤다. 기쁜 표정을 감추지 못했다. 잠시였지만 두 사람 사이에 이상한 기운이 흘렀다.

불쾌한 감정이 밀려왔다. 나는 두 사람의 몸짓과 눈빛에 온 정신을 집중했다. 두 사람을 바라볼수록 역겨운 감정이 자꾸 밀려왔다.

"지후야, 잠깐 기다려 줘. 땀을 많이 흘려서 샤워 좀 하고 올게. 넌 샤워했니?"

"네, 전 아까 공포 체험 끝나고 친구들과 같이 목욕했어요."

선생님은 지후가 보는 앞에서 웃옷을 벗으며 2층으로 올라갔다. 선생님이 시야에서 사라졌다. 지후가 고개를 돌렸다. 내가 있는 옷장 틈새를 바라보며 살짝 윙크했다. 나는 혼자가 된 지후를 보고 나서야 치밀어 오르는 짜증이 가라앉았다.

지후는 옷장 앞을 왔다 갔다 하며 소리 내지 않고 입만 뻥긋거렸다.

'기다려. 금방 선생님이 내려올 거야.'

나는 지후를 바라보며 웃었다.

선생님은 바로 내려왔다. 10분이 채 지나지 않은 듯했다. 선생님은 젖은 머리를 수건으로 털며 1층으로 내려왔다.

나는 눈을 떼지 못했다. 샤워를 마치고 계단을 내려오는 선생님 모습에 숨이 막혔다. 젖은 머리에 매끄러워 보이는 피부, 작은 근육들, 몸이 조각처럼 아름다웠다. 짙은 눈썹과 날카로운 콧날, 깎아 놓은 듯한 턱선을 보며 나는 침을 꿀꺽 삼켰다.

선생님에게서 비누 냄새가 났다. 옷장 틈새로 진하지 않은 비누 냄새가 스며들었다. 은은한 냄새가 좋았다. 나는 조심스럽게 냄새를 들이켰다. 답답한 공간에서 맡는 비누 향에 떨리는 심장이 조금은 안정을 찾았다.

선생님은 에어컨을 켜고 선풍기도 켰다. 열이 많이 나는지 선풍기 앞으로 가서 몸을 식혔다. 선생님이 몸을 말리며 고개를 돌려 나를 보며 씽긋 웃었다. 몸이 얼어붙었다. 선생님 손이 옷장 손잡이로 가까이 다가왔다. 숨을 쉴 수 없었다.

착각이었다. 선생님은 옷장 바로 옆에 서 있는 지후 머리를 쓰다듬었다.

"휴."

나는 놀란 가슴을 조용히 쓸어내렸다.

선생님은 몸을 말린 후 책장 옆으로 갔다. 손을 책장 뒤로 집어넣더니 무언가를 살짝 눌렀다. 그리고 책장을 밀었다. 무거워 보이는 책장이 스르르 옆으로 밀렸다. 그곳에 문이 있는지 선생님은 지후 손을 잡고 내 눈앞에서 사라졌다.

나는 옷장 문을 천천히 열었다. 책장은 다시 스르르 움직이더니 제자리로 돌아와 있었다. 시간이 흘렀다.

창가에 서서 붉은 달을 쳐다보며 벽에 붙어 있는 시계를 힐끔거렸다. 시곗바늘은 계속 움직이는데 이 공간은 멈춰 있는 듯했다.

참다못해 책장 문을 밀었다. 살짝 밀어 봤지만 꿈쩍도 하지 않았다. 다시 두 손에 힘을 줘 책장을 밀었다. 분명히 가볍게 책장이 밀린 것을 봤다. 하지만 내가 밀자 꿈쩍도 하지 않았다.

사방이 조용했다. 선생님과 지후가 태초부터 존재하지 않았던 것처럼 풀벌레 소리와 시계 초침 소리만 들렸다. 나는 밀리지 않는 책장을 당황스럽게 바라봤다. 잠시 책장 앞을 왔다 갔다 했다.

벽 쪽에 바짝 귀를 댔다. 아무 소리도 들리지 않았다. 대체 선생님과 지후는 어디로 사라진 걸까? 내가 꿈을 꾸고 있는 건가? 분명 그들이 책장 옆으로 들어가는 걸 내가 봤다. 거짓말처럼 지후와 선생님이 사라졌다. 기분이 으스스했다.

20분 정도 책장 주변을 살폈다. 계속 밀어 보기도 하고 책장 뒤로 손을 넣어 보기도 했다. 붉은 달이 내 정신을 혼미하게 하는 듯했다. 귀신에 홀린 듯 지금 상황이 이해되지 않았다. 사무실을 뱅뱅 돌았다.

지후를 기다렸다. 창가에 앉아 깜깜한 밤하늘에 빛나는 별들을 셌다. 이대로 숙소로 돌아가 자고 싶었다. 피곤해 자꾸 눈이 감겼다. 별이 방과 함께 빙글빙글 돌았다. 선생님과 같이 있으니 괜찮을 거라는 생각도 들었다. 철로 밑으로 떨어진 아이를 구한 사람이다. 우리나라에서 제일 용감한 사람으로 모두 이 선생님을 칭찬했다. 믿어도 됐다. 나는 쏟아지는 졸음으로 모든 핑계를 갖다 대며 이 공간을 벗어나고 싶어 했다.

끼이익, 끼익.

안에서 문이 열리는 소리가 들렸다. 나는 잽싸게 책상 밑으로 몸을 숨겼다. 책장이 스르륵 옆으로 움직였다. 나는 고개를 조금 앞으로 빼 누가 나오나 살폈다. 얼굴이 파랗게 질린 선생님 모습이 보였다. 불길했다. 지후가 보이지 않았다.

불이 환하게 비추는 사무실로 나온 선생님은 서둘러 불을 껐다. 선생님은 소파에 앉아 양손으로 머리카락을 움켜쥐고 울기 시작했다.

"안 돼. 한 번도 실수하지 않았는데 왜, 오늘 이런 실수를 한 거지? 왜! 왜! 왜!"

선생님은 괴로워하며 울부짖었다. 계속 머리카락을 쥐어뜯었다. 고통이 감당되지 않는 듯 몸을 떨며 절규했다. 나도 두려움으로 숨을 쉴 수 없었다.

울음소리가 잦아들었다. 몸의 떨림도 멈췄다. 침묵이 이어졌다. 선생님은 마치 인형처럼 꼼짝도 하지 않은 채 아무 소리도 내지 않았다. 어둠 속에서 선생님은 그대로 앉아 있었다.

지후가 걱정됐다. 당장 일어나 지후 소식을 묻고 싶었다. 지후에게 나쁜 일이 생긴 게 분명했다. 하지만 일어나는 순간 선생님이 나를 죽일 것 같았다.

한참을 앉아 있던 선생님이 벌떡 일어나 사무실 문을 열고 밖으로 나갔다.

‘철컥.’

사무실 문이 닫히는 소리가 들렸다. 나는 책상 밑에서 슬며시 나왔다. 오른쪽으로 이동한 책장 뒤로 살짝 열려 있는 문이 있었다. 나는 주변을 살피며 안을 들여다봤다. 창문이 없는 작은 공간이 보였다. 창고와 사무실 사이에 비밀 공간이 있었다.

‘어떻게 이런 공간이 있지?’

신기했다. 나는 천천히 안으로 들어갔다.

지후가 보였다. 파란 불빛 아래 힘없이 늘어진 지후가, 은색의 차가워 보이는 침대에 누워 있었다. 아무것도 입고 있지 않았다. 지후 눈에 초점이 없었다.

“지후야?”

조용히 지후를 불렀다. 가까운 거리인데도 지후는 눈을 뜬 채 조금도 움직이지 않았다. 심장 박동 수가 빨라졌다. 나는 주먹을 움켜쥐고 누워 있는 지후에게 다가갔다.

“지후야, 일어나. 왜 옷을 벗고 있는 거야? 지후야, 무서워.”

살짝 건드린 지후 손이 따뜻했다. 따뜻한 손과 달리 조금의 움직임도 없었다.

“지후야, 지후야.”

조용히 지후를 불렀다. 지후 팔이 힘없이 밑으로 떨어졌다. 순간 끔찍한 생각이 스쳐 지나갔다. 도망가야 했다. 파란색 불빛만이 비추는 이곳에서 빨리 빠져나가고 싶었다. 나는 덜덜 떨며 쪽문 밖으로 나왔다.

나는 밀실을 빠져나와 사무실 문 쪽으로 다급하게 움직였다. 그때 창문 밖에서 누군가 걸어오는 모습이 보였다. 급히 책상 밑으로 몸을 숨겼다. 몇 초가 지나자 사무실 문이 열렸다.

숨을 헉헉거리며 선생님이 다시 들어왔다. 책상 밑으로 달빛에 비친 선생님 그림자가 길게 늘어져 보였다. 기다란 그림자에는 커다란 전기톱이 보였다. 선생님은 숨을 여러 번 몰아쉬더니 밀실 안으로 들어갔다. 곧이어 요란한 전기톱 소리가 들렸다.

나는 귀를 틀어막고 울었다. 선생님이 무슨 짓을 하는지 생각하고 싶지 않았다. 오로지 이 장소를 빠져나가야 한다는 생각만 했다. 지후는 살아 있다고 생각하고 싶었다. 선생님이 절대 나쁜 짓을 할 사람이 아니라고 되뇌었다.

전기톱 소리가 멈추기 전에 사무실을 빠져나가야 했다. 전기톱 소리가 멈추는 순간 나도 지후와 똑같은 모습으로 차가운 은색 침대 위에 누워 있어야만 할 것 같았다.

눈앞의 공포가 모든 인간성을 말살했다. 차가운 시체로 변한 지후보다 앞으로 차가운 시체가 될 내 모습이 상상되며 이성이 마비됐다.

흐르는 눈물을 억제하며 입술을 깨물었다. 몸을 최대한 낮추고 기어서 사무실 문 앞까지 갔다. 요란한 심장 소리가 선생님에게 들릴까 두려워 가슴을 움켜잡았다. 그리고 전기톱 소리가 가장 크게 날 때 잠금장치를 누르고 밖으로 살며시 나왔다.

붉은 달이 나를 쫓아왔다. 심장이 아팠다. 나를 쫓아오는 보름달에서 피가 뚝뚝 떨어졌다. 어둠 속에서 나는 뛰었다.

'위이잉……, 위이잉.'

귓가에서 계속 전기톱 소리가 들렸다.

그 뒤로는 아무것도 기억나는 게 없었다. 내가 깨어났을 때는 병실 침대 위였다.

13
기석

'위이잉……. 위이잉.'

전기톱 소리가 사방에서 들렸다. 기석은 자리에서 벌떡 일어났다. 주변을 살펴보니 서재 안이었다. 자료를 정리하다가 잠깐 잠이 들었다. 기석은 목을 뒤로 꺾으며 방금 들었던 전기톱 소리의 진원지가 어딘지 찾아내려 애썼다.

"꿈인가?"

목덜미가 뻣뻣했다. 에어컨을 오래 틀어 놨다. 기석은 일어나 리모컨을 찾아 에어컨을 껐다. 소음과 함께 싸늘한 공기가 사라졌다. 그는 창문을 활짝 열었다. 더운 공기가 서재 안으로 훅 들어왔다. 하늘에 먹구름이 가득했다. 비가 온다는 일기 예보는 없었다.

기석은 뻣뻣한 목을 다시 한번 뒤로 꺾으며 엘리베이터에 붙어 있던 알림 공지를 떠올렸다. 바로 위층에서 몇 주간 인테리어 공사를 한다는 내용이었다. 다시 요란한 소리가 천장을 흔들었다. 듣고 싶지 않은 소리였다. 기석은 자리에서 일어나 서재를 나와 주방으로 향했다.

아내는 집에 없었다. 요즘 아내가 말이 없다. 기석은 아내의 무관심이 편했다. 아내의 사소한 이야기를 들어 주고 있으려면 가끔 알 수 없는 짜증이 밀려왔다.

시계를 쳐다봤다. 오후 4시였다.

"커피를 마신 다음, 남은 자료를 정리하고 저녁에 운동이나 가야겠다."

기석은 주방에서 커피를 타며 천장을 쳐다봤다. 다시 요란한 전기톱 소리가 들렸다. 전기톱 소리에 맞춰 사방이 흔들렸다. 기석이 들고 있는 컵 속 물이 파동을 일으키며 출렁거렸다. 전기톱 소리가 기석의 머릿속을 요란하게 뒤흔들었다.

강한 성욕을 느꼈다. 2주 넘게 섹스를 안 했다. 아내가 자신의 외도를 눈치챈 듯해서 기석은 다른 여자와의 만남을 자제하고 있었다.

아내에게는 성욕이 일지 않았다. 가끔 있는 잠자리도 밋밋했다. 아내와의 섹스는 안 해도 참을 만했다. 하지만 계속 섹스를 미루다 보면 어느 순간 참을 수 없는 욕망이 거센 파도처럼 덮쳐 올 때가 있었다. 기석은 마흔두 살이지만 담배를 하지 않았고 운동도 꾸준해 30대 중반의 체력을 유지하고 있었다. 일주일에 한두 번의 섹스는 얼마든지 가능했다.

갑자기 찾아온 성욕에 기석은 급하게 서재 안으로 들어갔다. 그리고 책상 서랍 밑에 숨겨 둔 USB를 찾아내 컴퓨터에 끼웠다.

화면 안에 남자아이 모습이 보였다. 기석은 바지 지퍼를 열고 손을 안으로 집어넣었다. 그는 화면을 보며 격하게 흥분했다. 계속 손을 움직이며 거친 숨소리를 냈다.

"헉헉……."

정신이 아득해질 만큼 자위를 했다.

그는 피곤한 듯 의자에 기대어 창밖을 쳐다봤다. 하늘에 구름이 가득한 날의 기억이 떠올랐다. 아주 오래전 일이었다.

*

중학교 3학년 때였다. 태국으로 가족 여행을 떠났다. 고등학생이 되기 전에 떠나는 마지막 여행이었다.

기석 가족은 모두 태국 여행을 좋아했다. 특히 수도인 방콕을 좋아했다. 고급 호텔 요금이 한국보다 저렴하고 쇼핑할 곳도 많았다. 어머니는 저렴하게 쇼핑할 곳이 많아서 태국을 좋아했고 아버지와 기석은 맛있는 음식을 마음껏 먹을 수 있어서 태국을 좋아했다.

태국에 도착한 그들은 며칠 동안 마음껏 쇼핑과 관광을 즐겼다. 여행사를 통하지 않는 자유 여행이었다. 가족들이 합의해서 움직였다. 급하게 다른 사람들과 합류하지 않는 자유 여행은 여유롭고 편안했다.

기석이 좋은 이유는 따로 있었다. 아버지는 여행 중에 술을 마시지 않았다. 아버지는 친구들과 술을 마셨다. 혼자 마시거나 어머니와 마시지는 않았다.

아버지 주사로 기석과 어머니가 고통받았다. 밖에서 친구들과 술을 마시고 집에 들어오면 아버지는 주방에 가서 칼을 집어 들었다. 그리고 방에 들어가 자는 기석을 깨웠다. 아버지는 칼을 들이대며 소리 질렀다.

"이 개새끼, 아비가 왔는데도 잠이나 쳐자냐? 죽여 버리겠어. 저 잡년하고 같이 죽여 버릴 거야. 죽여 버릴 거라고?"

아버지는 잠이 깬 어린 기석을 질질 끌고 거실로 나왔다. 그때부터 기석과 어머니는 밤새 잘못을 빌어야 했다. 왜 빌어야 하는지 이유는 없었다. 아버지는 그들이 잘못했다고 빌어야 칼을 휘두르지 않았다. 아니면 자해하거나 어머니를 끌고 다니며 죽이겠다고 협박했다.

아버지는 밤새 술주정을 한 후 잠들었다. 잠든 아버지 모습은 아기처럼 순수했다. 도저히 미워할 수 없는 사람처럼 편안하게 잠들었다. 아내와 아들 마음에 씻을 수 없는 상처를 주고도 아버지는 평화롭게 잠들었다.

술이 깬 아버지는 다정하고 가정적인 가장으로 돌아왔다. 공처가인 듯 조용히 어머니 말을 따랐다.

태국의 우기는 5월부터 10월까지다. 그들이 도착한 며칠은 날씨가 좋았다. 기석은 태국의 하늘이 좋았다. 한국과 사뭇 달랐다. 구름이 바로 닿을 듯 낮게 떠 있었다. 하늘과 구름 사이에 경계선이 있었다. 입체 카드처럼 하얀색의 커다란 구름 덩어리들이 바로 밑으로 쏟아질 듯 떠 있었다. 그 위로 파란 하늘이 보였다.

방콕에 도착한 그들은 호텔에 짐을 풀고 바로 야시장으로 향했다. 야시장의 영업 시간은 12시부터 오후 10시까지다. 기석과 아버지는 싸고 맛있는 음식을 보며 흥분했다. 돌아다니며 길거리 포장마차나 푸드 트럭에서 파는 음식을 하나씩 골라 주문했다.

쏨땀, 팟타이, 랏나 같은 태국 음식을 지치지도 않고 먹었다. 음식 가격이 40바트로 한국 돈 1,600원 정도였다. 만 원이면 세 명이 배가 부풀어 올라 숨을 쉴 수 없을 정도로 먹을 수 있었다.

음식에 정신이 팔린 기석과 아버지와 달리 어머니는 쇼핑에 혈안이 돼 상인들과 흥정을 했다. 가격을 흥정하는 일에 재미가 붙은 어머니는 상인과 손짓 발짓 하며 영어와 한국어를 몇 마디 아는 태국어와 섞어 가며 소통했다. 기석과 아버지는 양손에 꼬치구이를 들고 상인과 대화하는 어머니를 신기한 듯 쳐다봤다.

9시 30분이 돼 야시장이 문을 닫을 즘에 그들은 양손에 한가득 물건을 들고 만족스러운 표정으로 호텔로 향했다. 호텔에 도착해 바로 죽은 듯 잠이 들었다.

다음 날 그들은 모두 늦잠을 잤다. 한가로이 기지개를 켜며 맞이하는 아침이 여유롭고 행복했다. 한국에서는 이유 없이 쫓기는 삶을 살았다.

기석의 가족은 아침을 먹은 후 피로를 풀기 위해 마사지 가게로 향했다. 마사지 가게는 여행객들로 가득했다. 세계 사람들이 한자리에 모여 있었다. 각 나라의 언어가 사방에서 시끄럽게 들렸다. 기석은 낯선 외국인들을 물끄러미 쳐다봤다. 간간이 한국말도 들렸다.

기석은 부모가 옷을 갈아입는 동안 어색해하며 쭈뼛쭈뼛 서 있었다. 초등학교 때 부모와 여러 번 마사지 가게에 가 봤지만 직접 받아 본 적은 없었다. 부모가 마사지를 받는 동안 그는 대기실에서 간식을 먹거나 혼자 게임기를 가지고 놀았다.

아버지가 다가와 멀뚱거리며 서 있는 기석의 어깨를 쳤다.

"기석아, 너도 한번 받아 봐. 그동안 공부하느라 많이 힘들었잖아. 긴장된 몸을 풀어 주는 데 마사지가 많이 도움이 돼. 쑥스러워하지 말고 옷 갈아입어."

기석은 웃었다. 공부하느라 긴장된 게 아니라 술 마시고 주정하는 아버지 때문에 몸이 긴장돼 있다는 사실을 말하고 싶었다.

마사지 복으로 갈아입고 뻘쭘하게 앉아 있는 기석에게 안내하는 여자가 다가왔다. 까만 머리에 하얀 이를 가진 아름다운 여자가 기석 손을 잡고 이끌었다. 기석은 여자의 안내에 따라 마사지실로 들어가 자리에 누웠다.

부드러운 여자 손이 기석 몸에 닿았다. 가늘고 긴 손이 닿은 것만으로도 기분이 이상했다. 몸에 힘이 가면서도 기분이 좋아졌다. 조몰락거리며 움직이는 여자의 작은 손이 마치 마법사 손처럼 느껴졌다. 몸뿐만 아니라 마음의 병까지 치료됐다. 기석은 마음이 편안해지며 졸음이 몰려왔다.

방콕에서 쇼핑하고 맛있는 음식을 먹으며 기묘한 쇼에 집중하느라 기석 부모는 한국에서의 갈등을 잊었다. 기석은 오랜만에 부모의 행복한 모습을 보며 마음에 안정을 찾았다.

마지막 날은 방콕에서 벗어나 가까운 근교 지역을 관광하기로 했다. 아침에 눈을 뜨니 비가 내리고 있었다. 많은 양은 아니지만 온종일 내릴 것 같은 비였다.

그들은 태국에서 유명한 수상 시장과 기찻길 시장을 둘러보기로 했다. 몇 년 전에 여행사를 통해 갔을 때 재미있었던 기억이 가족 모두에게 있었다.

수상 시장은 배를 타고 시장을 둘러보며 음식을 사 먹거나 과일을 사고, 싸고 앙증맞은 기념품들을 살 수 있는 곳이었다. 호객꾼이나 바가지요금도 없어 관광하기에 부담이 없었다.

그들은 먼저 수상 시장을 방문했다. 보트를 빌린 후 음식을 주문했다. 음식은 즉석에서 만들었다. 꾸어이짭이나 쏨땀부, 카오팟뿌를 사서 먹었다. 아버지는 꾸어이짭이 맛이 밍밍하다며 얼굴을 찌푸렸다. 야시장 음식보다 맛이 별로인 듯 몇 숟가락 뜨고 내려놓았다.

기석과 어머니는 아버지의 찌푸린 얼굴을 쳐다보며 맛있게 음식을 먹었다. 디저트로는 설익은 망고를 설탕과 소금에 찍어 먹었다. 아삭한 맛이 조금 특이했다. 아버지는 익지 않은 망고를 쳐다보며 고개를 절레절레 흔들었다.

비가 심하게 내리진 않았지만 수상 시장엔 관광객들이 생각보다 많지 않았다. 관광객 수가 적어 시장 사람들은 그들에게 친절하게 행동했고 물건의 가격도 싸게 건넸다. 우중충한 날씨에 비해 만족스러운 관광이었다. 수상 시장에서 어머니는 열대 과일에 집착하며 망고스틴, 두리안, 용과와 망고를 사서 아버지와 기석에게 건넸다.

그들이 다음 여행지인 기찻길 시장을 둘러보려고 했을 때 빗줄기가 굵어졌다. 어머니는 걱정하며 호텔로 돌아가자고 재촉했다. 아버지와 기석은 비를 맞아도 좋을 만큼 관광지가 마음에 들었다. 마지막 날을 호텔에서 비 구경이나 하며 보내고 싶지 않았다. 후덥지근한 날씨로 인해 몸이 끈적끈적했다. 아버지와 기석은 소나기를 맞으며 몸을 씻고 싶었다.

어머니는 남편과 기석이 굵은 비에도 아랑곳하지 않고 호텔로 돌아갈 생각을 하지 않자 짜증스러운 목소리로 말했다.

"여보, 빨리 호텔로 돌아가야 할 것 같아. 빗줄기가 점점 굵어지잖아. 내 말 안 들려? 왜 대답을 안 해?"

어머니 재촉에 아버지는 심드렁하게 대답했다.

"오늘이 마지막 날인데 호텔 안보다 관광을 하는 게 더 낫지 않겠어. 기석이도 비를 맞아도 상관없는 것 같은데 말이야."

아버지는 기석을 쳐다보며 말했다. 하지만 어머니의 단호함에 아버지와 기석은 주차장 쪽으로 발길을 돌렸다.

어머니의 고집과 단호함은 가끔 아버지를 지치게 했다. 아버지는 분노를 마음속으로 꾹꾹 눌러 참다가 술을 먹으면 분을 풀었다. 서로 엇갈린 갈등을 제대로 풀지 못했다.

자동차 뒷문을 열고 차 안으로 들어가려던 기석이 멈춰 서 말했다.

"엄마, 나 화장실이 급한데 잠깐만 기다려 줘."

"알았어. 빨리 갔다 와."

어머니는 못마땅한 듯 말했다. 기석은 급하게 화장실을 향해 뛰었다.

빗줄기가 거세졌다. 구름이 빠르게 움직였다. 회색 구름과 검은 구름이 밑으로 내려앉으며 사방에서 몰려들었다. 일순간 하늘이 검게 물들었다. 기석은 뛰면서 휘몰아치듯 움직이는 검은 구름을 바라봤다.

"와, 진짜 멋지네."

기석이 감탄하며 말했다.

화장실에 도착한 기석은 빗물을 털며 주위를 둘러봤다. 아무도 없었다.

두둑, 두둑…….

세찬 빗소리만 사방에 가득했다. 기석은 청결해 보이지 않는 화장실에 혼자 들어가기가 불편해 잠시 주춤거렸다. 젖은 머리에서 흘러내린 물방울이 그의 코를 타고 밑으로 떨어졌다.

주위를 둘러보며 천천히 안으로 들어갔다. 발걸음은 조심스럽게 움직였지만 마음은 급했다. 그는 소변기를 찾아 지퍼를 내렸다. 불안한 마음에 고개를 좌우로 살피며 화장실을 둘러봤다.

쏴악.

오줌이 세차게 변기를 향해 나왔다.

"참았다면 큰일 날 뻔했네."

기석은 몸서리치며 중얼거렸다.

빗줄기는 더욱 거세지더니 천둥과 번개를 동반했다. 사방이 번쩍거리며 천둥소리가 들렸다. 멀리서 작게 들리던 천둥소리가 점점 가까워지며 비를 퍼부었다.

기석은 으스스한 기분을 억누르며 엉거주춤 서서 지퍼를 올렸다. 순간 번개가 번쩍이더니 바로 하늘이 무너질 듯한 천둥소리가 이어졌다.

우르릉 쾅쾅.

다시 번개가 번쩍일 때 화장실 입구에는 남자아이 한 명이 서 있었다. 기석은 숨을 멈췄다. 기석을 발견한 아이가 뛰어와 그의 손을 잡았다. 아이는 기석을 끌고 여자 화장실로 뛰어 들어갔다.

'탁' 소리와 함께 문이 닫혔다. 아이는 웃으며 손가락 하나를 기석 입으로 가져가 "쉿." 하며 미소 지었다. 곧이어 무리의 발소리가 남자 화장실에서 들렸다. 그들이 남자 화장실 문을 세차게 열며 소리 질렀다.

"뿌! 뿌! 뿌!"

남자들은 거칠게 '뿌'를 외치며 화장실을 돌아다녔다. 천둥소리와 거친 남자들 목소리가 화장실 안에 울려 퍼졌다. 조금 있다가 다시 거친 발소리가 들리더니 사방이 조용해졌다.

자신도 모르게 숨죽이고 있던 기석이 정신을 차렸다. 조그맣고 마른 남자아이가 기석의 품에 안겨 있었다. 아이는 생각보다 몸이 단단했다. 아이는 검푸른 곱슬머리에 진주 같은 갈색 눈동자를 가지고 있었다. 입술은 빨갛고 작았다.

짙은 속눈썹을 가진 남자아이가 기석을 보며 웃었다. 기석 얼굴이 빨갛게 달아올랐다. 아이는 소리 내어 웃더니 빨개진 기석 얼굴을 쓰다듬었다. 순간, 기석 몸에 힘이 갔다. 그는 당황하며 아이를 밀쳐 냈다.

아이는 살짝 옆으로 비켰다. 흥분한 기석의 눈을 쳐다봤다. 기석은 불편해 일어섰다. 아이가 야릇한 미소를 지으며 그의 바지 속으로 손을 넣었다.

기석은 아이 손을 뿌리치지 못하고 숨을 거칠게 내쉬었다. 아이는 그의 입술에 키스하며 빠르게 손을 움직였다. 아이가 손을 움직일수록 정신이 혼미해져 갔다. 태어나 처음으로 느끼는 강렬한 절정감이었다.

사정 후 기석은 잠깐 화장실 벽에 기대어 숨을 돌렸다. 아이는 다시 장난스럽게 기석을 쳐다봤다. 기석이 몸을 일으키려는 순간 아이는 화장실 문을 열고 사라졌다.

*

기석은 긴 한숨을 내쉬었다. 컴퓨터를 끄고 창밖을 내다봤다. 우중충한 구름이 사라지며 파란 하늘이 보였다.

오랜 세월 동안 '뿌'란 아이에 대한 집착을 떨쳐 내지 못했다.

어린 시절에 겪은 짧은 시간의 쾌락이었지만, 기석은 언제나 그 순간에 매달려 있었다. 정신을 파괴할 정도로 강한 충격이었다. 마흔이 넘은 지금은 어느 정도 제어가 가능하지만 젊은 시절에는 욕망의 노예가 된 듯 자신을 파괴하는 일을 서슴지 않았다.

기석은 창밖을 보며 생각에 잠겼다.

"죽을 때까지 그 아이에 대한 욕망에서 벗어날 수 없을 것 같은데……."

헛웃음이 나왔다. 고작 작은 아이 따위가 자기 인생을 망칠 수 있는 존재라는 사실을 받아들이기 어려웠다. 부서진 인생이었다. 조각난 삶을 어떻게 주워 모아 살아갈 수 있을지 막막했다.

주방에서 부스럭거리는 소리가 들렸다. 오후 6시가 되자 아내가 들어왔다. 조용했던 집 안에 작은 소음들이 들렸다. 기석은 서재 문을 열고 거실로 나갔다. 아내가 기석을 바라보며 미소 지었다.

"언제 들어왔어?"

"응, 몇 시간 전에……."

식탁 위에는 저녁을 준비할 음식 재료가 보라색 봉투에 담겨 있었다.

"여보, 오늘 날씨가 좀 이상하네. 기분도 우중충한데 우리 작은 파티나 해 볼까? 당신 좋아하는 와인도 사 왔어."

아내가 웃으며 재료들을 꺼내 식탁 위에 올려놨다. 기석은 미소 짓는 아내를 보니 괜스레 미안해졌다.

"그래? 좋은 생각이네. 우리 같이 저녁 먹은 지도 오래됐는데……. 요리하는 거 내가 도와줄게."

아내는 기석을 물끄러미 쳐다봤다. 기석이 이렇게 적극적으로 자기 일을 도와주겠다고 말한 게 신혼 후 처음이었다.

"고마워. 혼자서도 할 수 있는데……. 와인하고 스테이크를 같이 먹으면 좋겠지? 오늘 마트에 갔는데 좋은 안심이 있더라. 거기 과일은 냉장고에 넣어 줘."

기석은 아내가 원하는 대로 멜론과 오렌지를 냉장고 안에 넣었다. 그는 과일을 냉장고에 넣으며 아내를 쳐다봤다. 아내 얼굴은 발갛게 열이 올라 있었다. 조금 흥분돼 보이기도 했다. 오랜만에 보는 아내의 옆모습이었다.

"왜 자꾸 얼굴을 쳐다봐, 이상하게……."

"응, 요즘 예뻐진 것 같아서. 좋은 일 있어?"

"좋은 일이 있긴……. 보톡스 맞아서 좀 나아 보이는 거겠지."

아내는 얼굴을 돌리며 포장된 고기 비닐을 걷어 냈다. 순간 아내 손이 떨렸다. 그는 미간을 찌푸리며 아내 뒷모습을 쳐다봤다.

아내는 자신을 쳐다보는 기석의 시선이 불편했다.

"여보, 과일 냉장고에 다 넣었으면 간단한 샐러드라도 만들어. 혼자서 할 수 있지?"

기석은 시선을 거두고 아내가 시키는 대로 샐러드를 만들기 위해 바쁘게 움직였다.

신선칸에 있는 채소와 드레싱을 꺼내고 방울토마토와 양상추, 파프리카, 양파를 깨끗하게 씻었다. 기석이 샐러드를 만드는 동안 아내는 안심에 소금과 올리브유, 후추를 뿌렸다. 조금 후 커다란 프라이팬에 고기를 올려놨다. 강한 불에 고기를 올려놓자 지글지글 기름이 튀면서 하얀 연기가 사방에 퍼졌다. 기석은 후드 켜는 걸 잊은 아내를 위해 스위치를 눌렀다.

혼자 자위를 한 후 아내에게 미안했다. 한 달 동안 다른 여자를 만나는 일에 정신이 팔려 아내와 잠자리한 적이 없었다. 아내는 한 번도 그에게 불평한 적이 없이 잘 참아 줬다.

그는 아내에 대한 생리적 욕구를 강하게 느끼지는 못했지만, 자신이 이렇게 좋은 위치에 올라오기까지는 아내의 절대적인 도움이 있었다는 사실은 인정하고 있었다.

안정된 삶을 살기 위해서는 아내가 필요했다. 자신을 위해 아이를 낳아 주고, 아침저녁으로 식사를 챙겨 주고 사회에서 인정받는 사람이 되기까지는 아내가 곁에 있었기에 가능했다. 처가 도움이 결정적인 역할을 했다.

기석은 두 팔로 아내 허리를 감싸 안았다.

"고마워."

기석이 아내 귀에 속삭였다. 아내 몸이 부르르 떨렸다. 그는 아내 얼굴을 쳐다봤다. 아내 눈에 눈물이 가득했다.

"고맙긴, 나도 고마워."

아내는 휴지를 찾아 코를 푼 후 정신을 차린 듯 말했다.

"여보, 빨리 요리하자. 배고프다. 서둘러."

아내 재촉에 그는 허둥대며 주방에서 이리저리 움직였다. 아내를 기쁘게 해 주고 싶었다.

아내와 작은 파티를 준비하며 기석은 기분이 좋아졌다. 오랜만에 아내와 대화가 통했다. 아내와 먹은 스테이크도 맛있었다. 스테이크 조각이 입 안으로 들어간 순간, 고소한 맛이 퍼지며 사르르 녹았다. 와인 역시 향이 깊고 여운이 길게 남는 맛이었다. 아내와 맛있는 음식을 먹으며 대화를 하니 마음이 통하는 듯했다.

음식도 맛있고 아내와의 대화도 즐거웠다. 하지만 이상하게 기석은 피곤했다. 몸이 나른하고 눈꺼풀이 무거웠다. 정신이 멍해졌다. 아내가 기석을 보며 알 수 없는 미소를 지었다. 정신이 조금씩 아득해졌다.

멀리서 남자아이가 보였다. 하얀 목도리를 두른 아이가 그를 향해 손을 흔들었다.

기석은 울었다. 검은 눈물이 흘러내렸다.

지후였다. 가슴속에 가둬 두고 봉인해 버린 아이였다.

캠프장에서 처음 본 날 지후는 손을 흔들며 기석을 향해 달려왔다. 검푸른 머리에 갈색 눈동자의 소년이 기석을 향해 달려올 때, 그는 기적을 본 듯 숨이 막혔다. 태국에서 본 '뿌'란 아이와 많이 닮아 있었다. 달려오는 지후 뒤로 광채가 보였다. 기석은 눈이 부셔서 지후를 제대로 쳐다볼 수 없었다.

*

캠프장에서 지후를 본 날부터 모든 계획을 다시 점검했다. 실수가 없어야 했다. 그동안 한 번도 들킨 적이 없었다. 여섯 번의 성공이 있었다.

10대 아이들의 호기심을 이용해 스스로 문서를 만들고 지장을 찍게 했다. 아이들에게 간단히 실험에 관해 설명하고 기다렸다. 호기심이 없는 아이들은 아무 반응이 없었다. 그는 반응이 없는 아이는 바로 포기했다. 억지로 하기에는 위험 부담이 컸다. 반항한 흔적이 남으면 문제 발생으로 이어질 수 있었다.

지후는 호기심이 강한 아이였다. 기석이 흘린 이야기에 반응하며 실험에 동참하겠다고 적극적으로 말했다. 그는 지후의 강한 호기심에 흥분을 느끼며 심장이 방망이질 쳤지만, 애써 마음을 진정시키며 다시 한번 실험에 관해 설명했다.

사흘째 되는 날 밤에 실험하기로 지후와 약속했다. 그는 아침부터 일이 손에 잡히지 않았다. 지후 얼굴이 눈앞에 아른거렸다. 모든 사물이 흐릿하게 보였다. 지후만이 세상에 존재하는 듯 선명하게 보였다. 숨통이 조이는 듯한 설레는 마음으로 밤을 기다렸다. 늦은 시각까지 강사들과 회의를 한 다음 사무실로 향했다.

온몸에 땀이 나도록 사무실로 뛰어온 기석은 문을 열었다. 어둠 속에서 지후 모습이 보였다. 그는 기쁜 마음을 감추며 지후를 바라봤다.

"지후야, 약속대로 와 있었구나. 불은 이제 켜도 돼."

지후가 불을 켰다. '탁' 소리와 함께 주변이 환해졌다. 환한 불빛 앞에 지후 모습이 보였다. 기석 손이 덜덜 떨렸다. 자신도 모르게 지후를 바라봤다. 그의 얼굴이 발갛게 달아올랐다.

"지후야, 잠깐 기다려 줘. 내가 땀을 많이 흘려서 샤워 좀 하고 올게. 넌 샤워했니?"

"네, 전 아까 공포 체험 끝나고 친구들과 같이 목욕했어요."

"그래, 알았어. 잠깐 기다려."

지후는 고개를 끄덕였다. 그는 2층 샤워실로 뛰어 올라갔다.

하얗고 차가운 물줄기가 기석의 머리 위에서 떨어졌다. 감당하기 어려울 정도로 불타오르던 열기가 조금씩 가라앉았다. 순간 불안감이 기석 뇌를 스쳤다. 그는 머리를 흔들며 중얼거렸다.

"이제까지 실수는 없었어. 괜찮아. 하지만 오늘 내가 너무 흥분한 것 같아. 침착해야 해."

그는 차가운 물을 더욱 세게 틀었다.

기석이 젖은 머리를 수건으로 털며 1층으로 내려왔다. 얇은 면티와 바지를 입은 그는 에어컨을 켜고 선풍기도 켰다. 끓어오르는 열을 식히고 싶었다.

뚝뚝 떨어지던 물기가 사라졌다. 시원한 기분이 들며 다시 열이 올랐다. 그는 끓어오르는 열기로 다시 심장이 방망이질 쳤다. 지나치게 몸이 반응하고 있었다. 그는 거친 숨을 억지로 삼키며 책장 옆으로 가 뒤쪽의 숨은 공간에 손을 넣었다. 볼록 튀어나온 작은 버튼을 힘을 줘 꾹 눌렀다.

기석은 버튼을 누른 후 책장을 옆으로 밀었다. 책장이 가볍게 옆으로 밀렸다. 지후 눈이 동그래졌다. 책장이 옆으로 끝까지 밀리자 나무로 된 작은 문이 보였다.

기석이 문을 열었다. 사방이 막힌 공간이 보였다. 그가 안으로 들어가 스위치를 눌렀다. 파란색의 흐릿한 불빛이 주위를 비쳤다. 지후는 신기해하며 방 안을 둘러봤다. 그가 지후를 보며 말했다.

"어서 들어와. 내가 비밀의 방을 만들어 놨어. 이 방에 대해서는 다른 사람에게 절대 말하면 안 돼."

"선생님, 대단해요. 사무실과 창고 사이에 이런 공간을 어떻게 만들어 놓으신 거예요. 감쪽같아요. 작은 곳이라서 다른 사람들이 눈치채지 못하는 건가요?"

"응, 눈속임 좀 했어. 어려운 건 아니야. 설계하는 사람에게 부탁했더니 어렵지 않다고 하더군."

지후가 안으로 들어가 사방을 둘러봤다. 벽이 계란판으로 둘러싸여 있었다. 방음벽이었다. 기석과 지후의 말소리가 밖으로 새어 나가지 못하고 다시 귀 안으로 들어왔다. 파란색 불빛이 가득한 방 한가운데는 양철로 된 접이식 의자가 있었다. 펴면 침대가 되고 접으면 의자가 되는 구조였다. 의자 옆에는 도르래가 있었다. 의자는 마치 단두대를 연상케 했다.

지후는 의자를 보며 긴장한 표정을 지었다.

"지후야, 이 의자로 실험을 할 거야. 자, 앉아 봐."

기석이 지후 손을 끌어 의자에 앉혔다.

"생각보다 고통은 없어. 처음에만 좀 힘들 거야. 하지만 실험을 한 아이들은 모두 고통을 크게 느끼지는 않았다고 했어. 아이들은 고통을 느끼다가 바로 기절하게 돼. 어른들과는 달라. 어른들은 더 길게 고통을 느끼다 죽거나, 줄을 끊어 버리거든."

그는 잠시 숨을 돌린 후 말을 이었다.

"약 1분 정도만 지나면 넌 의식을 잃게 돼. 그리고 죽음을 경험하는 거지. 넌 죽음을 경험한 후 다시 살아나는 거야. 대단하잖아. 다른 사람들이 경험하지 못한 신의 영역으로 들어가게 되는 거야. 죽음을 두려워하지 않는 위대한 사람이 되는 거지."

"선생님, 정말 괜찮을까요? 의자에 앉으니까 갑자기 소름이 돋는 느낌이 들어요."

“괜찮아, 걱정하지 마. 숨을 들이쉬어. 선생님이 옆에 있으니 걱정 안 해도 돼. 자, 눈을 감고 있어.”

기석은 지후 머리를 쓰다듬었다. 지후가 숨을 몰아쉬며 가슴을 들썩였다. 기석은 지후가 진정될 때까지 잠시 기다렸다.

“이제 시작해도 될까?”

“네, 선생님.”

대답을 들은 기석은 하얀 목도리를 지후 목에 감았다. 지후가 두려움으로 가늘게 떨었다. 목도리는 목에 남는 자국을 엷게 하는 역할을 했다. 하얀 목도리를 두른 지후를 기석은 미소를 지으며 쳐다봤다.

“괜찮아. 걱정하지 않아도 돼.”

지후가 고개를 끄덕였다. 기석은 흐뭇한 미소를 지으며 지후의 두 손과 몸을 줄로 묶었다. 지후는 꼼짝도 할 수 없었다. 그는 여전히 두려움이 가득한 눈으로 기석을 쳐다봤다.

기석은 굵은 줄을 도르래에 감은 뒤 매듭을 묶어 고리를 만들었다. 그는 하얀 목도리를 두른 지후 목에 고리를 걸었다.

“산소가 결핍되면 의식을 잃게 돼. 그럼 고통은 없어.”

기석이 지후에게 속삭이며 천천히 도르래를 돌렸다. 도르래가 돌아갈수록 지후는 고통스러운 듯 얼굴이 일그러졌다. 줄이 서서히 지후 목을 조였다. 지후가 몸을 뒤틀었다. 줄을 끊기 위해 안간힘을 썼다. 몸과 두 손은 줄에 묶여 꼼짝도 할 수 없었다.

지후는 몸이 뜨거워지는 동시에 귀 울림을 느꼈다. 눈앞에 반짝반짝 빛이 보였다. 몸이 뒤틀렸다. 짧은 시간이었다. 지후는 바로 정신을 잃었다.

기석이 급하게 의자를 펼친 후 지후 옷을 벗겼다. 은색 철재 침대에 누워 있는 지후의 하얀 몸을 보며 그는 형용할 수 없는 흥분을 느꼈다. 그는 떨리는 손으로 바지 단추를 풀었다. 지후의 하얀 다리가 보였다. 잠시 후 그는 지후 몸속으로 들어갔다.

순간, 지후가 눈을 번쩍 떴다.

"선생님."

*

"윽."

악몽을 꿨다. 꿈속에서 검은 눈물을 흘리는 자기 모습이 보였다. 온몸의 피부가 벗겨져 있었다. 세 명의 아이가 기석 주변을 맴돌았다.

방심한 순간 그들이 기석에게 달려들었다. 기석을 물어뜯었다. 그가 고통스러워하며 죽어 가는 동안 그들 이빨에는 기석의 살점들이 너덜너덜하게 붙어 있었다.

기석은 침대에 그대로 누워 있었다. 눈을 뜨고 싶지 않았다. 그는 계속 생각에 잠겼다. 세 명의 아이 얼굴이 보였다.

뿌, 지후, 그리고 또 한 명의 소년이 있다. 스무 살 때 잠시 만났던 소년이었다. 악의를 받아들일 수 있었던 건 그 소년에 대한 기억 때문이었다.

*

갓 대학에 입학해 좋아하는 여자 친구를 따라 자원봉사를 했다. 저소득층 아이 중 학습이 모자라는 아이를 지도해 주는 봉사 활동이었다. 방문보다는 돌봄 센터 같은 곳에서 여러 명의 아이를 동시에 가르치는 일을 했다. 처음에는 여자 친구에게 잘 보이려고 시작했는데 시간이 지날수록 기석을 따르는 아이들이 많아졌다. 같이 일하는 선생님과 아이들이 기석을 좋아했다. 기석은 사람을 사귀는 능력이 남보다 뛰어났다.

그중 한 아이가 있었다. 남자아이였다. 짧은 생머리에 여자아이처럼 예쁘게 생긴 아이는 계부와 살고 있었다. 모친이 재혼한 후 아이만 두고 다른 남자와 도망을 쳤다. 아이 목에는 가끔 멍 자국이 보였다. 기석은 아이에게 멍 자국에 관해 물어봤다.

"석아, 혹시 누가 너를 때리기라도 하니?"

"아니요? 왜요?"

석이는 표정 없이 기석을 봤다.

"아니, 그냥. 네 목에 멍 자국이 가끔 보여서……."

224

석이는 자기 목을 쓰다듬으며 아무 말도 하지 않았다.

어느 날 아이가 며칠씩 돌봄 센터에 나오지 않았다. 돌봄 센터 선생님이 아이가 전화를 받지 않는다며 걱정을 했다. 기석이 바쁜 선생님들을 대신해서 아이 집을 찾아갔다.

허름한 단독 주택 지하의 벨을 눌렀다. 아이가 나왔다. 아이는 힘이 없는 듯 현관문을 연 뒤 집 안으로 들어갔다. 기석도 아이를 따라 집 안으로 들어갔다. 작은 주방과 방 두 개가 보였다. 아이는 침대로 가 누웠다. 기석은 더러운 집 안을 둘러보며 아이를 살폈다.

"석아, 어디 아프니?"

"네, 선생님, 제가 힘이 없어요. 죄송해요. 일어나고 싶은데 너무 기운이 없어요."

아이가 힘없이 말했다. 기석은 동네 슈퍼에서 사 온 과일과 음료를 꺼냈다. 그는 주방으로 가 과일을 씻었다. 사과를 칼로 깎은 후 방으로 가져갔다.

"먹을 수 있겠어?"

"선생님, 제가 힘이 없어 지금은 먹기 어려울 것 같아요."

아이는 미안한 표정으로 기석을 바라봤다. 그는 아이를 쳐다보며 이마를 짚었다. 미열이 있었다. 그때 기석 눈에 파랗게 멍든 아이 목이 보였다. 그는 인상을 쓰며 아이에게 물었다.

"목이 왜 파랗게 멍이 들었어?"

“아, 이거요? 별거 아니에요.”

“혹시 아빠가 너를 때리거나 목을 조르니?”

아이는 빤히 기석을 봤다.

“아빠가 목을 졸라요.”

“뭐?”

기석은 말문이 막혔다. 설마 하고 물어본 질문에 목을 조른다는 말이 나올 줄은 몰랐다.

“그런데 왜 지금까지 아무에게도 말하지 않은 거야?”

“뭘요? 아빠는 술 먹고 기분이 나쁠 때만 목을 조르거든요. 그런데 선생님, 그게 기분이 묘해요. 정말 묘해서 저는 아빠를 말리지 않아요.”

기석은 아이 말이 이해되지 않았다.

“아빠가 술을 먹고 들어오면 도망간 엄마 생각이 난다며 내 목을 졸라요. 처음엔 놀라서 무서웠는데 지금은 괜찮아요. 아빠가 목을 조르면 내가 일순간 기절을 해요. 아주 짧은 순간 괴로움이 온 다음 이상하게 알 수 없는 쾌감이 몰려와요. 잠시 정신을 잃었다가 깨어나면 목이 파랗게 멍들어 있어요. 이번에는 좀 심하게 조른 것 같아요. 제가 며칠 움직이기 힘들었어요.”

아이는 멍한 표정을 지으며 다시 말을 이었다.

“선생님도 한번 제 목을 졸라 보세요. 저는 죽지 않고 잠시 기절할 거예요. 그런데 기절하면서 정말 몸이 저릿한 그런 이상한 감정을 느끼게 돼요. 정말 이상한 기분이 들어요.”

기석은 말문이 막혀 아이를 쳐다봤다.

“자요, 선생님. 한번 제 목을 졸라 보세요.”

아이가 기석의 손을 끌어당겨 자기 목으로 가져갔다. 기석은 최면에 걸린 사람처럼 아이 목을 조르고 있었다.

“선생님, 힘을 주세요. 전 괜찮아요. 죽지 않으니 걱정하지 않아도 돼요.”

기석이 힘을 줬다. 아이가 고통스러워하며 쾌락에 빠진 표정을 지었다. 그는 조금 더 힘을 줬다. 아이 눈동자가 뒤로 돌아갔다. 흰자위만 남은 눈이 기석을 노려봤다.

“악!”

기석이 소리를 질렀다.

그는 정신없이 그 집을 뛰쳐나왔다. 악의가 도망가는 그를 쫓아가 덮쳤다. 그는 밤새 아이 목을 조르는 꿈을 꿨다. 아이의 하얀 눈동자가 그를 쫓아다녔다.

그날 이후 기석은 돌봄 센터에 나가지 않았다. 군대를 제대한 후 한 번 돌봄 센터에 방문했지만 아이에 대한 소식은 들을 수 없었다.

*

시간이라는 게 무서웠다. 모든 감정이 흐릿해졌다. 처음에 느꼈던 절망과 고통과 혐오는 사라지고 현실에 적응하도록 만들었다. 모든 기억이 마치 존재하지 않았던 꿈처럼 기석의 마음속에서 사라졌다. 합리화할수록 마음에 고통은 빨리 사라졌다.

기석의 머릿속에서 지후에 관한 고통스러운 기억은 사라지고 있었다. 미안함도 죄책감도 흐려져 갔다. 시간이 지날수록 죄책감은 사라지고 욕망만 남았다. 나이를 먹으면서 욕망은 절제돼 그늘 속으로 숨어들었지만, 가끔 꿈틀거리며 발작하듯 뿜어져 나와 기석을 삼켰다.

지후를 살해하던 날, 두 번째 악의가 기석을 삼켰다. 기석을 부르던 지후 목소리가 귓가에서 들렸다.

"선생님, 선생님, 선생님……."

기석은 방 구석진 곳에 몸을 가두고 두 손으로 귀를 막았다. 목소리가 떠나지 않았다. 죄책감과 후회가 그를 병들게 했다. 전화기를 계속 껐다 켰다. 112를 누른 후 아무 말도 하지 못하고 끊었다.

감정을 숨기는 오랜 습관 탓으로 타인을 속일 수 있었다. 하지만 혼자 있는 시간은 견딜 수 없이 고통스러웠다. 기석을 바라보던 지후 눈동자가 사방에서 보였다. 벽면에서도, 천장에서도, 침대 위에서도 지후의 눈동자가 기석을 바라봤다. 매일 악몽을 꾸며 식은땀을 흘렸다. 하루가 백년처럼 느껴졌다.

경찰들의 수사망이 좁아졌다. 토막 난 지후 시체를 찾았다는 소식이 들렸다. 기석은 좌절하며 갈등으로 마음이 썩어 들어갔다. 그는 두려웠다. 사람들의 얼굴이 보였다. 사방에서 기석을 노려보던 지후 눈동자가 사라지고 그 자리에 낯선 사람들의 눈동자가 가득 찼다.

기석을 영웅이라고 칭찬하며 환호하던 사람들이 이제 그를 증오하는 이들로 변했다. 그들이 기석을 보고 손가락질했다. 세상 사람들을 기만한 악마라고 했다. 그들이 모여 기석을 죽이라고 소리 질렀다.

기석은 살해한 지후보다 자신을 사랑하는 주변 사람들의 시선이 더 두려웠다. 더는 도망칠 수 없었다. 그는 자살을 결심했다. 얼굴을 가리고 농약 파는 곳에 가 제초제를 샀다. 몸이 타들어 가는 고통을 느끼며 죽는다는 화공약품이었다.

장인이 그를 도왔다. 장인은 기석의 석박사 과정 담당 교수였다. 처음 대학에 입학할 때부터 기석을 눈여겨봤다. 장인은 살인 사건이 언론에 나가지 못하도록 힘을 썼다. 어린 소년의 참혹한 토막 살인 사건은 지방의 작은 신문사에서만 조그맣게 다뤄졌다.

똑똑하고 예의 바르고 촉망받던 기석을 눈여겨봤던 장인이 자신의 외동딸을 소개했다. 기석은 두려움에 떨고 있었다. 선택의 여지가 없었다.

장인은 정치적 영향력이 높은 사람으로 따르는 사람이 많았다. 명절 때가 되면 대기업 총수나 유명한 정치인들이 방문해 눈도장을 찍고 싶어 했다. 장인이 기석을 보호하는 한 아무도 그를 건드릴 수 없었다. 그게 권력의 힘이었다.

아내는 기석을 좋아했다. 그를 잘 따랐다. 연애하는 동안 기석은 예의 바르게 행동했다. 다른 남자들처럼 그녀 몸에 손대지 않았다.

아내는 그의 행동을 자신을 아끼는 마음이라고 생각했다. 그녀가 안달하며 기석을 쫓아다녔다. 기석도 아내와 장인에게 잘 보이려고 노력했다.

캠프에서 살인 사건이 일어난 후 몇 주가 지나자 장인은 둘에게 결혼을 권유했다. 두려움에 떨며 초조해져 있던 기석은 결혼 후 바로 외국으로 떠났다.

*

과거의 기억이 하나씩 떠올랐다. 예감이 안 좋았다. 무언가 그를 향해 거리를 좁히며 다가오는 느낌이 들었다. 악마가 그에게 때가 됐다고 말하는 듯했다.

　이상한 꿈을 꾼 그날부터 무언가가 잘못돼 가고 있었다. 아내가 살해되는 꿈을 꾼 날, 그날부터였다. 기억 속에서 사라졌던 지후 모습이 천천히 되살아났다. 완벽하게 세상에서 잊히고 있다고 믿고 있을 즘에 다시 과거의 잔상들이 하나씩 떠올랐다. 그는 불안했다.

　기석은 머리를 흔들며 자리에서 일어났다. 주변이 깜깜했다. 충분히 잠을 잔 것 같은데 사방이 캄캄했다. 어렴풋이 보이는 달빛조차 보이지 않았다. 소름이 돋으며 섬뜩한 기분마저 들었다.

　'내가 아직 꿈을 꾸고 있는 건가? 내가 눈을 뜬 게 아닌가? 대체 뭐지?'

　기석이 정신을 차리려고 뺨을 쳤다. 볼이 얼얼했다. 꿈속이 아닌데 아무것도 보이지 않았다.

　"여보! 여보! 어디 있어?"

　누군가 옆으로 다가왔다.

　"왜? 무슨 일 있어?"

　아내 목소리가 들렸다.

　"불을 켜 줘. 캄캄해서 아무것도 안 보여. 왜 이렇게 칠흑같이 어두운 거지? 빨리 불을 켜 봐."

　"아침이야. 왜 안 보인다는 거야? 지금 환하다고."

　아내 말에 놀란 기석이 소리를 질렀다.

"내 눈이 안 보인다고……. 주변이 캄캄해. 내 눈에는 아무것도 보이지 않는다고."

기석이 울부짖으며 말했다.

"당신 정말 안 보여? 대체 무슨 일이야. 어떻게 갑자기 안 보일 수가 있어?"

아내도 소리치며 말했다.

"정말이야. 안 보인다고. 여보, 나 좀 도와줘. 이게 무슨 일인지 나 좀 도와달라고. 제발…… 제발……."

기석은 흐느꼈다.

아내는 기석에게서 멀리 떨어졌다. 무표정하게 그를 바라봤다.

14
영환

"요즘도 계속 환시를 겪나요?"

"아니요. 요즘은 거의 보이지 않아요. 가끔 보이기는 하지만 예전 같지는 않아요."

"약은 계속 먹고 있죠?"

"네."

은테 안경을 쓴 의사는 컴퓨터에 증상을 입력하며 질문을 이어 갔다.

"약은 더 강한 것으로 처방해 드릴 거예요. 만약 힘드시면 참지 마시고 바로 병원으로 오세요."

"네, 고맙습니다."

의사는 나를 보며 씁쓸한 표정을 지었다.

병원을 나와 약국으로 갔다. 처방 약을 받은 후 버스를 타고 오피스텔로 향했다. 오피스텔로 가는 버스 안에서 문자가 왔다는 소리음이 들렸다. 나는 가방을 열고 휴대 전화기를 꺼냈다.

-영환아, 잘 지내니? 몸은 어때? 연락 좀 하지. 한국으로 간 후 계속 연락이 없어서 엄마가 먼저 연락해. 시간 될 때 전화 줘. 보고 싶다, 우리 아들.-

어머니가 보낸 문자였다. 손이 떨렸다. 코끝이 찡하며 빨갛게 물들어 갔다. 모든 게 나 때문에 벌어진 일이다.

한동안 문자를 쳐다봤다. 집으로 전화하고 싶었다. 나는 긴 한숨을 내쉰 뒤 휴대 전화기를 가방 안에 넣었다. 갑자기 머리가 깨질 듯이 아팠다. 구토도 밀려왔다. 주위가 어지러웠다. 나는 정신을 가다듬으며 가방 안에 있는 약을 꺼내 생수와 함께 삼켰다. 몇 분의 시간이 필요했다.

구토 증세가 진정되며 긴장했던 몸도 조금씩 풀렸다. 버스 창밖으로 사람들이 걸어가는 모습이 뿌옇게 보였다. 시력이 많이 떨어졌다. 뿌옇게 보이던 사람들 모습이 꿈틀거리며 하나로 뭉쳐져 보였다. 나는 눈을 깜빡거리며 비볐다. 조금 더 시간이 지나자 졸음이 밀려왔다.

의사에게 말한 대로 환시가 사라졌다. 지후도 사라지고, 다른 사람들도 사라졌다. 순식간에 사라졌다. 옆에서 쫑알거리며 내게 말을 걸던 사람들 모습이 사라졌다. 원래 존재하지 않았던 사람들이었다.

처음에는 지후만 보였다. 시간이 지나면서 지후가 사라졌다. 그 후 극도로 머리가 아파지면서 낯선 사람들이 보이기 시작했다. 그리고 어느 순간, 그들이 모두 사라졌다. 아무도 보이지 않았다. 가끔 낯선 이들이 내게 말을 걸었다.

환시가 사라졌다. 나는 안도하며 의사를 찾았다. 의사는 안 좋은 징조라고 말했다. 실망감이 밀려왔다. 실망감은 상처가 됐다. 이유 없이 세상이 원망스럽기도 했다. 지독한 외로움도 찾아왔다.

지후가 보고 싶었다. 죽어서 괴물 같은 모습으로 내 앞에 나타나더라도 괜찮았다. 가족도 보고 싶었다. 그들에게 아픈 상처만 남기고 캐나다를 떠났다. 잘 견딜 줄 알았다. 하지만 나는 무너지고 있었다.

늦은 밤 고통으로 일어나 몸부림을 쳤다. 아무리 약을 먹어도 고통이 줄어들지 않았다. 침대에서 떨어져 방바닥을 기며 돌아다니다 지쳐 잠들었다.

아침에 비틀거리며 일어나 거울에 비친 하얗게 질린 얼굴을 바라봤다. 내 선택에 후회가 없을지에 대한 의문이 들기도 했다. 하지만 후회 없는 선택이란 없다. 고통의 끝에서 하는 선택은 모든 게 후회스러울 뿐이다.

*

“앗!”

잠시 잠들었다. 내려야 할 정류장을 지나 있었다. 나는 급하게 하차 벨을 누르고 다음 정류장에서 내렸다.

세 정거장을 지났다. 하늘이 파랬다. 며칠 동안 비가 오더니 여름 하늘이 가을 하늘처럼 맑았다. 오랜만에 시원한 바람도 불었다. 터벅터벅 걸으며 거리를 오가는 사람들 모습을 지켜봤다.

몇 미터 앞에 한 여자가 걸어가고 있었다. 여자는 통통했다. 윤기 나는 긴 머리에 배꼽이 드러나는 짧은 티를 입고 있었다. 하의는 몸에 달라붙은 얇은 레깅스를 입었다. 팬티 선이 그대로 드러나 있었다. 여자가 걸을 때마다 골반이 좌우로 흔들렸다. 나도 모르게 여자의 허리와 골반에서 시선을 떼지 못했다. 그녀의 작은 움직임도 거슬렸다.

내 옆에 키가 작은 남학생이 걷고 있었다. 교복을 입은 학생은 중학생 정도로 보였다. 얼굴에 여드름이 나고 평범해 보였다. 교복은 단정하고 머리도 짧았다. 길거리 어디서도 볼 수 있는 친근한 모습이었다.

평범한 남학생의 눈빛이 심상치 않았다. 레깅스를 입은 앞의 여자를 쫓고 있었다. 여드름이 난 평범한 남학생이 작은 괴물로 변하고 있었다. 그의 눈동자가 여자를 훑었다. 여자의 움직임에 모든 신경이 집중돼 있었다.

신호등이 나오는 건널목 앞에서 남학생은 잠시 주춤했다. 그는 길을 건너야 할지 여자를 쫓아야 할지 망설였다. 내 시선은 여자와 남학생을 쫓았다. 불길한 생각이 들었다. 침을 꿀꺽 삼켰다.

여자가 돌아봤다. 통통한 볼살이 있는 여자는 나와 중학생을 한번 힐끔 쳐다본 후 잠시 고개를 갸웃거렸다. 나는 그 자리에서 멈췄다. 여자는 계속 앞으로 걸어가다가 골목 안으로 들어갔다. 남학생이 여자를 쫓아 급히 골목 안으로 뛰어갔다.

나는 골목 안으로 뛰어가는 남학생을 쳐다봤다. 알 수 없는 불안감이 밀려왔다. 서둘러 그들이 사라진 골목으로 뛰어갔다. 골목 안에는 아무도 없었다. 골목 끝에 또 다른 골목이 좌우로 나누어져 있었다.

남학생의 눈동자가 떠올랐다. 무언가에 홀린 듯 여자를 쫓았다. 이성은 마비돼 있었다. 한 번도 경험한 적이 없는 강렬함을 쫓아 달려들었다. 모닥불 위에서 춤추는 나방과 같았다. 열기로 날개가 타들어 가는 것도 모른 채 황홀함에 몸을 맡겼다. 고통조차 죽음조차 그들의 몸짓을 막을 수 없었다.

다음 날 아침, 뉴스에 중학교 남학생의 성추행 사건이 나왔다. 스물한 살인 대학생 A양을 중학교 3학년 K군이 쫓아가 강제 추행한 혐의로 현장에서 붙잡혔다는 기사였다.

여대생이 저항하자 가지고 있던 휴대 전화기로 수차례 머리를 가격하다가 남학생은 현장에서 체포됐다. K군은 경찰서에서 진술하면서 '정말 죄송하다'라고 말하며 잘못을 인정했다는 내용이었다.

나는 긴 한숨을 쉬며 TV를 껐다. 남학생의 눈동자가 떠올랐다. 내 눈동자와 비슷했다. 그 시절 미쳐 날뛰던 내 눈동자와 비슷했다. 마음이 편치 않았다.

"그때 바로 쫓아갔었어야 했는데……."

여자를 쫓아 뛰어가는 남학생의 뒷모습이 머릿속에서 떠나지 않았다. 나는 긴 한숨을 내쉬며 뒤돌아섰다. 주방 옆에서 남학생이 나를 노려보고 있었다.

"형, 왜 도와주지 않았어? 형은 나를 본 순간 알아차렸잖아!"

"쫓아갔어. 너무 늦었던 거야. 미안해."

남학생은 원망스러운 눈으로 나를 쳐다봤다.

"형은 내 마음 이해하지? 난 정말 그럴 마음이 있었던 게 아니야. 그냥 그때는 어쩔 수 없었어. 내 마음이지만 나도 잘 모르겠어. 무서워, 형. 정말 무서워."

"그래, 네 마음 이해해. 네가 원해서 저지른 일이 아니라는 거 알아."

아이는 자리에 주저앉았다.

"형, 내가 왜 그런 짓을 저지른 건지 이해할 수 없어. 형, 나는 이제 죽어야 할까?”

“아니야, 죽지 말아. 사죄하며 살아. 평생 사죄하며 살아. 네가 무서운 이유 나도 알아. 나도 겪었거든.”

나는 남학생에게 다가가며 울었다. 남학생도 무릎을 감싼 채 절망에 빠진 눈동자로 나를 쳐다보고 있었다.

손이 떨렸다. 다시 머리가 아팠다. 호흡이 가빠졌다. 작은 손들이 머릿속을 휘저었다. 나는 고통으로 숨을 쉴 수 없었다. 어두운 머릿속 어디선가 손들이 아우성쳤다. 지옥에서 몰려나온 손들이었다.

나는 탁자 위에 있는 약을 찾아 삼켰다. 몸이 추웠다. 서둘러 에어컨을 끄고 창문을 열었다. 바람이 열기와 함께 거실로 들어왔다. 몸이 따뜻해지며 깨질 듯 아픈 머리도 나아졌다. 시간이 지나자 환영도 같이 사라졌다.

나는 아침을 먹고 잠시 침대에 누웠다. 체력이 한계에 도달했다. 점점 심해지는 고통으로 살이 빠졌다. 몸무게가 52kg이었다. 몇 개월 동안 몸무게가 7kg이 빠졌다. 내 키는 170cm다. 남자로서 큰 키는 아니다.

옷장을 열었다. 여자 옷이 즐비했다. 잠시 망설였다. 나는 여자 옷 중 하나를 골라 갈아입었다. 살구색 민소매 원피스였다. 마스카라를 한 후 립스틱도 발랐다. 거울에 비친 내 모습을 바라봤다.

낯선 이가 보였다. 내 모습이 아니었다. 짜증이 밀려왔다. 욕실로 가 거칠게 세수를 했다. 핏기 없는 얼굴이 보였다. 다시 옷장을 열고 얇은 흰색 티와 하늘색 반바지를 꺼내 입었다.

약을 먹은 후 체온이 제자리로 돌아왔다. 목덜미와 겨드랑이에 땀이 뱄다. 후덥지근한 바람이 들어왔다. 다시 창문을 닫은 후 에어컨을 켰다. 에어컨이 돌아가는 소리를 들으며 노트북을 켰다. 이기석 집 안이 보였다. 거실과 안방, 아들 방, 드레스 룸, 서재가 보였다.

이기석은 서재 안에서 가끔 USB를 꺼내 그 안에 있는 영상을 봤다. 영상이 켜질 때마다 나는 눈을 감았다. 이기석의 추악한 행위를 차마 쳐다볼 수 없어 화면을 꺼 버렸다.

오늘은 아무도 없었다. 이기석도 그의 아내도 없었다. 조용한 공간을 넋 놓고 쳐다봤다. 거실 안 탁자 위에 있는 결혼사진이 보였다. 화려하게 차려입고 서로에게 얼굴을 맞대고 웃고 있는 그들의 모습이 보였다. 나는 결혼 사진을 뚫어지게 쳐다봤다.

*

캐나다를 떠나 서울에 도착해 처음 며칠 동안은 호텔에서 보냈다. 곧 이기석이 사는 아파트와 가장 가까운 곳에 있는 오피스텔에 자리를 잡았다. 11층이 정면으로 보이는 곳이었다.

나는 매일 이기석의 휴대 전화기와 컴퓨터를 해킹했다. 이기석과 그의 가족들의 생활을 몇 주 동안 지켜본 후 정후에게 연락했다. 정후는 지후 동생이다. 지후와 닮지 않았다. 둘 다 부모님을 반반씩 닮았다.

성격도 달랐다. 외향적인 지후와 달리 정후는 친구가 많지 않았다. 둘은 외모도 성격도 달랐지만 사이가 좋았다. 지후가 어눌한 정후를 챙겼다. 정후는 늘 형을 쫓아다녔다.

자기 친구보다 형 친구를 좋아했다. 어린 시절 지후 집에 가면 먼저 정후와 놀았다. 정후는 게임기를 가져와 같이 놀자고 떼를 썼다. 지후 엄마가 말리지 않으면 나는 정후에게 몇 시간을 붙잡혀 있었다.

다시 재회했을 때 정후는 예전과 달랐다. 생머리에 외꺼풀인 눈은 그대로였다. 하지만 키가 많이 컸다. 목소리도 저음이었고, 몸도 남자다웠다. 지나가는 여자들이 뒤돌아서서 정후를 봤다. 어린 시절 어눌했던 발음도 많이 교정돼 있었다. 가끔 정후에게서 지후 모습이 보이기도 했다.

서울로 돌아와서 처음 전화했을 때 정후 목소리는 싸늘했다. 예상은 하고 있었지만, 막상 목소리를 들으니 말문이 막혔다.

[왜 나를 찾는 거죠? 서로 할 말이 없을 것 같은데…….]

"좀, 불편하겠지만 만났으면 합니다. 중요한 일입니다. 당신에게 꼭 하고 싶은 말이 있습니다. 부탁합니다."

[뚜…….]

내가 말을 마치기도 전에 전화를 끊었다. 마음이 착잡했다. 며칠을 고민했다. 이대로 물러설 수 없었다. 나는 정후가 다니는 학교 근처 카페 안에서 그를 기다렸다.

"현정후 씨!"

친구들과 이야기를 나누며 학교 정문을 나오는 정후 뒤를 쫓아가 이름을 불렀다.

"누구세요?"

"아, 지난번에 전화한 김영환입니다. 기억하고 있을지 모르겠네요."

정후는 얼굴을 찌푸렸다. 주변에 있던 친구들이 호기심 어린 눈으로 정후와 나를 쳐다봤다. 그의 얼굴이 창백했다. 손을 부르르 떨었다가 호흡을 가다듬으며 친구들에게 말했다.

"이분과 할 이야기가 있어서 오늘 모임에 참석하기 어려울 것 같아. 미안해."

정후의 어두운 표정을 본 친구들은 알았다고 말하고 떼를 지어 사라졌다.

정후와 난 조용한 카페를 찾아 안으로 들어갔다.

"긴 이야기라 여기가 아닌 사람이 없는 곳에서 이야기하고 싶은데, 괜찮으신가요?"

"전 듣고 싶은 이야기도, 할 이야기도 없습니다. 되도록 댁의 얼굴을 보고 싶지 않아요. 당신 잘못은 아니지만, 우리 가족은 그날 이후로 당신이 상상할 수 없는 고통을 겪었어요. 다시는 내 인생에서 그런 일이 일어나길 원치 않습니다. 당신을 보니 잊어 버리려고 애썼던 옛 기억이 다시 떠오르는군요."

"알고 있어요. 저도 알고 있습니다. 제발 내 이야기를 들어 줘 요. 당신 도움이 필요해요. 내게 기회를 줘요."

정후는 내 얼굴을 한동안 물끄러미 쳐다보더니 자리에서 일어 났다. 우리는 같이 택시를 탔다. 내가 사는 오피스텔로 향했다.

"술 한잔 줘요."

정후가 소파에 털썩 주저앉으며 말했다.

"이왕이면 도수가 높은 것으로 줘요. 맨정신으로 이야기할 수 가 없을 것 같네."

마침 도수가 높은 위스키가 있었다. 캐나다를 떠날 때 한 병 사서 가방에 넣었다.

어린 시절 친구들과 숲에서 술을 먹었던 기억이 있다. 첸이 집 에서 훔쳐 온 위스키를 친구들과 나눠 마셨다. 처음 위스키가 입 안으로 넘어갈 때 우리는 모두 캑캑거렸다. 목 안으로 불덩이가 넘어갔다. 모두 정신을 잃고 숲에서 잠을 잤다.

일주일에 세 번은 술을 마셨다. 맛도 없는 술을 마시며 어른이 되는 꿈을 꿨다. 자유와 권력을 만끽할 수 있는 어른이 되길 꿈꿨다. 술을 마시면 하늘이 빙빙 돌았다. 내 삶처럼 빙빙 돌았다. 혼란스러운 시절이었지만 내게는 소중했던 시절이다.

정후는 안주 없이 위스키를 마셨다. 테이블 위에 있는 구멍이 숭숭 뚫린 노란 치즈가 장식품처럼 느껴졌다. 아무도 손대지 않았다. 나도 정후를 따라 빈속에 위스키를 부었다. 위스키가 목을 넘어가자 차가운 칼날이 식도와 위를 긁어내렸다.

술 마시는 소리만 들렸다. 정후도, 나도 말하지 않았다.

쿨럭쿨럭.

정후가 잔에 술을 붓는 소리가 들렸다. 내 잔이 비면 정후는 술을 부었다. 정후가 채운 술을 나는 입에 털었다. 작은 침묵의 시간이 지났다. 술잔이 비워지고 술병이 바닥을 드러냈다. 정후는 중얼거리듯 입을 열었다.

"영환이 형, 내가 말을 편하게 할게. 존댓말을 하니 어색하다. 형도 존댓말하지 말고 편하게 해. 형과 이렇게 술을 먹고 있으니까 지후 형이 보고 싶네. 엄마도 보고 싶고."

정후가 꼬인 혀로 말했다. 정후 눈에 깊은 슬픔이 있었다. 흐르지 않는 눈물이 눈 안에 가득했다. 나는 마른 입술에 침을 적셨다.

"지후 형이 죽은 후 엄마는 그 사실을 받아들이기 어려워하셨어. 형, 자식을 잃은 늑대의 울음소리 들어 본 적 있어? 심장이 갈가리 찢기는 소리를 형은 들어 본 적 없지? 엄마는 매일 그렇게 울었어. 누군가의 피를 보지 않는 한 절대 멈추지 않을 울음소리였어."

정후 눈동자가 흔들렸다. 공포를 마주한 흔들림이었다.

"집 안은 모든 게 파괴돼 있었어. 가구는 부서지고 집에는 먹을 게 아무것도 없었어. 엄마는 아무것도 먹지 않았고 내게도 아무것도 주지 않았어. 학교에서 급식을 먹는 게 내 유일한 식사였어. 학교에서 수업이 끝나고 집으로 향하는 길이 지옥으로 가는 길이었어. 엄마와 같이 하루하루를 보내는 게 공포 자체였어. 늘 칼을 들고 거실을 서성이는 엄마를 봐야 했거든."

정후 손이 떨렸다.

"형, 나는 속으로 엄마가 죽길 바랐어. 정말이야. 엄마가 정말 무서웠거든. 악마처럼 느껴졌어. 하루는 거지 상태가 돼 있는 내 모습을 보고 외할머니가 나를 데리고 가려고 했어. 나는 정말 간절히 외할머니 댁으로 가고 싶었거든. 그런데 엄마가 숨이 끊어질 것같이 가슴을 치며 우는 거야. 나마저 사라지면 자기는 살수 없다고 하면서 말이야. 내가 있어서 겨우 사는 거라며 할머니에게 울며 애원하는 거야. 형, 그때 나는 정말 엄마에게 말하고 싶었어. '엄마, 나를 제발 보내 줘.'라고 말이야."

그가 긴 한숨을 내쉬며 허공을 쳐다봤다.

“형, 외할머니는 굶주려 있는 손주보다 상처받은 자기 딸이 더 소중했나 봐. 붙잡고 늘어지는 내 손을 뿌리치더라고. 그러면서 내 눈을 보며 말하는 거야. ‘엄마는 곧 좋아질 거야. 네가 조금만 참고 기다려.’ 할머니는 자기 희망을 내게 말한 거야. 엄마는 좋아지지 않았거든. 모두 알고 있었으면서 내게 참으라고 한 거야.”

나는 아무 말도 하지 못했다. 비어 있는 술병에 일그러진 정후 얼굴이 비쳤다.

“매일 나무 밑에서 형을 기다리는 엄마를 봤어. 엄마가 형을 죽일지도 모르겠다는 두려움이 나를 고통스럽게 했어. 그날 난 봤어. 엄마가 형을 칼로 찌르는 모습을 말이야. 나는 지후 형을 죽인 살인자보다 엄마가 더 무서웠어. 광기 어린 엄마 눈동자가 세상에서 제일 무서웠어.”

정후는 잠시 말을 멈췄다.

“크크큭.”

그는 머리를 뒤로 젖히며 혼자 웃었다.

“형을 칼로 찌른 엄마는 현장에서 경찰들에게 붙잡혔어. 깊게 찌른 건 아니지만 살인 미수로 검거됐지. 아버지는 변호사와 상의해 엄마를 정신병자로 몰아 병원에 입원시켰어. 가능했어. 엄마는 정말 미쳤었거든. 아버지는 바로 이혼 소송을 했어. 엄마가 내게 위험한 존재라고 하며 양육권도 빼앗았어. 남자들은 생각보다 야비한 존재야. 아버지는 나를 친가에 맡기고 몇 달 후 재혼을 했어. 빨리 현실을 잊는 방법을 선택한 거지. 크크큭. 형, 웃기지. 우리 가족 이야기 정말 웃기잖아. 정말 좆같은 가족이야.”

나는 정신이 몽롱했다. 극심한 고통이 머리끝에서 시작하더니 점점 아래로 내려왔다.

“엄마는 어떻게 됐냐고? 정신병원에서 자살했어. 식사 시간에 나오는 나무젓가락을 가늘고 길게 갈아서 목을 찔렀어. 이해돼? 나무젓가락으로 목을 찌른다는 게 말이야.”

정후는 입술을 꼭 깨물며 눈을 감았다.

통증이 손끝까지 도달했다. 약을 찾아야 했다. 온몸이 마비된 듯 움직여지지 않았다. 심장이 칼로 도려내지는 듯 아팠다. 통증 으로 손이 떨렸다.

정후가 갑자기 눈을 떴다. 그리고 테이블을 내리쳤다. ‘퍽’ 소 리와 함께 술병이 밑으로 떨어졌다.

“왜, 우리 가족만 불행한 일을 겪어야 하는 거야. 왜, 형은 살 고 우리 지우 형은 죽어야 하는 거야. 정말 좆같은 세상이야. 세 상 모든 사람이 불행해져야 해. 당신도 우리 형처럼 온몸이 절단 돼 죽어야 한다고.”

정후는 분을 참지 못하고 소리 질렀다. 나는 손을 덜덜 떨며 말했다.

“미안해. 내가 살아서 미안해.”

더는 말을 잇지 못했다. 시야가 흐려지며 정후 얼굴이 자꾸 조각나 보였다.

의사가 보였다. 은테 안경을 낀 의사는 주름진 눈으로 조용히 나를 응시했다.

"환자분, 이렇게 생활하면 안 돼요."

화가 나는 걸 간신히 참는 모습이었다.

"아무리 힘들어도 이렇게 술 마시면 바로 죽습니다. 가족들을 생각하셔야죠!"

"네, 죄송합니다. 다음부터는 조심하겠습니다."

의사가 처방전을 쓰며 말했다.

"상태가 좋지 않아요. 지난번 약 말고 다른 약으로 처방해 볼 게요. 검사가 더 필요한데 어떻게 하시겠어요."

"안 하겠습니다. 죄송해요."

나는 의사에게 여러 번 고개를 숙였다. 미안했다. 한국에서 나를 걱정해 주는 유일한 사람이었다.

병원을 나와 정후 집으로 향했다. 정후는 예전 아파트에서 그대로 살았다. 죽은 엄마가 유산으로 정후에게 남겼다.

오랜 시간이 지났다. 그때도 하늘을 뒤덮을 만큼 큰 나무들이 있었다. 지금은 더 높이 자라 세상을 뒤덮었다. 아파트는 늙어 있었다. 늙고 냄새도 났다.

현관 벨을 눌렀다. 반바지 차림의 정후가 문을 열었다. 다시 지후와 겹쳐 보였다.

"형, 어서 와. 말도 없이 불쑥 찾아오는 게 취미인가 보네."

정후가 웃었다. 그 웃는 모습에 모든 고통이 사라졌다.

"왜 술 마시면 안 된다고 말 안 했어? 내가 살인자가 될 뻔했잖아. 이제 지난 이야기는 그만할게. 형, 내게 하고 싶은 말 있다고 했지? 이제 내가 형 이야기를 들어 줄게."

정후가 소파에 앉는 내게 말했다.

정후에게 물 한 잔 부탁했다. 정후가 커다란 유리컵에 물을 따라 가져왔다. 나는 물을 천천히 마신 뒤 입을 열었다. 지후가 살해된 날의 이야기를 했다. 시간이 지날수록 정후 얼굴은 점점 하얗게 굳어 갔다.

*

정후와 나는 이기석을 관찰했다. 그가 평범한 삶을 살고 있다는 사실을 알게 됐다. 아무 죄책감이나 고통 없이 평범한 사람들과 다름없는 삶을 살고 있다는 사실을 받아들이기 어려웠다. 자기 합리화가 이루어진 인간은 모든 죄책감에서 벗어날 수 있다는 사실이 두려웠다.

이기석만의 문제는 아니었다. 나도 그와 똑같은 인간이다. 더한 인간이다. 나는 기억까지 망각했다. 두려워 살인의 기억을 뇌 깊은 곳으로 감추었다.

이기석은 완벽한 삶을 살고 있었다. 사회적으로도 높은 지위를 차지하고 있었고, 돈 많고 아름다운 부인과 똑똑하고 착한 아들과 살고 있었다. 잘 살고 있었다. 고통의 흔적은 보이지 않았다. 가끔, 아내를 속이고 외도를 할 뿐이었다.

많은 사람이 부러워하는 삶을 사는 사람, 그 안에서 본성을 숨기고 꿈쩍도 하지 않는 인간이었다. 다시는 같은 실수를 하지 않기 위해 모든 본능을 이성이란 가죽을 뒤집어쓰고 교묘히 살아가고 있었다. 영악한 놈이었다.

이기석의 유일한 탈선은 외도였다. 아내와 주위 사람들을 속이며 낯선 여자와 즐겼다. 은밀함을 즐기듯 그의 표정은 늘 환했다. 만나는 여자들을 살폈다. 깡마르고, 가슴이 없었다. 그는 짧은 커트를 한 여자를 좋아했다. 얼핏 보면 어린 소년의 모습을 연상하게 하는 여자들이었다.

이기석을 유혹할 여자가 필요했다. 미소년의 느낌이 드는 여자들을 찾아다녔다. 화류계에서 찾아봤지만 쉽지 않았다. 클럽에서 젊은 여자들을 살폈다. 드물게 있었다. 그녀들의 뒷조사를 했다. 몇 명이 급전이 필요했다. 나는 그녀들에게 거래를 제안했다. 이기석에게 접근해 잠자리를 갖는 조건이었다.

여자들은 쉽게 이기석에게 접근했다. 조심성과 예리한 관찰력을 가진 그였지만 자신이 좋아하는 스타일의 여자가 유혹하자 떨쳐 내지 못했다. 미소년을 연상케 하는 여자는 만나기 쉽지 않은 부류였다. 여자들 역시 이기석의 잘생긴 외모에 만족했고 쉽게 잠자리를 가졌다. 특별하게 변태적인 행위는 없었다.

여자들에게 많은 돈을 지불했다. 그와의 모든 만남에 대한 촬영을 원했다. 카메라가 여자들 가방에 설치돼 있었다. 그녀들은 가방을 테이블 위에 올려놓기만 하면 됐다.

계획이 생각보다 빨리 진행됐다. 정후가 합류하면서 속도를 냈다. 캐나다에서부터 계획을 세웠지만 혼자 행동하기에는 어려움이 많았다. 일이 틀어지고 예상하지 못한 상황이 곳곳에서 일어났다. 첸의 도움도 받았지만, 이기석을 단죄하기에는 역부족이었다.

한국행 비행기를 타기 몇 주 전에 나는 첸을 찾아갔다. 반가워하며 나를 부둥켜안는 그에게 지후 이야기를 했다. 내 이야기를 듣는 내내 첸은 아무 말도 하지 않았다.

내 기억은 돌아왔다. 살인이 일어났던 밤의 기억이 돌아왔다. 기억은 공포와 손을 잡고 나를 찾아왔다. 처음에는 기억을 다시 파괴하고 싶었다. 떠오른 기억이 원망스러웠다. 그렇게 애쓰며 기억하려고 할 때는 숨어 있던 기억이 다시 파괴하고 싶어지자 더욱 또렷해졌다. 잊고 살아갈 수 없었다. 내가 지후를 잊고 어떻게 살아갈 수 있을까? 불가능했다.

아무에게도 말할 수 없는 비밀을 첸에게 말했다. 첸은 비난하지 않았다. 묵묵히 듣고 내게 말했다.

"이제 어떻게 할 거야?"

"할 수 있는 건 한 가지밖에 없어."

나는 이기석이 자신이 저지른 죄에 대한 대가를 치르길 바랐다.

며칠 뒤 첸이 찾아왔다.

"영환, 그동안 연락하지 않아서 미안해."

"아니야. 들어 줘서 고마워."

"도와줄게. 내가 너에게 빚이 있잖아. 빚을 갚을 방법은 네 이야기를 들어 주는 것 외에는 없는 것 같아. 힘들 때 도와줄게."

첸은 진지하게 대답했다.

나는 법대를 나와 변호사 일을 시작한 첸에게 이기석이 살인죄를 적용받고 감옥에 갈 수 있는 확률이 얼마나 되는지 물었다.

"확률은 제로야. 네가 우울증 치료제를 오랫동안 먹은 사실을 사람들이 다 알고 있잖아. 얼마든지 정신병으로 몰고 갈 수 있어. 또 15년이 넘는 세월 동안 남은 증거물은 다 사라졌어."

예상은 했지만 첸의 대답은 아픈 통증으로 다가왔다. 첸은 덤덤히 말을 이었다.

"그래도 세상에는 1%의 확률이라도 있으면 밝혀 낼 수 있는 진실들이 있으니 이기석에 대해 한번 알아보자."

나는 입술을 꼭 깨물었다. 고마운 마음에 첸의 손을 꼭 잡았다.

우리는 며칠 동안 밤을 새우며 이기석에 관한 자료를 모았다. 자료를 모을수록 석연치 않은 부분이 많았다. 지후 살인 사건에 관한 기사를 주요 일간지 어디에서도 찾을 수 없었다. 이기석에 대한 언급도 없었다. 다행히 지방 신문사에 작게 실린 기사를 찾아낼 수 있었다. 초등학생이 캠프장에서 사라진 뒤 살해됐다는 내용이었다.

당시 이기석은 유명 인사였다. 충분히 사람들의 관심을 끌 수 있는 인물이었음에도 기사 내용에는 이기석이란 이름이나 이니셜조차 나오지 않았다. 수상했다. 누군가 그를 보호하고 있었다. 권력을 가진 이들이 분명했다.

이기석과 연결된 사람들을 추적하며 그들의 컴퓨터를 해킹하던 중 한 가지 사실을 알아냈다. 그는 어떤 단체에 소속돼 있었다. 특별한 명칭이 없는 이 단체는 한국 사회에 영향을 미칠 수 있는 주요 인물들로 구성돼 있었다. 정당과 상관없이 한국 정의 사회를 위한 모임으로 정치가, 법률가, 교수, 기업가 등으로 이루어진 집단이었다.

이 집단은 매주 모임이 있었다. 철저히 토론 중심의 모임이었다. 한국 사회의 문제점을 토론을 통해 찾아냈다. 강한 의지력을 가진 자도 서서히 세뇌됐다. 논리와 이성과 비판으로 사람들을 현혹했다.

이슈를 던지는 사람들과 진행은 기존의 노련하게 훈련된 회원들이 주도했다. 새로 영입된 회원들은 권력자들의 보호를 받으며 자신들이 선택된 사람이라는 사실에 자부심을 느끼며 토론에 임했다. 현란한 논리와 지식의 장이 펼쳐지고 신입 회원들은 탄성을 내뱉었다.

단체는 사이비 종교에서 쓰는 방법이나 불법 다단계에서 쓰는 방법을 선택했다. 각 팀에 신입 회원이 한 명씩 배정되고 나머지 아홉 명이 그의 조력자가 됐다.

새로 영입된 젊은이들은 특전과 특혜가 있었다. 원하는 걸 얻을 수 있도록 단체의 권력자들이 도왔다. 신입 회원들은 충분한 대가를 받고 충성을 맹세했다. 그들은 젊은 회원들이 잘못을 인지하지 못하게 철저히 세뇌해 단체의 이론을 추종하게 했다.

한국 사회를 마음대로 조작할 수 있는 그들이 이기석 하나를 보호하는 건 그다지 어려운 일이 아니었다. 그가 살인을 저지르고도 당당하고 평범하게 세상을 살아갈 수 있는 데는 이유가 있었다.

이기석은 모임에서 가장 신뢰받는 인물이었다. 모임의 원로들이 그를 아꼈다. 그들은 일찍부터 이기석을 미래의 권력자로 찍었다. 명석함과 잘생긴 외모, 완벽한 도덕성, 무엇보다도 대중이 그를 사랑했다.

그들은 소중히 여기는 꼭두각시 인형에 흠집을 낼 수는 없었다. 살인 사건이 일어난 후 바로 언론을 통제했다. 언론이 벙어리가 돼 사건이 방향을 찾지 못할 때 이기석은 결혼했다. 모임의 핵심 권력자였던 대학 스승의 딸과 결혼했다. 그리고 그는 아름다운 부인과 조용히 한국을 떠났다.

첸이 내게 말했다.

"영환, 지금으로서는 재수사가 불가능해. 이기석을 살인죄로 재판장에 세울 수 없어."

나는 착잡한 표정을 지었다. 첸이 미안한 듯 내 어깨를 '툭툭' 쳤다.

"첸, 다른 계획이 있어. 난 한국으로 갈 거야."

"영환, 이제 지후에 대해 내려놓으면 안 될까? 가족을 생각해야지."

"너도 잘 알잖아. 어떤 이들은 상처받은 기억을 절대 지울 수 없다는 사실을……. 고통스러운 기억이 마음 한구석에 남아 있으면 지옥에서 살게 돼. 내가 지옥에서 살면 주변 모든 사람이 불행하게 돼. 너도 나 때문에 상처받은 어린 시절을 보냈잖아. 미안해. 네 잘못이 아니야. 그러니 이제 잊어."

첸의 눈동자가 붉게 물들었다.

"지후 이야기를 한 것도, 네가 더는 상처받지 않았으면 해서야. 너 때문이 아니야. 바로 나 때문이야. 늦게 말해서 미안해. 네게 말을 하기까지는 많은 용기가 필요했어."

첸의 입술이 떨렸다. 어린 시절 성기를 절단한 나로 인해 첸은 상처받았다. 표현하지 않았지만 늘 그의 눈이 내 뒷모습에 박혀 있다는 사실을 알고 있었다. 내 주위를 돌며 나를 보호했다.

"이제 마음의 짐을 벗어던져, 첸. 캐나다에 와서 살면서 네 덕분에 난 행복했어."

"그래, 고맙다. 붙잡지 않을게. 네가 어디에 있든 넌 내 친구야. 네 신념대로 살아."

첸이 나를 안았다. 내 등을 두드리는 첸의 손이 떨렸다. 나도 첸을 힘 있게 안았다. 따뜻한 첸의 온기가 느껴졌다. 눈물이 볼을 타고 흘러내렸다.

'내 친구, 행복해라.'

캐나다에서 모든 걸 정리하고 한국으로 왔다. 한국에 온 후 정후에게 도움을 청했다.

며칠을 찾아갔다. 정후는 나를 볼 때마다 조금씩 야위어 갔다. 학교도 가지 않고 어두운 방 안에서 혼자 울었다. 내 가슴도 찢어졌다. 하지만 미안하지 않았다. 정후가 필요했다. 정후 없이는 내가 바라는 복수를 할 수 없었다. 일주일 후 정후는 휴학계를 냈다.

그 후 정후는 매일 나를 찾아왔다. 우리는 이기석을 응징할 방법에 대해 고민했다. 첫 번째로 해야 할 일이 정후 거처였다. 마침 이기석이 사는 아파트 같은 동, 같은 라인에 임대가 나왔다. 정후는 자기가 살던 집을 비워 둔 채 이기석이 사는 같은 동, 같은 라인 20층으로 이사했다.

이기석의 집 현관문 위에 소형 카메라를 정후가 설치했다. 그는 이기석의 아내가 현관문을 나서는 시각에 맞춰 엘리베이터를 탔다. 여자는 정후에게 관심을 보였다. 그는 의도적으로 여자에게 접근했다.

여자는 이기석이 집을 비울 때마다 정후를 불렀다. 정사를 치른 후 여자가 잠자는 사이 정후는 집 안 곳곳에 카메라를 설치했다.

나는 카메라를 통해 그들의 정사를 훔쳐봤다. 거친 숨소리와 신음이 스피커 밖으로 울려 나왔다. 정후와 여자는 지독한 외로움을 떨쳐 버리기라도 하듯 몸을 섞으며 신음했다.

이기석을 관찰했다. 여자관계, 사회생활, 직장 생활, 가족 관계 등 많은 정보가 쌓였다. 나는 살인을 준비하기 위해 그동안 모은 자료를 정후에게 내밀었다.

정후는 무표정했다. 꼼꼼히 살핀 후 나를 바라봤다. 나는 정후에게 이기석을 살해할 계획을 말했다. 내 이야기를 듣는 내내 정후 얼굴은 일그러져 있었다.

“영환이 형! 난, 형이 우리 엄마처럼 괴물이 되길 원하지 않아. 형, 내가 말했잖아. 엄마가 얼마나 고통스러워하면서 죽어 갔는지 말이야.”

“정후야, 그냥 죽일 수 없어. 이기석은 네 형보다 더 고통을 느끼며 죽어야 해. 그의 가족이 지켜보는 앞에서 그의 사지를 절단해 죽여 버릴 거야.”

“영환이 형!”

정후는 절망스러운 목소리로 내 이름을 불렀다.

“형, 그러지 마. 제발 그러지 마. 그에게 기회를 줘.”

“왜 반대하는데. 왜! 왜! 왜!”

순간 내가 이성을 잃고 소리를 질렀다.

“형을 위해서야. 이기석을 죽이기 전에 형이 미칠 수 있어. 사람을 죽이는 일은 쉬운 일이 아니야. 더더구나 그렇게 잔인하게 사람을 죽일 순 없어. 제발 정신 차려, 형.”

“정후야, 네 엄마 심정을 난 이해해. 내가 살 수가 없어. 지후를 생각하면 미치지 않고 살 수가 없어.”

나는 눈을 질끈 감았다. 사지가 절단된 지후 모습이 떠올랐다.

정후와 난 과거의 고통에서 벗어나지 못했다. 우리는 상처 입은 짐승이었다. 잠시 대화를 중단했다. 며칠 뒤 각자 생각을 정리한 후 다시 계획을 짰다.

이기석에게 기회를 주기로 했다. 이기석의 선택에 따라 계획은 바뀌게 된다. 우리는 신이 될 거다. 그는 바뀌는 운명에 대해 아무것도 모른다. 그가 조금이라도 타인을 소중히 여기는 인간인지, 아니면 이기적인 욕망으로 가득한 살인마인지를 우리는 판단해야 했다.

먼저 배우들과 특수 분장사를 섭외해 단편 영화를 찍는다고 말했다. 이기석의 아내와 아들, 그리고 아버지와 모습이 비슷한 사람을 찾았다. 나는 분장사에게 그들의 사진을 보여 주며 비슷하게 분장해 달라고 말했다.

분장한 배우들을 이기석이 지후를 살해했던 장소와 똑같이 만들어 놓은 세트장으로 데려갔다. 그리고 지후를 죽일 때 썼던 것과 똑같은 의자에 앉혔다. 복면을 쓰고 살인자 연기를 하는 이들에게 소품으로 쓰는 특수 연기용 전기톱을 주며 살인 방법에 관해 설명했다.

복면을 쓴 배우들은 늙은 남자, 여자 그리고 남학생을 차례대로 죽였다. 부인과 아들은 강간한 후 죽였다. 똑같이 목을 조른 후 강간을 하고 소품용 전기톱으로 몸을 잘랐다. 아버지는 목을 조른 다음 온몸에 못을 박았다. 그리고 머리부터 발끝까지 세로로 절단했다.

영상은 편집 전문가와 상의해 아내 분량과 아들 분량, 아버지 분량으로 나누어 편집하도록 했다. 얼굴은 컴퓨터 영상 기술을 이용해 좀 더 실물에 가깝게 교정했다. 조잡한 구석은 있었지만 멀리서 보면 구분하기 어려웠다. 목소리는 삭제했다.

나는 이기석이 자주 가는 클럽에서 그를 지켜봤다. 그는 마음에 드는 여자를 찾지 못한 듯 혼자 술을 마시고 있었다. 나는 그를 쳐다봤다. 그는 나와 눈이 마주치자 눈웃음을 쳤다. 역겨운 그의 눈을 보며 나도 따라 미소를 지었다.

화장실로 가 거울을 쳐다봤다. 란제리 룩을 입은 낯선 여자가 보였다. 내 모습이었다. 낯선 모습에 썩은 미소가 흘러나왔다. 하이힐이 불편했다. 걸을 때마다 삐꺽 소리가 났다. 나는 흘러내리는 식은땀을 닦았다. 거울 속 여자 얼굴이 창백했다.

나는 화장을 고친 후 화장실을 나갔다. 이기석이 나를 쳐다봤다. 그의 눈동자가 나를 쫓았다. 이기석에게 다가가 가볍게 몸을 흔들었다. 그도 몸을 움직이며 내게 다가왔다. 우리는 클럽 음악에 맞춰 몸을 흔들었다.

10시에 시작하는 클럽은 자정이 되자 열기가 고조됐다. 짜릿한 만남과 낯선 행복을 찾는 이들의 눈빛과 몸짓이 오갔다. 술잔이 부딪치고 춤과 음악과 몸이 부딪쳤다. 욕망을 찾는 이들이 내 주위에 몰려들었다.

불안한 듯 나를 쳐다보던 이기석은 나가자는 사인을 보냈다. 나는 그의 사인을 받고 순간 짜릿한 흥분을 느꼈다. 몸속 깊은 곳에서 오늘 그를 죽이고 싶다는 감정이 솟아올랐다. 파란 불빛이 보이는 창고 안에서 그를 전기톱으로 죽이고 싶었다. 불꽃처럼 날아오르는 살인의 꿈을 다스려야 했다.

이기석이 먼저 나와 택시를 잡고 있었다. 그를 제지했다. 클럽 앞 주차장에 세워 둔 비싼 외제 차 앞으로 그를 데려갔다. 술을 마시지 않은 내가 운전대를 잡았다. 늦은 시각이라 도로에 차가 없었다.

막힘없는 서울의 도로를 달렸다. 속도를 내며 앞의 차를 추월했다. 하나하나 추월할 때마다 짜릿한 전율이 느껴졌다. 이기석은 부드러우면서도 속도감 있게 운전하는 내 모습을 바라보며 눈을 커다랗게 떴다.

그는 잠시 운전 솜씨를 감상하며 나를 쳐다보다가 이내 눈이 아래로 내려갔다. 가느다랗고 긴 다리를 보며 침을 꿀꺽 삼켰다.

'미친놈.'

한마디 하고 싶었지만, 꾹 참고 운전에 집중했다. 시간이 조금 지나자 이기석은 졸기 시작했다. 클럽에서 그가 마시는 맥주 안에 수면제를 넣었다.

세트장은 완벽했다.

정후와 같이 인적이 드문 곳의 모텔을 찾아 그 안의 방을 영상으로 찍어 놨다. 그 영상을 보고 세트장을 완성했다. 세트장 안에 한 곳은 모텔 방과 같은 방을 만들고, 다른 한 곳은 이기석의 실체를 파헤칠 수 있는 장소를 만들어 놓았다.

이기석은 수면제 기운이 떨어지자 잠에서 깨어났다. 그가 정신을 차린 곳은 모텔 방으로 꾸며진 세트장 침대 위였다.

나는 이기석이 정신을 차릴 시간에 맞춰 샤워를 했다. 그가 지후를 살해하던 날, 사용했던 비누로 샤워했다. 은은하게 풍기며 내 기분을 들뜨게 했던 향기였다.

이기석은 인상을 쓰며 눈을 떴다. 나는 속옷 차림으로 다가갔다. 양손에 와인 잔을 들었다. 그가 먼저 다가오지 못하도록 와인이 가득 든 잔을 들고 침대 위로 올라갔다. 그가 옷을 벗기기 전에 잠들게 해야 했다.

그는 흥분된 표정으로 나를 쳐다봤다. 나도 그를 보며 웃었다. 와인 속에 GHB라고 불리는 마약을 넣었다. 투명했고 냄새와 맛도 느낄 수 없는 마약이었다.

나는 그에게 다가가 와인 한 모금을 입에 물었다. 그다음 그의 입에 키스했다. 그는 정신을 잃으며 몽환적 상태가 돼 갔다.

길지 않은 시간이 지났다. 이기석이 정신을 차렸다. 정신을 차린 이기석은 주위를 살펴보며 잠시 공포에 질렸다. 그는 공포를 느끼면서도 이성을 잃지 않으려 노력했다.

미리 편집해 놓은 모니터를 켰다. 이기석의 얼굴이 파랗게 질려 갔다. 아무도 모를 거로 생각했던 비밀의 방이 그대로 재현돼 있었다. 그 방에 자기 아내와 아들, 아버지가 묶여 있었다. 그의 심장이 어떨지 거울을 뚫고 나가 묻고 싶었다.

'어때? 두렵지? 무섭지? 네 소중한 것들이 사라진다고 생각하니 고통스럽지? 지후를 생각해 봐. 지후가 얼마나 두려웠을 것 같아? 어린 지후가 네게 마음속으로 얼마나 살려 달라고 말했을 것 같아?'

나는 거울 밖에서 이기석의 표정을 한순간도 놓치지 않고 살폈다. 그에게 아내와 아들, 아버지를 놓고 거래를 시작했을 때 이기석의 눈동자는 섬뜩했다.

이기석이 어떤 선택을 할지 기다렸다. 5초를 앞두고 그가 소리 질렀다.

"아내."

순간, 이기석 뒤에 숨어 있던 정후가 벌떡 일어났다. 정후 눈동자는 분노로 이글이글 타오르고 있었다. 나는 정후 행동에 놀라 잠시 말을 하지 못했다. 정신을 차린 후 다시 말을 잇자 정후는 그대로 의자 밑으로 몸을 숨겼다. 다행히 이기석은 눈치채지 못했다.

이기석의 아들과 아버지가 찍힌 영상을 껐다. 그의 아내가 보이는 화면에만 파란 불빛이 보였다. 살인자로 분장한 연기자가 아내의 목을 조른 뒤 강간했다. 그리고 기절한 아내를 전기톱으로 사지를 절단했다. 소리는 들리지 않았다. 세트장에 적막이 흘렀다. 파란 화면 속에서 전기톱으로 절단돼 피투성이가 된 그의 아내 모습만이 처절하게 보였다.

이기석은 인상을 찌푸린 채 화면을 쳐다봤다. 그의 표정에 변화가 없었다. 정후는 화를 참지 못하고 다시 벌떡 일어났다. 그는 가지고 있던 주사기를 이기석 목덜미에 꽂았다. 이기석 눈이 사방을 둘러봤다. 고개를 돌릴 즘에 그는 깊은 수면 속으로 빠졌다.

우리는 잠든 이기석을 바로 전에 누워 있던 세트장과 똑같은 방이 있는 모텔로 데려다 놓은 후 다음 단계를 준비했다.

15
유경

"여보!"

남편이 유경을 절망스럽게 불렀다.

주방에 있던 유경은 소스라치게 놀라 방 안으로 뛰어 들어갔다. 남편은 눈을 뜬 채 초점 없이 허공을 쳐다보고 있었다. 얼굴이 일그러져 있었다.

"불을 켜 줘. 캄캄해서 아무것도 안 보여. 왜 이렇게 칠흑같이 어두운 거지? 빨리 불을 켜 줘."

"아침이야. 왜 안 보인다는 거야? 지금 환하다고."

유경의 목소리가 갈라졌다.

"내 눈이 안 보인다고……. 주변이 캄캄해. 내 눈에는 아무것도 보이지 않는다고."

남편이 답답한 듯 소리쳤다. 유경은 믿을 수 없는 표정을 지으며 다시 물었다.

"당신, 정말 안 보여? 대체 무슨 일이야? 어떻게 갑자기 안 보일 수가 있어?"

유경은 베란다 쪽으로 가서 손전등을 찾았다. 그리고 남편의 눈앞에서 손전등을 켰다. 남편 눈동자가 불빛을 향해 움직였다.

"여보, 뭔가 보여?"

"응, 흐릿하게 불빛이 느껴져. 그 외에는 아무것도 안 보여."

남편은 공포에 질린 표정을 지었다.

유경이 남편을 무심히 쳐다보며 말했다.

"여보, 빨리 병원에 가자. 이게 대체 무슨 일이야?"

"그래, 빨리 병원에 가 봐야겠어. 서둘러."

남편이 침대에서 일어나 더듬거리며 유경을 찾았다. 그녀는 허공을 더듬거리는 남편 손을 잡았다가 다시 놓았다. 그녀 손이 쉴 새 없이 떨리고 있었다. 남편이 의심할까 걱정됐다. 유경은 남편 팔을 잡고 창문 쪽에 있는 의자로 데려갔다.

"여보, 병원에 가야 하니까 세수도 하고 옷도 좀 갈아입자."

"응, 알았어. 병원에 가면 괜찮아지겠지? 내가 요즘 스트레스를 많이 받아서 일시적으로 생긴 일일 거야."

"화장실에 가서 수건에 물을 적셔 올게. 그냥 여기 앉아 있어.

돌아다니다가 넘어질까 걱정돼.”

유경은 서둘러 화장실로 갔다. 화장실 안으로 들어간 유경은 자신도 모르게 문을 ‘쾅’ 하고 닫았다.

그녀는 닫힌 화장실 문에 몸을 기댄 채 숨을 가다듬었다.

“설마 했는데, 진짜 눈이 보이지 않네. 이제 다음 단계로 가야 하는데, 난 왜 이리 정신이 없지? 잘할 수 있을 거야. 떨고 있는 걸 남편에게 들키면 안 돼. 눈치 빠른 인간이라 내가 조금만 실수해도 이상하다는 걸 알아차릴 거야.”

유경은 떨고 있는 자신을 진정시켰다. 그녀는 서둘러 수돗물을 틀어 하얀 수건을 물에 적셨다.

“앗! 뜨거워.”

유경이 놀라 소리쳤다. 온수 방향으로 물이 틀어져 있었다. 물을 잠근 후 길게 숨을 내뱉었다. 다시 냉수 방향으로 수도꼭지를 돌린 후 물을 틀었다.

“침착해, 인과응보야. 난 가만히 있기만 하면 돼. 모든 걸 내게 영상을 보낸 사람이 처리해 주겠다고 했잖아.”

유경은 거울에 비친 얼굴을 바라봤다. 하루 동안 10년은 늙어 버린 듯했다. 거울 속의 여자가 낯설었다. 늙은 중년 여자가 자신을 바라보고 있었다. 유경은 거울 속 자기 모습을 살펴보며 늘어진 얼굴에 손을 가져갔다. 갑자기 20층 남자가 보고 싶어졌다.

“정후 씨가 이렇게 늙은 나를 좋아할까? 그가 나를 버리면 어떻게 하지?”

자신감이 떨어지면서 남편에게 미안한 마음이 들었다.

“여보, 뭐 해? 빨리 병원에 가야지.”

“응, 지금 나가.”

유경은 허둥지둥 젖은 수건을 비틀어 짰다.

고속도로를 달리고 있었다. 유경은 전화기를 꺼내 시간을 확인했다. 새벽 1시였다. 그녀는 퀵서비스로 온 약상자와 같이 도착한 문자를 찾아 내용을 확인했다.

-남편의 실명이 확인되면 남편을 데리고 나와 7번 국도를 타십시오. 7번 국도를 타고 첫 번째 휴게소 앞에서 제가 보낸 이뇨제를 음료에 타 남편에게 주십시오. 그러고 난 다음 속도를 100km로 맞춘 후 20분쯤 가다 보면 샛길이 나옵니다. 그곳에서 70km로 10분 정도 운전하다 보면 절벽이 나옵니다. 남편을 그곳에 세워 두십시오. 그럼, 절벽에 서 있는 남편을 제가 처리하겠습니다. 남편의 시신은 절벽 밑으로 떨어져서 아무도 찾을 수 없게 됩니다. 그곳엔 CCTV가 없으므로 범행을 목격할 사람은 없습니다. 남편을 절벽에 세워 두기만 하십시오. 나머지는 제가 처리하겠습니다.-

유경은 문자를 거듭 확인하며 휴게소가 나오길 기다렸다. 그때 20층 남자로부터 문자가 도착했다.

-보고 싶군요. 당신이 다른 남자의 부인이라는 사실이 저를
더 괴롭게 합니다. 오늘도 당신을 기다리다 문자를 보냅니다.-

유경은 문자를 보자 왈칵 눈물이 쏟아졌다.

'이 남자와 살고 싶어. 나를 이렇게 아끼고 사랑해 주는 남자
와 살고 싶어. 돈이나 바라고 내가 죽길 원하는 인간과 같은 공
간에 있다는 것만으로도 구역질이 나올 것 같다고. 악마는 죽어
야 하는 거야. 악마를 죽이는 일에 동참하는 건 죄가 아니야. 죄
가 아니라고. 나는 이 인간을 벼랑 위에 세워 놓기만 하는 거야.
절대 살인을 저지르는 건 아니라고.'

그녀는 마음속으로 중얼거리며 운전대를 꽉 잡았다.

"병원엔 언제 도착해? 시간이 꽤 지난 것 같은데……. 지금 몇
시야? 병원엔 예약했어?"

남편 목소리가 뒷좌석에서 들렸다. 그는 짜증을 내며 유경을
채근했다.

"응, 아직 도착 안 했어. 차가 많이 밀려. 지금 아침 8시야. 출
근 시간이라 길이 많이 막혀."

유경은 서둘러 대답했다. 차가 승차감이 좋고 방음이 잘돼 밖
의 상황을 남편이 눈치채기 어려웠다.

첫 번째 휴게소가 멀리서 보였다. 그녀는 깊게 숨을 내쉬었다.
슬쩍 남편을 쳐다봤다. 남편은 등을 의자에 깊게 기댄 채 허공을
쳐다보고 있었다.

“이대로 눈이 멀게 되면 내 인생은 어떻게 되는 걸까? 두렵군.”

남편이 혼자 하는 말에 유경은 순간 발끈했지만 겨우 요동치는 마음을 진정시켰다.

‘자살해 버리라고. 죽어 버리겠다고 너하고 논 미친년에게 말했잖아. 당장 차에서 뛰어내려. 너 같은 인간은 죽어도 아무도 슬퍼할 사람도 없어. 네 부모 외에는 말이야. 동현이가 울면 네 동영상을 보여 줄 거야. 평생 너를 증오하게 말이야.’

“왜, 앞이 안 보이면 자살할 거야?”

유경은 슬쩍 남편에게 물었다.

“글쎄, 내게 이런 일이 생길 거라고는 생각해 본 적이 없어. 낫겠지. 이런 일이 갑자기 생기진 않을 거야.”

그녀는 희망을 놓지 않는 남편이 역겨웠다.

‘죽어 버려. 넌 얼마 안 있으면 곧 죽게 될 거야. 네 소원대로 말이야. 난, 네 죽음이 기다리는 그곳으로 너를 데려가기만 하면 돼. 나를 죽이고 싶어 했지. 그 전에 네가 죽는 거야.’

유경은 남편을 보며 끊임없이 원망했다. 마음 한쪽에서는 두렵기도 했고 다른 한쪽에서는 남편이 자기 인생에서 사라지길 원했다.

바다와 인접한 전망이 아름다운 휴게소가 눈앞에 보였다. 그녀는 보온병을 열고 이뇨제가 들어간 커피를 남편에게 건넸다.

“거의 다 왔어. 너무 긴장하지 마. 잘될 거야. 커피 한 잔 마셔.”

바다와 하늘이 모두 검게 보였다. 검게 보이는 하늘에 붉은 달이 보였다. 붉은 달 주변이 이글거렸다. 유경은 붉은 달을 보며 허무하기도 하고, 슬프기도 하고, 기대감이 생기기도 했다.

'남편을 절벽 옆에 세워 두기만 하면 되는 거지? 어려울 것 없어.'

유경은 두려운 마음을 없애기 위해 같은 말을 반복했다. 이유 없이 죄책감이 생겼다. 정당성을 찾아 흔들리는 자신을 붙잡아야 했다.

전화기를 꺼내 20층 남자가 보낸 문자를 다시 읽었다. 남자와 한 정사를 떠올렸다. 단단하고 따뜻한 그의 몸이 자기 몸으로 들어왔을 때를 떠올렸다. 불안한 마음이 누그러졌다. 묘하게 기분이 좋아지며 차분해졌다.

남자를 생각하면 행복했다. 입가에 저절로 미소가 번졌다. 사랑에 대한 확신이 있었다. 태어나서 처음으로 느끼는 감정이었다. 늦은 나이에 느끼는 열정적인 감정이었다. 자신이 한 남자에게 중독돼 모든 것을 버릴 거라는 생각은 한 번도 하지 못했다. 그 남자만 있으면 아무것도 필요하지 않았다.

"여보, 갑자기 소변이 급한데 어디 좀 세워 줘."

"너무 급해? 조금만 참아. 사람이 없는 곳에서 세워 줄게."

남편이 급하게 소변이 마렵다고 말할 즘에 유경은 샛길로 들어서고 있었다. 조금만 더 가면 해안가 절벽이 있다. 그녀는 가까워지는 해안가 절벽을 보며 입술을 질근질근 씹었다. 주변이 조용했다. 도로에 차가 한 대도 없었다.

절벽 끝이 보이는 곳에 차를 세웠다. 유경은 조심스레 일어나 자동차 문을 열고 남편을 부축했다. 그리고 서늘한 바람이 밑에서부터 올라오는 절벽 가까이에 남편을 데려갔다.

"주변에 차 세울 만한 곳이 없어 주택가로 들어왔어. 동네 공원 나무 뒤에서 빨리 소변봐. 누가 오기 전에 서둘러."

남편은 나무를 더듬거리며 더 깊이 안으로 들어갔다.

유경은 차 안으로 들어가서 누군가 나타나길 기다렸다. 1분이 지나도 아무 소리도 나지 않았다. 아무도 지나가지 않았다. 다가오는 차도 없었다.

남편은 계속 소변을 봤다. 2분이 지났는데도 아무도 지나가지 않았다. 그녀는 운전대를 잡고 초조한 듯 주변을 살폈다.

'왜 아무도 오지 않는 거지?'

남편은 나무 뒤에서 생각보다 길게 소변을 봤다. 수풀 뒤로 반쯤 가려진 남편의 뒷모습이 보였다. 유경은 낯선 차량이 나타나기만을 간절히 빌었다.

주변엔 CCTV가 없었다. 남편은 소변을 다 놓고 바지를 추스르는 듯 보였다. 남편이 계속 수풀 안에서 나오지 않았다. 초조하고 답답해진 유경이 창문을 열었다.

"유경아, 유경아."

남편이 그녀를 찾았다. 그가 절벽에서 더듬거리며 움직였다.

남편은 허공에 손을 허우적댔다. 불안한 모습으로 유경을 찾으며 소리 질렀다. 남편이 방향을 못 찾고 자꾸 절벽 쪽으로 갔다.

"조금만 더 뒤로, 조금만 더 뒤로."

유경이 절박한 심정으로 말했다. 남편이 혼자서 절벽으로 떨어져 죽길 원했다.

남편은 무언가 낌새를 눈치챘는지 더는 움직이지 않았다. 자리에 쭈그리고 앉아 손을 땅에 대고 더듬거렸다. 그는 천천히 일어나 주변의 나뭇가지를 꺾었다.

남편이 점점 유경에게 다가오고 있었다. 자동차 라이트가 켜져 있었다. 남편은 불빛을 쫓아 유경이 있는 곳으로 빠른 속도로 걸어왔다. 유경은 공포에 질린 얼굴로 중얼거렸다.

"왜 아무도 나타나지 않는 거야. 약속하고 틀리잖아. 왜? 왜? 나타나지 않냐고."

남편이 밝은 불빛을 향해 걸어오며 소리쳤다.

"대체 왜 이래? 어디 있는 거야? 유경아, 지금 여기는 어디야? 왜 벌레 소리가 들리는 거지? 여기는 병원으로 가는 길이 아니잖아. 다 네가 꾸민 거지? 널 죽여 버리겠어! 잡히면 널 죽이고 말겠어, 이 미친년."

남편 고함에 유경의 손이 덜덜 떨렸다. 그의 고함을 세상 사람이 다 듣는 것 같았다. 유경은 정신을 잃을 것 같았다.

"이대로 그냥 돌아갈 수 없어. 다 된 일이잖아. 남편이 여기서

죽기만 하면 모든 일이 다 정리가 되는 거잖아. 다 끝나는 일이
라고.”

유경 발에 힘이 들어갔다. 엑셀에 힘을 주며 남편을 향해 질주
했다.

어떻게 집에 도착했는지 기억이 나지 않았다. 유경은 집에 도
착하자마자 20층 남자에게 전화했다.

[유경 씨, 늦은 시각에 웬일이에요?]

잠에서 깬 듯한 남자 목소리에 유경은 눈물이 핑 돌았다.

“지금 너무 보고 싶어. 바로 우리 집으로 올 수 있어? 제발 부
탁이야. 거절하지 말아 줘.”

유경이 울면서 남자에게 말했다. 그는 당황스러워하며 바로
가겠다고 말했다. 몇 분이 지나자 ‘딩동’ 하고 초인종 누르는 소
리가 들렸다.

거실을 빙빙 돌며 안절부절못하고 있던 유경은 벨 소리가 들리
자 부리나케 나가 현관문을 열었다. 남자가 유경을 보며 거실로
들어왔다. 남자를 본 유경은 삶이 무너져 내린 듯 그의 발밑으로
주저앉았다. 그녀는 양손으로 얼굴을 가리고 울기 시작했다.

“내가 사람을 죽였어. 남편을 죽였어. 어떻게 그런 짓을 저질
렀는지 나도 이해하기 힘들어. 뭔가에 홀린 것처럼 일을 저지르
고 말았어.”

유경이 알아듣기 힘든 소리로 울먹이며 말했다. 남자 얼굴이 발갛게 달아올랐다. 잠시 미간을 찌푸리며 아무 말도 하지 않았다. 그는 울고 있는 유경을 일으켜 세워 안았다. 남자 품에 안기자 유경의 울음소리가 더 커졌다.

“이제 내가 죽을 것 같아. 나를 버리지 않겠다고 약속해 줘. 제발, 나를 버리지 말아 줘.”

유경은 울면서 계속 자신을 버리지 말라고 말했다.

남자는 유경을 소파로 데려가 눕힌 후 그녀의 머리를 자기 무릎 위에 올렸다. 유경이 진정될 때까지 머리를 쓰다듬었다. 울음소리가 줄어들 즘에 남자가 입을 열었다. 표정은 일그러져 있었다.

“당신을 버리지 않아요. 걱정하지 말아요. 내가 당신 곁에 영원히 같이 있어 줄게요. 아무 걱정 하지 말아요. 당신이 원하는 대로 당신 남자가 될게요.”

남자가 혼잣말하듯 중얼거렸다. 유경은 그의 무릎에 누워 남자를 쳐다봤다. 그녀는 손을 올려 남자 얼굴을 쓰다듬었다.

“난, 당신만 있으면 돼. 아무것도 필요 없어. 남편은 악마야. 누군가는 그를 꼭 죽여야 했어. 당신에게 그의 정체를 알려 줄게!”

남자는 얼굴을 쓰다듬는 유경 손을 꽉 잡았다. 남자 눈이 차갑고 날카롭게 빛났다. 유경이 놀란 듯 일어나 앉았다.

차가운 표정의 남자 얼굴을 처음 봤다.

"당신이 살인을 저질렀어도 당신 곁에 있을 거예요. 아무 걱정하지 말아요."

남자는 유경을 쳐다보며 말했다. 바로 전에 보였던 차가운 표정은 사라졌다. 그녀는 다시 눈물을 훔쳤다. 안심한 듯 가슴을 쓸어내렸다.

유경이 일어나 소파 밑으로 내려갔다. 하얗고 커다란 발이 보였다. 유경은 남자의 커다란 발에 얼굴을 댔다. 다시 눈물이 떨어졌다. 그녀 눈물이 하얀 발을 적셨다.

"고마워. 정말 고마워. 정후 씨만 믿을게."

남자는 유경을 일으켜 세우더니 그녀의 입술에 격렬하게 입을 맞췄다.

유경은 남자 품에 안겨 잠시 눈을 붙였다. 짧은 시간이었지만 깊은 잠을 잤다. 1시간 정도 잠을 자고 깬 유경은 휴대 전화기를 꺼내 남자에게 동영상을 보여 주며 그동안 있었던 일을 하나씩 설명했다. 남자는 유경 말을 듣는 동안 가끔 눈빛이 변할 뿐 다른 말은 하지 않았다.

한참 동안 유경은 남자에게 말했다. 울었다가 웃었다. 남자는 불안해하는 유경의 손을 따뜻하게 잡았다. 지금까지 있었던 일을 차분하게 다 말한 유경은 안심한 듯 남자 품에 안겼다.

"아, 정후 씨에게 보여 줄 게 있는데 가방이 어딨지? 내가 아까 분명히 들고 들어왔는데.”

유경은 벌떡 일어나 가방을 찾았다. 정신없이 거실과 방을 돌아다녔다. 남자가 일어나 주방 식탁 의자에 놓여 있는 가방을 유경에게 건넸다. 유경은 가방을 뒤지더니 USB 하나를 꺼냈다.

“결정적으로 남편을 죽이고 싶었던 건 이 USB를 보고 나서야. 인간이라면 이런 일을 저지를 수 없을 거야. 남편이 악마라는 증거가 여기에 있어.”

남자는 다시 불안해하는 유경 손을 꼭 잡았다.

“지금까지 본 것만으로도 당신이 얼마나 상처받았는지 이해돼요.”

남자 말에 유경은 고개를 흔들며 이성을 잃은 듯 고함을 쳤다.

“아니야. 그래도 난 사람을 죽이고 싶지 않았어. 내게 동영상을 보낸 사람이 자신이 모두 처리해 주겠다고 했다고. 자신을 믿으라고 했다고. 그렇게 날 안심시키고 나타나지 않았어. 난 기다리고 있었어. 남편을 죽일 그 사람을 기다리고 있었다고. 당신은 이해하지 못해. 그 순간 내가 얼마나 무서웠는지 세상 누구도 이해할 수 없다고.”

유경은 다시 그 순간으로 되돌아간 듯 오열했다. 남편이 낭떠러지 밑으로 떨어지는 모습이 떠올랐다. 몸이 부들부들 떨렸다. 남자가 다가와 어깨를 감싸도 울음은 쉽게 그치지 않았다.

시간이 많지 않았다. 이대로 울고만 있을 수 없었다. 유경은 울음을 삼키고 남자를 끌고 서재 안으로 들어갔다. 서재에 들어간 유경은 컴퓨터에 USB를 꽂았다.

유경은 컴퓨터 화면이 켜지길 기다렸다.

"난 다시 이 영상을 보고 싶지 않아. 그걸 보면 다시 토할지도 몰라."

그녀는 쫓기는 사람처럼 서재를 나갔다. 쾅, 소리가 나고 남자 혼자 서재에 남았다. 남자는 환해진 화면을 뚫어지게 쳐다봤다. 이기석이 어린 남자아이들을 목을 조른 뒤 겁탈하는 장면이 영상으로 찍혀 있었다.

"윽."

남자 역시 구토가 밀려왔다.

"개새끼, 이런 영상을 찍어 놓고 있었다니?"

아이들은 하나같이 목이 졸린 상태로 기절해 있었다. 하얗게 벗겨진 아이들을 이기석은 쾌락의 도구로 삼고 있었다. 남자는 위에서 올라오는 쓰디쓴 침을 삼키며 계속 영상을 봤다.

여섯 명의 아이들이 이기석에게 겁탈을 당하는 영상이 있었다. 그리고 일곱 번째 영상에서 지후 모습이 보였다.

"지후 형!"

남자 손이 부르르 떨렸다. 그의 얼굴이 일그러졌다. 이를 악물며 구토를 삼켰다.

형이 그곳에서 이기석에게 목이 졸린 채 기절해 있었다. 이기석이 정신없이 바지를 벗고 형의 몸속으로 들어가 쾌락으로 신음하고 있을 때 형이 눈을 떴다.

"형!"

남자가 소리쳤다. 손을 입 가까이 대며 분노로 폭발할 것 같은 감정을 진정시켰다. 형의 눈이 보였다. 공포에 질린 형의 눈을 보며 남자는 절규했다.

"안 돼. 제발, 형을 살려 줘. 형, 형."

남자는 마치 사건 현장에 있었던 사람처럼 애걸하며 울부짖었다.

영상은 거기까지만 남아 있었다. 나머지는 삭제돼 있었다.

"개새끼. 미친 개새끼. 우리 형을 돌려줘."

남자는 주먹을 불끈 쥔 채 가슴을 쥐어짜며 절규했다. 손가락 사이로 피가 흘렀다. 남자 얼굴은 온통 눈물로 뒤범벅이 돼 있었다. 숨을 못 쉬는 듯 자기 가슴을 피가 흐르는 주먹으로 쳤다. 남자의 가슴과 손이 빨갛게 물들어 갔다. 그의 입술에도 피가 흘렀다.

16
영환

"으⋯⋯악!"

벼랑 밑으로 떨어지며 이기석이 비명을 질렀다. 비명은 메아리가 돼 산 주위를 돌았다. 산속 짐승들이 놀라 짖어 댔다. 어둠 속에서 울부짖는 짐승들의 울음소리가 이기석의 비명보다 더 끔찍하게 들렸다. 산이 깨어난 듯 들썩였다. 곧 그의 비명은 사라지고 짐승들의 울음소리도 그쳤다. 정적만이 맴돌았다.

여자는 계속 운전대를 잡고 몸을 가누지 못했다. 부들부들 떨며 울고 있던 그녀가 눈물을 닦았다. 머리를 매만지고 옷매무새를 정리했다. 들썩이던 가슴이 진정되자 여자는 급히 샛길을 빠져나갔다.

나는 캠코더를 내려놓고 하늘을 쳐다봤다. 붉은 달이 보였다. 빨간 피를 머금은 붉은 달이 이기석이 떨어진 절벽을 환하게 비추고 있었다.

트럭은 폐차장에 버렸다. 새벽 4시였다. 천천히 걸었다. 새벽 공기가 몸으로 스며들었다. 여름의 24시간 중 유일하게 더위를 식히는 바람이 부는 시간이었다. 풀숲에서 여치 울음 소리와 귀뚜라미 소리가 동시에 들렸다. 여름이 끝나 가고 있었다. 가을을 알리는 귀뚜라미 울음소리는 한가로운 시골길을 걷는 기분이 들게 했다.

"세상이 참 평화롭다."

1시간 정도 걸었다. 5시쯤 되자 택시가 보였다. 나는 양손을 벌리고 달려오는 택시를 향해 뛰었다. 늙은 택시 기사는 어둠 속에서 손을 흔들며 뛰어오는 나를 보고 잠시 식겁했는지 급브레이크를 밟았다. 나는 서둘러 뒷문을 열고 택시 안으로 들어갔다.

"손님, 이른 새벽에 이런 외길에서 손을 흔들면서 뛰어오시면 택시 기사들 다 기절합니다."

"앗, 죄송해요. 제가 아무 생각 없이 걷다가 택시를 보니 너무 반가워서 도로로 뛰쳐나왔네요."

미안하다는 내 말에 늙은 기사는 웃음을 터뜨렸다.

택시를 타고 집으로 향했다. 집으로 가는 중에 메스꺼움으로 택시에서 내려 몇 번이나 구토했다. 머리가 터질 듯이 아팠다. 구토도 멈출 수 없었다.

"손님, 어제 지나치게 술을 마셨나 보네요. 아직 나이도 젊은데 몸을 함부로 하면 안 돼요. 내가 몇 년 전에 암 선고를 받았어요. 정말 하늘이 무너지는 줄 알았어요. 의사에게 암 선고를 받고 병원을 나오는데 막 눈물이 나더라고요. 삶이 정말 허무하더군요."

늙은 기사는 뒷좌석에서 쓰러질 듯 누워 있는 나를 힐끔거리며 말했다.

"네, 고맙습니다. 기사님, 제가 몸은 안 좋지만, 기분은 아주 좋아요. 오늘 아주 기분 좋은 날이에요. 같이 축하해 주세요."

"하하, 손님. 알겠습니다. 축하드려요."

늙은 기사는 호탕하게 웃으며 한마디 했다. 나도 그를 따라 웃었다. 웃으며 창문 너머로 보이는 하늘을 봤다. 붉은 달이 빛을 잃어 가며 서쪽 산 밑으로 지고 있었다. 동쪽 끝에서는 강렬한 태양 빛이 하늘을 물들이며 떠오르고 있었다.

"기사님, 어떻게 암의 고통을 이겨 내셨어요?"

늙은 기사는 초연한 미소를 지으며 말을 시작했다. 암 투병하며 느낀 세상에 대해 말했다. 생존자의 삶을 이야기했다. 내게 허망함을 좇는 삶을 살지 말라고 했다. 죽음 앞에 모든 게 공허해진다고 말했다.

나는 창문을 열고 그의 이야기에 귀 기울였다. 늙은 기사의 잡다한 이야기가 가슴에 뚫린 공허함을 채웠다. 택시 기사의 말소리가 조금씩 멀리서 들렸다.

잠시 졸았다. 기사가 나를 깨우는 소리가 들렸다.

"손님, 다 도착했어요. 늙은 사람이 너무 말이 많았어요. 몸 챙기고 잘 지내세요."

"아닙니다. 제가 듣고 싶은 말이었어요. 암을 이겨 냈으니 더욱 건강하게 지내세요. 택시비 수표로 드려도 될까요?"

"네, 괜찮습니다."

나는 지갑에서 백만 원짜리 수표 한 장을 꺼내 기사에게 내밀었다.

"기사님, 오늘 제가 기분 좋아서 한턱내는 거예요. 맛있는 거 사 드세요. 그리고 건강하세요."

"아니? 이건 아닙니다. 이렇게 많이 주시면 안 됩니다."

기사는 만류하며 수표를 내게 돌려주려 했지만 나는 서둘러 오피스텔 안으로 들어갔다. 난감한 표정을 지은 택시 기사는 잠시 주차장에 서 있었다.

"손님, 고맙습니다. 건강하세요."

택시 기사가 손을 흔들며 주차장을 빠져나갔다. 나는 멀어져 가는 택시를 쳐다봤다. 피곤함이 밀려왔다. 급하게 엘리베이터를 타고 집 안으로 들어갔다.

약을 먹고 바로 침대에 누웠다. 무거웠던 어깨가 가벼웠다. 지후가 살해된 날 이후로 제대로 잠들지 못했다. 오랜만에 졸음이 쏟아졌다.

'지후야, 오늘 네가 보고 싶다.'

눈물이 흘러내렸다. 사무치게 지후가 보고 싶었다. 의식이 점점 흐려졌다. 눈물이 두 볼을 타고 내릴 즈음에 나는 깊은 잠 속으로 빠져들었다.

'딩동딩동.'

현관문 벨 소리에 잠이 깼다. 오랫동안 잠을 잔 것 같은데 시계를 보니 아직 오전이었다. 아직 몸이 피곤한지 쉽게 일어나기 어려웠다. 바닥에 눌어붙은 몸을 겨우 일으켰다. 인터폰으로 현관 밖을 확인했다. 정후였다.

하얗게 질린 정후가 현관 안으로 들어왔다. 나는 잠이 덜 깬 눈으로 정후를 쳐다봤다.

"이 시각에 무슨 일이야?"

"유경 씨 만나고 왔어."

정후 대답에 졸음이 달아났다.

"미안해."

정후는 할 말이 많은 듯해 보였다. 나는 정후를 쳐다보며 단조롭게 말을 이었다.

“예상했던 일이 아니야. 내가 처리하려고 했어. 일이 잘못된 거야.”

거짓말을 했다. 정후를 이해시킬 자신이 없었다.

“영환이 형, 유경 씨는 잘못이 없잖아. 우리가 유경 씨를 끌어들인 거잖아.”

정후는 화를 참으며 말에 힘을 주었다.

“마음대로 생각해. 난 지금 그 여자에 대한 미안함은 조금도 없어. 다만 네게 미안할 뿐이야. 대체 넌 그 여자를 어떻게 할 거야?”

정후 표정이 무너졌다.

“유경 씨를 좋아해. 상처받게 내버릴 수 없어. 그녀가 나를 버릴 때까지 난 그녀 곁에 있을 거야. 나 때문에 모든 걸 버린 여자야.”

잠시 할 말을 찾지 못했다. 나는 주방으로 가 물을 벌컥벌컥 마셨다.

‘일이 왜 이리 꼬이지?’

말문이 막혔다. 마음에 들지 않았다. 그녀에게서 떠나 더 행복하게 살라고 말하고 싶었다.

“형, 나는 아버지처럼 아픈 여자를 버리는 사람은 되고 싶지 않아. 버림받은 여자의 끝을 내가 봤잖아. 엄마도 아버지가 곁에 있었다면 그렇게 삶을 끝내지는 않았을 거야. 내가 떠나면 유경 씨는 엄마처럼 고통스러운 삶을 살게 될 거야. 지금 유경 씨에게는 내가 필요해.”

정후는 소파에 털썩 주저앉았다.

할 말이 없었다. 단순한 육체관계가 사랑으로 이어질 수 있을 거로 생각하지 못했다. 정후 아픔을 간과했다. 아픔이 연민으로 이어져 사랑으로 갈 수 있다는 사실을 간과했다. 사랑이란 감정을 커다란 틀에 가둔 채 세상을 바라봤다.

사람들은 평범한 사랑만을 사랑이라 말한다. 이해할 수 없는 감정을 욕망이나 애증, 탐욕, 연민이라고 부른다. 사랑조차 강요받는 삶을 산다. 누군가를 좋아하는 감정은 이해할 수 있는 감정이 아니다.

나도 누군가를 지독히 좋아했다. 두려워 표현하지 못했다. 사랑은 폭풍우처럼 감당하기 어려운 감정으로 어떤 이에게는 휘몰아치듯 다가온다. 미친 듯이 휘청거리다가 알 수 없는 곳으로 날아갈 수도 있다.

잠시 생각에 잠겼다. 정후에게 그녀를 떠나라고 말할 수 없었다. 이제까지 내가 정후 발목을 붙잡고 있었다. 자유롭게 놔줘야 할 때가 왔다.

“정후야, 나는 내일 스위스로 떠날 거야. 일은 모두 내가 마무리할게.”

정후는 갑작스러운 말에 놀란 듯 고개를 들었다. 깊은 어둠이 얼굴에 깔려 있었다.

"왜 이리 서둘러? 조금 더 늦게 가도 되잖아."

"안 돼! 수사가 시작되기 전에 한국을 떠나야 해."

그는 두 손으로 얼굴을 감쌌다.

"모두 떠나네. 지후 형도, 엄마도, 영환이 형도……."

얼굴을 감싼 두 손이 떨렸다.

"형, 고마워. 우리 가족을 대신해 형이 무거운 짐을 짊어졌어. 나도 아버지도 절대 할 수 없는 일이야. 엄마가 이제야 눈을 감을 수 있을 거야."

정후는 낮은 목소리로 천천히 말을 이었다.

"형, 캐나다로는 안 갈 거야?"

"이제 영원히 못 가. 한국으로 오기 전, 마지막 인사를 드렸어. 내가 다시는 캐나다로 돌아가지 않을 거라는 걸 알고 계셔."

"잔인하다. 형 혼자 멀리 날아가 버리네. 아무도 찾을 수 없는 곳으로 말이야."

"난 태어나면서부터 이제까지 부모님께 고통만 준 존재야."

참았던 말이 입 밖으로 나왔다. 뜨거운 덩어리가 목 안에 가득했다. 나는 침을 꿀꺽 삼킨 후 말을 이었다.

"난, 네가 무슨 선택을 하든 널 믿어. 하지만 네가 그녀를 선택한다면 이제부터 고통이 시작되는 거야. 내 마음이 편치 않다."

첸이 내게 한 말이었다. 첸도 이런 기분이었을 거다. 말리지도 못하고, 붙잡지도 못하는 가슴이 무너져 내릴 것 같은 기분이었다.

"고마워, 믿어 줘서."

"그래."

나는 정후 어깨를 두드렸다.

"마지막 날이라 같이 술 한잔이라도 하면 좋을 텐데 내가 구토를 심하게 해서 몸이 안 좋다."

"내일 혼자서 공항까지 갈 수 있겠어? 내가 공항까지 배웅할게."

"아냐, 혼자 갈래. 캐나다에서도 가족 모두 공항에 나오지 못하게 했어. 나 혼자 가면서 마음 정리를 하고 싶어. 부탁이야."

갑자기 시야가 뿌옇게 보였다. 나는 어지러워 소파에 털썩 주저앉았다.

"괜찮아, 형?"

"응, 아까 약을 먹었어. 약이 독해서 가끔 어지러워."

정후는 주방에서 물 한 잔을 따라 와 내게 내밀었다. 내가 물을 마시는 동안 정후는 주머니를 뒤적이며 무언가를 꺼냈다.

"형, 유경 씨가 내게 USB 하나를 줬어. 이기석이 갖고 있었던 거야. 형이 알아서 처리해 줘."

288

“응, 알았어. 그 USB를 네게 줬구나.”

나는 차마 영상을 봤는지 물을 수 없었다. 입이 떨어지지 않았다.

“형이 한번 봐. 내 입으로 말하기 힘들어. 미안해. 형에게 뭐든 부담을 떠넘겨서…….”

정후 눈에 눈물이 가득했다. 영상을 본 눈이었다. 나는 묻지 않았다. 심장이 바닥으로 내려앉았다.

“괜찮아. 내게 다 떠넘겨. 내가 다 짊어지고 갈게. 넌 더 행복하게 살아. 불행한 어린 시절을 보냈잖아.”

내가 미소 지으며 말했다. 정후도 착잡한 미소를 지었다. 고통이 남아 있는 미소였다.

*

12시간을 비행해서 스위스 취리히에 도착했다. 8월 마지막 날의 하늘이 가을을 가득 품은 듯 청명했다.

내게 남은 시간은 사흘뿐이다. 오늘, 내일, 모레.

나는 취리히에 도착한 후 바로 파피콘으로 향했다. 파피콘에는 블루하우스가 있다. 파란색의 작은 조립식 건물은 세상 사람들 눈에 띄길 거부하듯 아무 간판도 보이지 않았다.

블루하우스 주변을 몇 시간 동안 서성였다. 발길이 떨어지지 않았다. 나는 무거운 발을 떼어 내며 취리히에 있는 비밀 사설 은행을 찾아 방문했다. 잠시 은행에서 담당자와 대화를 나눴다.

은행에서 일을 끝낸 뒤 취리히 호수로 향했다. 빙하가 녹으면서 만들어진 초승달 모양의 호수는 물이 투명하도록 맑았다. 주변의 황홀한 경관이 투명한 호수 속으로 그대로 빠져 버린 느낌이 들었다.

호수를 바라봤다. 물방울이 터질 것 같은 파란 하늘과 눈부신 초록색 호수가 만나 펼쳐진 자연의 모습은 숨이 막힐 만큼 아름다워 보였다. 호수는 태양 빛을 받아 반짝거렸다. 허공에 손을 대면 보석이 잡힐 것 같았다. 호수 주변의 작은 집들이 자연의 소품처럼 느껴졌다.

"아름답다."

감탄사가 절로 나왔다. 이렇게 아름다운 날 죽고 싶었다. 순간 호수에 몸을 던지고 싶은 충동을 느꼈다. 나는 충동을 억제하며 주변을 둘러봤다.

동양인 남녀가 연인인 듯 마주 보며 즐겁게 이야기를 나누고 있었다. 나이가 나와 비슷해 보였다. 그들에게서 눈을 떼지 못했다. 여자와 눈이 마주쳤다. 여자가 나를 보고 손을 흔들었다. 옆에서 맥주를 마시고 있던 남자도 덩달아 손을 흔들었다. 나도 낯선 그들을 향해 손을 흔들었다.

부러웠다. 내가 태어나서 한 번도 누리지 못한 삶을 사는 그들이 부러웠다. 사랑하는 사람과 함께한 아름다운 추억을 가슴속에 간직하고 살 수 있는 삶, 그런 삶을 사는 그들이 가슴 시리도록 부러웠다.

에메랄드빛 호수에 내 모습이 비쳤다. 말라비틀어진 미라와 같았다. 아름다운 자연과 행복한 사람들과는 어울리지 않는 이방인이었다. 세상과 나는 조금씩 단절돼 가고 있었다. 서글픈 마음에 터덜터덜 길을 걸었다.

다음 날 아침에 눈을 뜬 나는 간단히 아침을 먹고 서둘러 은행으로 향했다. 취리히에 도착하기 전에 이기석이 관리하고 있던 비자금이 든 스위스 비밀 계좌 번호와 암호를 찾아냈다.

한국으로 오기 전부터 이기석의 모든 컴퓨터와 휴대 전화기를 해킹했다. 그의 금융 거래 내역을 낱낱이 살폈다. 오랫동안 그를 지켜보던 중 이상 거래 흔적을 찾아냈다. 동시에 이기석이 가족 몰래 혼자 유럽에 갔다가 온 일도 알아냈다. 그의 흔적을 추적하던 중 외국에 설립한 유령 회사를 찾아냈다. 그는 유령 회사를 설립한 후 거액의 자금을 국외로 빼돌리고 있었다.

여행 기록을 뒤졌다. 비자금을 숨긴 흔적이 그곳에 있었다. 그가 주변 사람들에게 알리지 않고 자주 스위스에 방문한 기록이 있었다. 그때부터 모든 암호를 풀며 스위스 비밀 계좌와 비밀번호를 찾아내기 위해 애를 썼다. 생각보다 쉽지 않았지만 그렇다고 포기할 수도 없었다. 기를 쓰고 찾아보던 중 이기석이 방심한 사이 그의 비밀 계좌 번호와 암호를 알아낼 수 있었다.

컴퓨터와 휴대 전화기 안에는 없었다. 그가 늘 가지고 다니던 낡은 수첩 안에 아무 표시 없이 적혀 있었다. 서재 안에서 그가 펼친 수첩의 내용이 우연히 카메라에 찍혔다. 나는 찍힌 번호로 의심하며 스위스 계좌를 해킹했다. 이기석이 비자금을 숨긴 비밀 계좌 번호였다.

스위스의 개인 사설 은행은 이름도 없고 간판도 없었다. 작고 아담한 건물 안으로 들어가자 정장을 입은 늙은 노신사가 자리에서 일어나 나를 반겼다.

이기석 계좌에 있는 돈을 모두 찾았다. 갈색 가죽 가방에 현금을 가득 담은 후 자리에서 일어났다. 은행 입구까지 배웅하는 관계자들에게 가볍게 인사를 한 후 다시 차를 타고 취리히를 벗어났다.

다른 지역의 사설 은행을 방문해 계좌를 개설했다. 실명 따위는 존재하지 않았다. 계좌 번호와 비밀번호만이 존재했다. 내가 정후에게 할 수 있는 유일한 보상 방법이었다. 이기석이 사라진 지금, 비자금을 찾아낼 수 있는 사람은 아무도 없었다.

　호텔로 돌아와 이기석 아내의 휴대 전화기에 미리 깔아 둔 해킹 프로그램을 실행했다. 내가 그녀에게 보낸 문자와 동영상이 순서대로 삭제됐다. 증거 자료가 하나씩 사라질 때마다 정후 얼굴이 떠올랐다. 긴 한숨이 나왔다.
　'미안하다, 정후야. 죽음을 앞에 둔 사람이 모두 진실을 말하는 건 아니야. 세상에는 죽음보다 더 두려운 것들이 많아.'
　모든 자료가 다 사라졌다.
　이번에는 이기석의 최후가 담긴 영상을 인터넷에 올렸다. 아내가 남편을 살해하는 장면을 편집 없이 그대로 올렸다. 실시간으로 조회 수가 올라갔다. 나는 올라가는 조회 수와 영상을 뚫어지게 쳐다봤다. 이기석을 향해 질주하는 자동차 모습이 보였다.
　"타이밍이 기가 막혔어."
　코웃음이 나왔다. 사실 여자가 정말 이기석을 죽일 거로 생각하지는 못했다. 예상일 뿐이었다. 계획할 수 없었다. 모든 인간의 심리는 같지 않다. 그 순간의 행동은 오직 자신만의 선택인 거다.
　정후가 한 말이 떠올랐다.
　"영환이 형, 유경 씨는 잘못이 없잖아. 우리가 유경 씨를 끌어들인 거잖아."

마음이 불편했다. 나는 일어나 창밖을 쳐다봤다.

세상엔 공범이라는 게 있다. 범죄를 같이 도모한 사람만이 공범은 아니다. 살인을 저지른 자와 편안하고 안락하게 살았다면 그것도 공범인 거다. 이기석이 주는 혜택으로 삶을 살았다는 사실 하나만으로도 죄를 추궁할 수 있는 거다. 그녀와 그녀의 아버지, 그 아버지의 세력이 없었다면 이기석은 그때 붙잡혔을 거다. 그녀가 이기석을 감싼 아버지 죄를 대신해 죗값을 치르게 되는 거다. 악을 제거했지만, 또 다른 악을 대신해 감옥에 가야 한다. 그게 내가 죽어 가며 내린 결론이다.

구토가 밀려왔다. 약을 꺼내려고 가방을 찾았다. 순간 가방을 찾는 손이 보이지 않았다. 왼쪽 눈의 시력이 급격히 떨어졌다. 시야가 좁아지며 검은 물체가 눈앞에 아른거렸다.

당황스러웠다. 서글퍼지면서도 어이없는 웃음이 흘러나왔다. 이런 상황에도 약을 찾아 헤매는 나란 인간이 우스웠다. 오늘 시력이 사라지더라도, 오늘 한쪽 팔이 부러지더라도, 오늘 뇌에 구멍이 생기더라도 내일이 없는 사람에게는 재앙이 아닐 거다.

오늘 죽음을 맞이하나 내일 죽음을 맞이하나 큰 차이가 없다. 그런데도 이 순간을 살아남기 위해 나는 약을 찾아 손을 허우적댔다.

"크크크."

약을 먹고 진통에서 벗어나고 싶어 하는 나란 인간이 우스워 참을 수 없었다.

침대에 누워 배꼽을 잡고 자지러지게 웃었다. 웃으면서 눈물이 나왔다. 늙은 택시 기사 얼굴이 떠올랐다. 그의 말대로 삶이 참 허무했다. 지후를 대신해 복수를 끝내고 편안한 마음으로 죽음을 맞이할 수 있을 거로 생각했다. 하지만 이제 와 모든 게 허무했다.

창문 너머 취리히 호수가 보였다. 호수의 잔잔한 물결을 보며 요동치던 마음이 조금씩 가라앉았다.

정후가 준 USB가 생각났다. 가방에서 USB를 꺼내 한동안 쳐다봤다. 무언가 께름칙한 게 남아 있었다. 이기석이 영상을 보며 자위를 할 때 나는 한 번도 그 영상을 쳐다본 적이 없었다. 쳐다볼 수 없었다. 두렵기도 했다. 컴퓨터 화면을 끄는 내 손이 늘 떨렸다. 영상을 복사해 이기석 아내에게 보낼 수도 있었는데 나는 미루고 있었다.

염산과 수면제를 보낸 날, 그녀가 서재에 들어가 USB를 찾아내는 걸 나는 카메라를 통해 보고 있었다. 긴 한숨이 흘러나왔다.

그녀가 영상을 보길 기다렸다. 화면에 불이 들어오고 그녀의 절망적인 표정이 보였다. 점점 더 고통스러워하는 그녀를 바라보며 내 심장도 밑으로 흘러내렸다.

왜 나는 미루고 있었을까? 왜 한 번도 영상을 제대로 보지 않은 걸까?

의심스러웠다. 또 무엇인가를 감추고 있는 게 아닐까 하고 두렵기도 했다. 생각만으로도 심장이 터질 듯 고통스러웠다. 나란 인간이 가증스럽고 역겹기도 했다. 순진하고 나약해 보이는 얼굴로 대체 무슨 짓을 저지르고 다닌 걸까?

나는 한동안 USB를 노려봤다. 내일이 마지막 날이다. 이대로 죽음을 맞이할 수 없었다. 나는 USB를 노트북에 끼웠다.

여섯 명의 아이들 모습이 차례대로 화면에 보였다. 아이들이 하나씩 화면에 나타날 때마다 몸이 떨렸다. 마지막 일곱 번째에 지후 모습이 보였다. 이기석이 지후를 덮치는 장면에서 나는 눈을 감았다.

다시 눈을 떴을 때 영상 속에서 나는 봤다.

열린 쪽문 사이로 누군가의 작은 손이 보였다. 작은 손은 급히 사라졌다. 쪽문은 열려 있었다. 내 기억 속에서 닫혀 있던 쪽문이 영상 속에서 열려 있었다. 작은 손은 바로 내 손이었다. 나는 열린 쪽문 사이로 이 장면을 보고 있었다.

이기석이 지후 목을 조르는 환영이 보였다. 지후가 서서히 의식을 잃어 갔다. 살려 달라고 말하려는 듯 간절한 눈으로 이기석을 쳐다봤다.

숨을 쉬기 어려웠다. 몸이 떨리면서 정신이 아득해졌다. 주먹을 쥔 채 자리에서 일어날 수 없었다. 부인하고 싶었다. 죽을 때까지 그때 기억을 떠올리고 싶지 않았다. 자신조차 속이며 죽음을 맞이하고 싶었다. 인정하고 싶지 않았다.

"으……으윽."

나는 몸을 구부린 채 침대에 머리를 박고 눈물을 흘렸다. 저주받은 인간이었다. 인간의 이성을 뛰어넘은 저주받은 육체의 본능적 행위를 어린 시절의 나도, 죽음을 기다리고 있는 현재의 나도 감당하기 어려웠다.

나는 죽임을 당해야 마땅한 인간이다. 악마는 이기석이 아니다.

내 기억은 왜곡돼 있었다. 기억을 조작했다. 떠오르려는 기억을 억누르며 만들어진 기억을 억지로 연결했다. 상황을 재편집했다. 기억나는 영상의 순서를 바꾸고, 기억하고 싶지 않은 부분을 삭제하고 새로운 기억을 만들어 냈다. 마치 영상을 편집하듯 기억을 편집했다. 삭제하고 추가하며 기억을 마음대로 바꿨다.

본래의 영상은 사라지고 새로운 영상이 재탄생했다. 기억을 왜곡되게 편집한 뒤 세뇌했다. 진실은 사라지고 거짓이 진실이 돼 있었다. 나는 거짓인 줄 알면서도 모른 척하고 자신을 속이고 타인을 속였다.

죽은 지후가 내 주위를 맴돌 때부터 기억이 떠오르기 시작했다. 처음에는 뒤엉켜 떠올랐다. 순간순간 영화의 한 장면처럼 하나씩 눈앞에 보였다. 시간이 지나며 엉킨 기억이 느슨해지며 자리를 찾아 옮겨 다녔다.

어느 날 뒤엉켜 떠오르던 기억이 순서를 찾았다. 연결된 필름처럼 순서대로 사건이 떠올랐다. 그날 나는 고통으로 몸부림치며 술병으로 몸을 쳤다. 방문을 잠그고 수건으로 입을 틀어막은 후 튀어나오려는 기억을 머릿속으로 억누르려고 몸부림쳤다.

몸이 빨갛게 물들어 가며 서서히 부어올랐다. 얼굴이 무너지고 몸이 기형적으로 변하며 죽어 가자 기억은 무너져 내렸다. 뇌는 육체를 살리기 위해 스스로 조작하며 모든 걸 왜곡했다.

지후가 살해된 날, 나는 처음부터 그들을 지켜봤다. 조작된 기억은 다시 파괴되고 기억의 파편들이 서로의 짝을 맞추며 떠올랐다. 오래된 영화처럼 심한 잡음 소리와 같이 눈앞에 펼쳐졌다.

*

샤워를 하고 2층에서 내려온 이기석은 선풍기로 몸을 말렸다. 흥분된 듯 떨리는 그의 눈동자가 보였다. 그는 머리를 말린 뒤 책장 옆으로 갔다. 책장과 벽면 사이에 손을 집어넣고 무언가를 건드렸다. 그리고 책장을 옆으로 밀었다. 책장은 가볍게 밀렸다. 책장이 끝까지 밀리자 벽 쪽에 쪽문이 보였다.

이기석 손이 떨렸다. 그는 급히 지후 손을 잡았다. 지후는 그를 따라 쪽문 안으로 들어갔다. 책장은 원래 위치대로 돌아오지 않았다. 쪽문도 틈을 보이며 조금 열려 있었다.

나는 옷장 안에서 궁금함을 참을 수 없었다. 조심스럽게 옷장 문을 열었다. '삐꺽' 소리가 들렸지만 작은 소리였다. 옷장에서 나와 열려 있는 쪽문으로 살금살금 다가갔다.

쪽문 앞에 선 나는 밀쳐진 책장을 신기한 듯 바라봤다. 살짝 책장을 밀어 봤지만 꿈쩍도 하지 않았다. 다시 정신을 차린 후 열린 쪽문 쪽으로 가 살며시 안을 들여다봤다.

파란색 불빛 아래 지후가 의자에 앉아 있었다. 몸은 의자에 묶여 있었다. 은색의 차가운 느낌이 드는 의자였다. 의자 뒤에는 작은 도르래가 있었다. 지후 얼굴은 경직돼 있었다. 두려움이 느껴졌다. 이기석은 지후를 안심시키며 말을 했다.

"괜찮아. 걱정하지 마. 숨을 들이쉬어. 눈을 감고. 자, 가만히 눈을 감고 있어.”

이기석은 지후 머리를 쓰다듬었다. 그는 하얀 목도리를 지후 목에 감았다. 하얀 목도리가 한여름에도 따뜻하게 느껴졌다. 에어컨 때문인지 나는 몸이 떨렸다. 파란색 조명이 한기를 느끼게 했다.

이기석은 밧줄을 도르래에 감았다. 방음이 된 방에서 이기석과 지후 숨소리만 들렸다. 이기석은 하얀 목도리를 두른 지후 목에 밧줄로 만든 고리를 걸었다.

“지후야, 산소가 결핍되면 의식을 잃게 돼. 그럼 고통은 없어. 그 순간 넌 죽음을 경험하게 되는 거야. 멋진 일이 될 거야.”

그는 지후 귀에 작게 속삭이며 조금씩 도르래를 돌렸다. 지후는 고통스러운 표정을 지었다. 줄이 서서히 지후 목을 조였다. 지후 숨소리가 점점 거칠어졌다. 고통스러워하는 신음이 들렸다. 나는 열린 문 사이로 지후 모습을 뚫어지게 쳐다봤다.

지후 얼굴이 빨갛게 변했다. 곧 몸부림을 치기 시작했다. 이기석이 줄을 더 세게 잡아당겼다. 지후는 폭발할 것처럼 빨갛게 변하더니 순식간에 하얗게 변했다. 몸부림도 멈춰졌다. 지후가 고개를 떨구었다. 몸에 힘이 빠진 듯 밑으로 처져 있었다.

이기석의 숨소리는 점점 더 거칠어져 갔다. 헉헉대는 숨소리가 밖으로 빠져나가지 못하고 열린 문틈 사이로 삐져나와 내 귀에 꽂혔다.

나 역시 이기석의 숨소리에 맞춰 심장이 쉴 새 없이 방망이질했다. 심장이 속도를 내며 뛸수록 내 성기도 감당하기 어려울 만큼 부풀어 올랐다. 그 순간 나는 악마가 돼 있었다.

이기석은 서둘러 바지를 벗었다. 그리고 지후 몸으로 들어갔다.

내 몸은 걷잡을 수 없는 흥분 상태에 빠져 있었다. 한 손으로 입을 틀어막았다. 다른 한 손으로 성기를 문질렀다. 머릿속이 폭발하려는 듯 하얗게 변했다. 나는 입술을 깨물며 몸을 비틀었다. 하얀 정자가 폭발하듯 몸 밖으로 뿜어져 나왔다.

“선생님.”

지후 목소리가 들렸다.

이기석은 소스라치게 놀랐다. 내 심장도 멈췄다. 수치심과 죄책감, 혐오감이 공포처럼 밀려왔다. 나는 몸을 쪽문 아래로 숨겼다. 도저히 지후 얼굴을 바라볼 수 없었다.

잠시 숨을 돌렸다. 다시 고개를 들었을 때 지후가 몸을 일으켜 세우려 움직였다. 이기석은 하얗게 질려 몸을 떨었다. 공황 증세를 보이며 움직이지 않았다. 이기석은 덜덜 떠는 두 손을 들어 지후 목을 조르기 시작했다. 하얗고 긴 손이 지후 목을 졸랐다.

“선생님, 헉. 선생님, 살려······ 주세······요.”

지후 얼굴이 다시 빨갛게 부풀어 올랐다. 지후는 몸부림치며 울었다. 나도 울면서 그 모습을 지켜봤다.

지후는 한동안 몸부림을 쳤다. 이기석 얼굴이 파랗게 질리더니 더욱 팔에 힘을 줬다. 그는 정신을 잃은 듯 지후 목을 강하게 졸랐다. 그의 얼굴에서 미친 살인귀가 보였다. 공포로 숨을 쉴 수 없게 된 나는 급하게 책상 밑으로 몸을 숨겼다.

시간이 지났다. 쪽문이 열리는 소리가 들렸다. 이기석이 땀으로 뒤범벅이 된 채 숨을 몰아쉬며 사무실로 나왔다. 불빛이 환한 사무실로 나온 이기석은 서둘러 불을 껐다.

그는 소파에 앉아 양손으로 머리카락을 움켜쥐고 울기 시작했다. 나도 양손으로 입을 틀어막고 울었다. 불 꺼진 창문으로 붉은 달이 추악한 나와 이기석을 비추고 있었다. 이기석과 나는 두 손으로 입을 틀어막고 고통으로 몸부림쳤다.

시간이 지났다. ‘스르륵’ 하고 문이 열리는 소리가 들렸다. 넋을 놓고 있던 나는 살며시 고개를 들었다. 이기석이 밖으로 나가고 없었다. 나는 흐르는 눈물을 닦으며 쪽문 안으로 들어갔다.

은색 접이식 의자에 누워 있는 하얀 지후 몸이 보였다. 눈을 뜬 지후 눈이 빨갰다. 아름다웠다. 다시 내 몸이 부풀어 올랐다.

나는 이기석이 돌아오기 전에 다시 책상 밑으로 들어가 몇 번이나 자위하며 절정을 느꼈다. 악마는 나다.

*

모든 것을 잊기 위해 떠난 캐나다에서 나는 성기를 잘랐다.

첸이 틀어 놓은 동영상 앞에서 내 몸은 굳어졌다. 기억이 돌아오기 전에 몸이 먼저 행동했다. 함몰돼 있던 극도의 분노와 공포, 수치심, 혐오가 한꺼번에 내 안에서 폭발했다. 굳게 닫아 놓은 무의식이 한꺼번에 폭발하면서 나는 성기를 잘라 냈다.

내 성기는 모든 악의 결정체였다. 뿜어져 나오는 핏줄기를 보고서야 안심이 됐다. 악의 덩어리가 내 몸에서 제거됐다.

모두 무의식 상태에서 한 행동이었다. 인정하고 싶지 않았다. 받아들일 수 없었다. 누구에게도 말할 수 없었다. 조그맣고 나약한 어린 소년의 용서받지 못할 욕망에 대해 세상 누구에게도 들키고 싶지 않았다. 세상에는 입에 올리는 것조차 허용되지 않는 말이 있다. 금기된 일이 내 안에서 일어났다.

모든 것을 밧줄로 묶었다. 금기된 단어나 생각이 조금도 새어 나오지 못하도록 나는 몸을 꽁꽁 묶었다. 모든 것을 안에 담아 둔 채 죽고 싶었다. 실오라기 같은 가는 기억조차 두려웠다.

세상 사람들에겐 조작된 기억만을 알려 주고 싶었다.

정후가 준 USB 안에 든 영상이 내 안의 모든 줄을 끊어 놓았다. 조작된 기억을 다시 풀어헤치고 진실과 직면해야 했다. 편집된 기억은 사라졌다.

나는 인간이 맞을까? 나는 짐승이 아닐까?

파란 보자기를 몸에 두르고 어머니가 잠자는 사이 어머니의 숨결을 타고 몸속으로 들어가 배 속에 있는 아기를 잡아먹고 태어난 승냥이가 아닐까? 나는 인간이 아니다. 나는 짐승이다.

*

마지막 밤이다. 내가 존재하는 마지막 밤이다. 열병에 빠진 사람처럼 잠이 오지 않았다. 생각이 많았다. 가까운 이들이 하나씩 떠올랐다. 그들을 떠올릴 때마다 다른 추억들이 연결돼 꼬리에 꼬리를 물고 내게 다가왔다.

코끝이 시큰했다. 몸이 덜덜 떨렸다. 지독한 외로움이 나를 춥게 만들었다. 이불로 몸을 감싸도 외로움은 송곳처럼 심장을 찔렀다. 육체와 정신의 고통이 하나가 돼 나를 갉아먹었다.

뇌종양 말기 판정을 받았다. 6개월 전 캐나다에서 파란 눈의 금발 머리 의사가 내게 말했다.

"뇌종양입니다. 진행이 많이 됐어요. 말기입니다."

그는 내 눈을 지그시 바라보며 단어 하나, 하나에 힘을 주며 말했다. 의사는 한 치의 거짓도 존재하지 않는 듯 앞으로 일어날 일들을 상세히 설명했다. 투명하리만큼 차가운 진실이었다. 난 고개를 계속 끄덕이며 초점 없이 그를 쳐다봤다. 아무 말도 떠오르지 않았다. 가슴이 먹먹할 뿐이었다.

의사는 수술을 권하지 않았다. 수술 후유증으로 운동 기능이 손상될 수도 있고, 시력을 잃을 수도 있고, 식물인간이 될 수도 있다고 말했다. 그렇게 모든 걸 잃고도 재발해서 다시 고통을 받을 확률이 높다고 했다.

그는 어찌할 바를 몰라 숨을 쉬지 못하는 내 손을 잡았다. 앞으로 정신적인 고통과 더불어 육체적인 고통으로 생활이 힘들어질 거라 말하며 진통제를 처방했다.

집에 돌아와 문을 걸어 잠갔다. 가족들은 알고 있었다. 내가 마지막에 알았다. 부끄러웠다. 그냥 부끄러웠다. 고개를 들 수 없었다. 어머니와 아버지가 내 눈을 쳐다보는 게 부담스러웠다.

'그냥, 내버려 둬. 어떤 위로도, 어떤 슬픔도, 어떤 아픔도 내가 말하지 마!'

내가 가족에게 원하는 거였다. 차마 입 밖으로 내뱉을 수 없었다. 며칠을 방 안에 틀어박혀 있었다. 문을 두드리는 어머니 목소리에도 침묵했다.

"밖에 음식 갖다 놨어. 영환아, 굶지 말고 먹어야 해. 알았지? 엄마가 무슨 일이 있어도 네 병을 고쳐 줄 거야. 엄마 믿지!"

어머니 목소리가 떨렸다. 터질 듯한 울음을 간신히 참으며 말을 이었다.

"영환아, 엄마가 꼭 고쳐 줄 거야. 잘 먹어야 해. 그래야 견딜 수 있어. 영환아, 제발 문 좀 열어. 엄마에게 네 얼굴 좀 보여 줘."

방문 밖에서 흐느끼는 어머니 울음소리가 들렸다.

나는 침을 꿀꺽 삼켰다. 자꾸 뜨거운 게 위로 올라왔다. 뜨거운 걸 뱉어 내지 않기 위해 계속 침을 삼켰다. 떠오르는 단어가 없었다. 헛된 희망을 품는 어머니를 설득하기에는 내가 지쳐 있었다. 가족들이 작은 희망이라도 품는 걸 원치 않았다. 작은 희망이 서로를 증오하게 만들 수 있었다.

방 안에 누워 온종일 천장을 쳐다봤다. 한국으로 가야 했다. 무엇부터 시작해야 할지 막막했다. 생각이 나는 대로 종이에 적었다. 종이에 적은 글을 다시 순서에 맞춰 배열했다. 배열이 완성되고 살인 계획도 모습을 드러냈다.

한국에 가기 전 부모님을 설득하고 첸을 만나야 했다. 캐나다에서 모든 걸 정리하고 한국으로 돌아가야 후회가 없을 듯했다.

부모님과 동생은 내 의견을 존중했다. 죽음 앞에 선 아들의 마지막 소원 앞에서 아무 말도 하지 못했다. 어머니와 아버지 눈에 가득 든 절망을 나는 애써 피하며 미소 지었다. 첸 역시 내 삶을 가슴 아파했다. 첸은 나를 부둥켜안고 한참 동안 울었다. 아무것도 해 줄 수 없어 미안하다고 했다.

"첸, 넌 내게 모든 걸 줬어. 네가 있어서 내 삶은 훨씬 행복했어."

나는 첸의 등을 두드리며 말했다.

죽음이 없었다면 나는 한국으로 돌아가지 않았을 거다. 나는 비열한 인간이다. 성기를 잘라 버린 후 자유로웠다. 죄책감도 사라졌다.

아무도 내게 지후 일을 묻지 않았다. 나는 지후에 대한 모든 걸 묻어 버리고 싶었다. 지후를 잊고 내 삶을 살고 싶었다. 내 일이 아니라고 생각하며 일상의 행복을 찾길 원했다.

가끔 악몽에 시달렸다. 우울증약을 먹으면 바로 좋아졌다. '왜'라는 질문을 하지 않았다. 보이는 그대로만 삶이라고 생각하고 싶었다.

어느 날부터 지후가 보였다. 점점 파괴돼 가며 내게 다가왔다. 몸이 하나씩 잘려 나가는 지후를 보며 나는 정신과 의사에게 약의 용량을 늘려 달라고 말했다.

지후는 나를 쫓아다녔다. 내 곁에 달라붙어 있었다. 나는 고통을 호소하며 의사를 설득했다. 의사는 약의 용량을 늘리지 않았다. 약에 취해 문제를 일으킬 수 있다고 경고했다. 지후가 내 머리를 갉아먹었다. 내 몸을 물어뜯었다.

지후가 보인 건 죄책감으로 인한 환시라고 생각했다. 마지막 가책이 내 안에서 꿈틀거린다고 생각했다.

구토가 심해졌다. 지후뿐 아니라 낯선 사람들도 보였다. 머리가 쪼개질 듯 아팠다. 계속 약을 처방하던 정신과 의사는 뇌 전문 병원의 진료를 권했다.

MRI를 찍고 피 말리는 며칠이 지난 뒤 의사는 뇌종양 말기라고 말했다. 더는 손을 쓸 수 없을 정도로 종양이 뇌 전체에 퍼졌다고 했다.

집으로 돌아오는 길에 공원 의자에 앉아 잠시 세상을 바라봤다. 초록색으로 뒤덮인 세상이 아름다워 눈물이 나왔다. 하늘로 치솟은 나무들, 공원에서 뛰어노는 아이들, 숲속 동물들, 날아다니는 새들, 모든 게 소중하게 느껴졌다.

죽음이 나를 깨우쳤다. 숨어 지내고 싶어 하는 나를 밖으로 끄집어냈다. 내가 태어난 이유는 알 수 없었지만 내가 죽기 전에 해야 할 일은 있었다. 이기석을 죽이는 일이다. 내가 그를 지옥으로 끌고 들어갈 거다. 도망치려는 그의 몸에 거머리처럼 달라붙어 온몸의 피를 다 마셔 버릴 거다.

나는 죽음을 향해 달리고 있었다. 두려울 것도 잃을 것도 없었다. 아무것도 없는 자의 살인에는 계획 따위는 필요 없었다. 언제든지 그를 죽일 수 있었다. 교통사고로 위장해 죽일 수도 있고, 클럽에서 그의 술잔에 독극물을 넣을 수도 있었다. 늦은 밤 길거리를 걷는 이기석을 향해 달려가 옆구리에 칼을 쑤셔 박을 수도 있었다. 언제든지 그를 죽일 수 있었다. 하지만 나는 살인 계획을 원했다.

선량하고 전도유망한 대학 교수를 죽인 살인자로 낙인찍힌 채 죽고 싶지 않았다. 언론이 진실과 상관없이 부모님을 매도할 거다. 정신병자인 그들의 아들이 사회 유력 인사인 이기석을 죽였다고 떠들어 댈 거다. 진실 따위는 상관없었다. 사람들의 관심을 끌기 위해 그들이 나를 두 번 죽일 거다. 그들이 나를 미친 정신병자로 몰아가고 있을 때 이기석은 죽은 후에도 다시 영웅으로 추대될 거다. 절대 일어나서는 안 될 일이었다.

좀 더 철저한 살인 계획이 필요했다. 이기석이 죽어 가면서 고통을 느낄 계획이 필요했다. 죽어서도 눈을 감지 못할 계획이 필요했다. 이기석의 가면을 벗기고 세상에 악마의 민낯을 알릴 계획이 필요했다.

한국에 도착해 정후를 만났다. 처음에는 만나는 것조차 힘들었다. 정후는 과거를 잊고 미래를 살고 싶어 했다. 고통스러웠던 어린 시절의 기억에서 벗어나길 간절히 원하고 있었다. 정후의 고통은 이해했지만, 나는 정후가 필요했다. 내 곁에 정후가 있어야 살인이 완성될 수 있었다.

대학 정문 앞에서 만난 정후를 오피스텔로 데려갔다. 그는 과거의 고통을 말하며 심한 자책을 했다. 나는 정후가 따라 주는 술을 받아 마셨다. 목숨 따위는 중요하지 않았다. 먼저 가나 나중에 가나 큰 차이가 없었다.

빈속에 마신 술이 독이 돼 정신을 잃었다. 계획된 일이었다. 말로 설득할 자신이 없었다. 정후는 새로운 삶을 원했다. 내가 어떤 말을 해도 들을 준비가 돼 있지 않았다. 완강히 거부했다.

정후 상처를 아무도 보듬을 수 없었다. 서투른 동정과 위로가 마음의 문을 닫게 할 수 있었다. 타인의 관심에 목마른 자들은 값싼 동정과 서투른 위로에 마음의 안정을 찾을 수 있다. 하지만 감당하기 어려운 고통 앞에서 타인의 위로는 절망을 부른다. 증오를 부른다.

나는 증오의 눈을 봤다. 지후 어머니 눈에 증오가 담겨 있었다. 미쳐 가는 그녀에게 사람들은 아무 말이나 내뱉었다.

"지후 엄마, 이제 잊어야지. 언제까지 이렇게 살 거야. 죽은 사람은 죽은 거고, 산 사람은 살아야지.”

“지후는 착한 아이니까 하늘나라에 갔을 거야. 그러니 이제 지후 생각하며 기도하며 살라고.”

“지후처럼 착한 아이를 대체 누가 죽인 거야. 지후는 나쁜 짓을 할 아이가 아닌데, 누가 지후를 죽인 거야.”

“정후를 생각해, 남편도 생각하고. 이렇게 사는 게 지후가 바라는 삶은 아닐 거야.”

지후 어머니 앞에 앉아 악마의 주문을 외우듯 그들은 저주를 퍼부었다. 그녀 눈에는 깊은 증오와 슬픔이 담겨 있었다.

정후 눈에도 증오가 남아 있었다. 서투른 말이 정후 마음을 닫게 할 수 있었다. 나는 서투른 말보다 몸을 제물로 바쳤다. 썩어 가는 몸이 상황에 맞춰 제때 의식을 잃게 했다.

구급차에 실려 병원에 갔다. 말하기 좋아하는 은테 안경을 낀 의사가 정후를 붙잡고 오랫동안 잔소리를 했다. 짧은 시한부 삶에 대해서도 줄줄이 늘어놓았다. 모든 잘못을 정후 탓으로 돌렸다.

퇴원 후 정후를 찾아갔다. 지후가 죽은 날의 일을 말했다. 조작된 기억을 말했다. 시간이 지날수록 정후 표정이 변했다. 점점 얼굴이 안으로 숨어들었다. 밑으로 내려갔다. 절망과 슬픔과 분노, 허무함과 광기를 알려 주는 표정이었다.

이기석을 잡아 와 세트장에 가뒀다. 그가 마지막 5초 전에 "아내!"라고 대답했을 때 정후는 분을 참지 못하고 벌떡 일어났다. 다행히 정후는 바로 몸을 숨겼다. 하지만 그의 아내가 살해되는 장면에서 정후는 그의 목덜미에 주사기를 찔러 넣었다. 주사기를 움켜쥐고 일어난 정후의 눈에는 살기가 있었다. 정후는 칼을 잡은 듯 주사기를 휘둘렀다.

정후는 내게 신호를 보냈다. 여자를 보호하고 싶어 하는 마음을 내게 전했다. 나는 복수에 눈이 멀어 정후 마음을 알아채지 못했다.

아내가 살해되길 바라는 이기석을 본 후 정후 마음은 바뀌었다. 살인 계획에 동참했다.

정후는 새로운 아파트로 이사하면서 이기석의 아내를 지켜봤다. 그들이 사는 아파트 현관 위 조명에 카메라를 설치했다. 매일 이기석과 그의 아내가 외출하는 모습을 봤다. 여자가 현관문에서 모습을 드러내면 정후는 20층에서 엘리베이터를 탔다. 우연을 가장해 여자와 만남을 이어 갔다.

여자는 정후에게 호감을 보였다. 어리고, 잘생기고, 예의 바른 청년을 사랑하지 않을 중년 여자는 없다.

정후도 여자를 좋아했다. 매일 여자를 지켜보며 그녀의 몸짓, 미소, 걸음걸이, 손짓을 호기심 어린 눈으로 바라봤다. 자꾸 여자에게 빠져들었다.

정후는 적극적으로 여자를 유혹했다. 여자는 정후의 유혹을 뿌리치지 못했다. 둘은 이미 서로에게 끌리고 있었다. 서투르지만 열정적인 정후에게 여자는 이성을 잃고 빠져들었다. 정후 역시 또래 여자들에게서는 느낄 수 없는 그녀의 능숙함과 성숙한 모습에 매료돼 갔다. 육체관계가 불을 지폈다. 둘은 돌아올 수 없는 강을 건넜다.

내가 보낸 문자와 동영상을 볼 때마다 여자는 이성을 잃었다. 마음을 달래지 못하고 거리를 헤매고 다녔다. 공허하고 서글픈 마음을 달래려 정후에게 집중했다. 그의 눈짓과 다정한 말 한마디에 의미를 부여하며 슬픈 현실을 잊으려 했다.

정후에게 빠져들어 정신을 차리지 못하는 여자에게 염산을 보냈다. 여자는 우리가 계획한 대로 염산을 이기석 눈에 넣었다. 그다음 계획은 정후에게 말하지 않았다. 정후는 모든 뒤처리를 내가 하는 것으로 알고 있었다.

처음부터 거짓말을 했다. 정후를 만난 목적은 한 가지였다. 여자에게 정부가 필요했다. 남편을 배신하기 위해서는 정부가 필요했다. 정부가 없는 아내는 남편을 죽이지 않는다.

이기석의 뒷조사가 다 끝난 상태였다. 둘은 쇼윈도 부부였다. 겉으로만 완벽한 부부였다. 이기석은 미소년을 닮은 여자들과 바람을 피우고 그의 아내는 늘 슬픈 얼굴로 백화점 카페에 앉아 있었다.

정부가 없는 아내는 남편과 이혼하지 않는다. 남편을 죽이지 않는다.

이기석은 겉으로 완벽한 남편이자 아버지였다. 성실하고 유능했다. 가정에 소홀한 적도 없고 처가의 대소사에도 적극적으로 참석하며 장모와 장인을 챙겼다. 이 정도면 여자는 아무리 불만이 쌓여도 이혼을 생각할 수 없다.

정후가 필요했다. 여자가 남편을 죽이고 정후를 선택해야 했다. 그래야 완벽한 살인 계획이 된다.

이기석은 내가 죽이면 안 된다. 가장 믿었던, 절대 의심하지 않았던 아내에게 죽임을 당해야 한다. 지후가 가장 믿었던 이기석에게 죽임을 당했던 것처럼 그도 가장 믿었던 아내에게 죽임을 당해야 한다. 아내에게 살해당하는 그의 모습이 떠오를 때마다 나는 웃음이 나왔다. 얼마나 당황스러울까? 얼마나 서글플까? 얼마나 비참할까?

나는 덤프트럭을 타고 여자를 쫓고 있었다. 덤프트럭 운전석은 모든 시야를 확보할 수 있었다. 가까이 달라붙지 않았다. 의심을 피하려고 여자와 거리를 두고 쫓았다. 내 앞에는 여러 대의 자동차가 달리고 있었다.

여자가 운전하는 차가 7번 국도를 탔다. 나도 여자를 따라

7번 국도를 탔다. 7번 국도에서 여자가 샛길로 빠지자 나는 방향을 돌려 다른 길로 달렸다.

산꼭대기 근처에서 트럭을 세웠다. 우거진 수풀 속에서 나는 캠코더를 꺼낸 뒤 트럭에서 내렸다. 캠코더에 붉게 물든 검은 하늘이 보였다. 나는 캠코더를 아래로 내리고 하늘을 쳐다봤다. 핏빛으로 물든 붉은 달이 보였다.

"블러드 문이잖아. 기묘하네."

한동안 붉은 달을 쳐다봤다.

"지후가 죽은 날도 붉은 달이 떴는데, 우연이라고 하기에는 소름이 돋는군."

주위를 둘러봤다. 지후가 옆에 있는 듯했다. 나는 오싹해지는 기분을 느끼며 팔을 양손으로 비볐다.

여자 차가 절벽 가까이에 멈췄다. 나는 그들 모습을 촬영했다. 멈춘 차에서 이기석과 여자가 내렸다. 여자는 이기석을 부축하며 절벽 쪽으로 데려갔다. 여자의 부축을 받으며 엉거주춤 걸어가는 그의 뒷모습이 보였다. 여자는 절벽 옆에 있는 나무 사이에 이기석을 세워 둔 채 차로 돌아왔다.

이기석이 더듬거리며 수풀이 더 우거진 쪽으로 갔다. 절벽 가까운 쪽으로 움직였다. 나는 계속 마음속으로 외쳤다.

'조금만 더 뒤로, 조금만 조금만 더 뒤로 가.'

내 바람과 달리 이기석은 안정적인 위치를 찾은 후 바지 지퍼를 내렸다.

여자는 차 안에서 손톱을 물어뜯으며 이기석을 노려봤다. 시계를 쳐다보며 주위를 살폈다. 입술이 근질근질한지 계속 질근거렸다.

이기석이 소변을 다 본 후 바지를 추스르는 모습이 보였다. 나는 그에게 전화했다. 그는 더듬거리며 외투 주머니에서 휴대 전화기를 꺼냈다.

[여보세요.]

그의 목소리가 들렸다.

"이기석!"

[누…… 누구야?]

"네가 지후를 죽인 범인이라는 사실을 나는 알고 있어."

이기석 손이 덜덜 떨렸다.

[아니야, 그건, 사고야. 내가 죽인 건 아니야.]

"거짓말. 지후를 일부러 죽였잖아. 더러운 사실이 세상에 폭로될까 봐."

[넌, 누구야? 다 거짓말이야. 나는 절대 그런 일을 저지르지 않았어!]

인간은 마지막까지 진실을 말하지 않는다.

"나는 그날 봤어. 그 쪽방 안에서 벌어진 일을 말이야. 내가 세상 사람들에게 네 비밀을 다 까발릴 거야, 쓰레기."

[아냐, 증거가 없잖아.]

"네가 서재에 숨겨 둔 USB를 네 아내가 찾아서 봤어. 네 아내가 너를 얼마나 증오하는지 넌 지금 모르지. 이제 그 USB에 있는 영상을 내가 인터넷에 뿌릴 거야. 그럼 세상 사람 모두가 너를 증오할 거야. 어때! 쓰레기, 기분 좋지?"

[아…… 안 돼. 제발, 부탁이야. 그 USB만은 건드리지 말아 줘. 내게 많은 돈이 있어. 그 돈을 네게 다 줄게. 평생 일하지 않고 살 수 있어.]

이기석은 벌벌 떨며 울먹였다.

"그만, 그만해!"

나도 모르게 소리를 질렀다.

[너, 혹시 나를 창고에 가둔 그 인간 아니야? 네가 내 아내를 죽였잖아. 바로 그 인간 맞지? 그때도 나를 쓰레기라고 불렀어. 맞아, 그건 꿈이 아니었어! 꿈이 아니었던 거야.]

"빙고, 한 가지 더 재미있는 사실을 알려 줄게. 이제 넌 영원히 눈을 뜰 수 없을 거야. 네 아내가 네 눈에 염산을 넣었거든."

[안 돼. 안…… 돼.]

그는 이성을 잃은 듯 손을 허우적거렸다.

"너는 지금 절벽에 서 있어. 조금 있으면 네 아내가 너를 절벽으로 밀어 버릴 거야. 넌 아내에게 완벽하게 속은 거야."

[무슨 말이야? 영상 따위는 다 거짓이라고 말하면 돼. 아내가 날 죽일 이유가 없어. 아내는 날 믿고 있어.]

"아니, 네 아내는 다른 남자를 사랑해. 그 남자와 정사를 나눈 뒤 너를 죽일 계획을 짰어. 숨을 헉헉거리며 너를 경멸했어. 네 삶 자체가 모두 쓰레기야."

[아내는 그런 여자가 아니야. 네가 날 속이려고 거짓말을 하는 거지? 속지 않아. 다 거짓이야.]

"잘 들어, 네 아내 목소리야."

[자기만 믿어. 내가 무슨 일을 하더라도 자기는 나를 믿어야 해. 나는 자기랑 살고 싶어. 남편 곁을 떠나고 싶어. 남편을 버릴 거야. 아니, 남편을 죽일 거야. 쓰레기는 세상에서 없어져야 해. 나는 자기만 사랑해. 자기만 사랑한다고.]

이기석은 숨을 멈췄다. 전화기 너머 들리는 아내 목소리에 정신을 잃은 듯 가만히 서 있었다.

"조금만 기다려. 네 아내가 너를 절벽으로 밀어 버릴 테니……. 절벽에서 떨어지며 네 삶을 돌아봐. 거짓만 가득했던 네 삶을 말이야."

이 말을 끝으로 나는 전화를 끊었다. 이기석은 미동도 하지 않았다. 잠시 후 그는 미친 듯이 소리를 질렀다.

차 안에서 덜덜 떨던 여자가 그를 향해 액셀을 밟았다. 그의 몸이 공중에 붕 뜨더니 그대로 절벽으로 떨어졌다.

*

밤새 과거를 정리했다. 지나온 세월을 정리했다. 길다고 생각하면 긴 삶이고, 짧다고 생각하면 짧은 삶이었다.

나는 과거를 돌아보며 가슴에 쌓아 두고 풀지 못했던 감정들을 하얀 종이에 썼다. 수십 장의 종이들이 책상 위에 쌓였다. 나는 하얀 종이를 비행기로 접어 호수를 향해 날렸다. 수십 개의 종이비행기가 호수를 향해 날았다.

새벽녘부터는 편지를 썼다. 하얀 종이에 편지를 쓰는 동안 동쪽으로 난 창문으로 해가 비쳤다. 내가 보는 마지막 아침해다. 햇빛이 반짝이며 창문을 두드렸다. 나는 일어나 창문을 활짝 열며 해를 맞이했다. 따뜻한 햇살이 한꺼번에 몰려와 나를 안았다.

샤워 후 어머니가 챙겨 준 옷을 입었다. 하얗고 따뜻한 니트였다. 거울을 봤다. 거울 안에 사람들이 있었다. 낯선 사람들과 지후가 보였다.

"지후야, 이제 너를 만나러 갈 거야. 조금만 기다려."

거울 안 사람들과 지후가 웃으며 고개를 끄덕였다.

호수가 보이는 창가에 앉아 아침을 먹었다. 아침을 먹으며 이야기를 나누는 사람들의 작은 소리가 듣기 좋았다. 나는 오래도록 창가에 앉아 그들의 이야기를 들었다.

다시 방으로 돌아와 짐을 챙겼다. 호텔을 떠나기 전 정후가 내게 건넨 USB에 담긴 영상을 인터넷에 올렸다. 올려놓는 순간부터 조회 수가 미친 듯이 올라갔다.

어떤 권력자도 영상을 삭제할 수 없도록 했다. 권력자들이 사랑한 괴물의 정체가 세상에 다 알려질 때까지 영상이 스스로 복제돼 세상을 떠돌도록 만들었다.

호텔을 나왔다. 편지를 들고 우체국으로 향했다. 어머니와 아버지, 동생, 정후, 첸에게 편지를 썼다. 고맙다고 썼다. 긴 말이 떠오르지 않았다. 수많은 단어가 머릿속에서 빙빙 돌다가 자멸했다. 언어는 마음을 다 표현할 수 없다. 마음은 언어와 다르다. 표현하는 순간 변질했다.

오늘, 나는 삶의 고단함을 내려놓고 휴식을 취하려 블루하우스로 향한다. 밝은 빛 속에서 살아야 했던 삶이 고행과 같았다. 빨리 어둠 뒤로 몸을 숨기고 싶다. 죽음 속에서 안식처를 찾고 싶다.

삶을 생각하면 억울함과 분노가 나를 뒤덮었다. 죽음을 생각하면 억울함과 분노조차 감사하게 생각됐다. 죽음 앞에서 모든 감정이 사치처럼 느껴졌다. 온통 잿빛투성이였던 삶조

차도 경이롭게 느껴졌다.

아무에게도 말하지 않았다. 말할 수 없다. 모든 기억은 내 머릿속에서만 존재하다 사라질 거다. 어린 사내아이의 사악한 진실 따위에는 아무도 관심 없다.

내 안의 악에 관해 물으면 할 말이 없다. 태초부터 존재했던 악이 내 안에서 발현된 거다. 아무리 거부해도 그때 그 시간으로 돌아가면 내 몸은 똑같이 반응할 거다. 원치 않아도 내 의지와 상관없이 몸이 나를 지옥으로 끌고 갈 거다.

긴 한숨이 나왔다. 나는 생각을 멈추고 하늘을 바라봤다. 파란 하늘에 구름 한 점이 없다. 가던 길을 멈추고 벤치에 앉았다.

몸이 피곤했다. 졸음이 쏟아졌다. 밀려오는 졸음으로 나는 고개를 떨구고 힘없이 몸을 옆으로 기울였다.

아이들 웃음소리에 잠이 깼다. 깔깔깔 웃는 소리에 인상을 쓰며 감긴 눈을 억지로 떼어 내 주위를 살폈다.

두 명의 동양인 남자아이들이 숲속을 뛰어가며 웃고 있었다. 한 명은 키가 작고 마른 아이였고 다른 한 명은 곱슬머리에 갈색 눈을 한 남자아이였다. 낯이 익은 모습이었다.

어린 시절 지후와 내 모습과 닮았다. 나는 잠시 그들을 쳐다봤다. 아이들은 이야기를 나누며 내 곁을 지나 뛰어갔다.

꿈인 듯 현실인 듯 내 눈에서 사라졌다.

나는 일어나 옷에 붙은 나뭇잎을 털었다. 하얀 니트에 나뭇잎이 무늬처럼 달라붙어 있었다. 니트에 붙은 나뭇잎은 털어 내기가 쉽지 않았다. 나는 털어 내기를 포기하고 터벅터벅 걸었다.

사람들이 맞은편에서 걸어오고 있었다. 만나는 사람들의 얼굴이 모두 아름답게 느껴졌다. 나는 그들을 향해 미소를 지었다. 그들이 나를 미소 짓는 사람으로 기억하길 바란다. 곧 사라질 기억이지만 잠시라도 그들 기억 속에 미소 짓는 사람으로 머무르고 싶다.

파란 하늘 끝 수풀 사이로 블루하우스가 보인다. 저 멀리서 나를 바라보며 어서 오라고 손짓하고 있다.

붉은 기억

초판 1쇄 인쇄 2022년 3월 29일
초판 1쇄 발행 2022년 3월 29일

지은이 최정원
편집 주자덕
교정 김미숙
발행인 주자덕
인쇄 미래피엔피
펴낸 곳 아프로스미디어
출판등록 제 2016-000073호
주소 서울특별시 성동구 금호로 173, 101동 904호
전화 02-6352-5133
팩스 02-6455-5891
홈페이지 www.aphrosmedia.com
전자우편 spitz70@aphrosmedia.com
ISBN 979-11-89770-25-9 (03810)